杜心源 著

# 脱离与重建：
## 谢默斯·希尼
## 与爱尔兰文化身份建构

华东师范大学出版社
·上海·

图书在版编目（CIP）数据

脱离与重建：谢默斯·希尼与爱尔兰文化身份建构 / 杜心源著. —上海：华东师范大学出版社，2023
华东师大新世纪学术基金
ISBN 978-7-5760-4495-9

Ⅰ.①脱… Ⅱ.①杜… Ⅲ.①谢默斯·希尼－诗歌研究 Ⅳ.①I562.072

中国国家版本馆 CIP 数据核字（2023）第 228242 号

TUOLI YU CHONGJIAN: XIEMOSI·XINI YU AIERLAN WENHUA SHENFEN JIANGOU

## 脱离与重建：谢默斯·希尼与爱尔兰文化身份建构

| | |
|---|---|
| 著　　者 | 杜心源 |
| 组稿编辑 | 孔繁荣 |
| 责任编辑 | 刘效礼 |
| 责任校对 | 李琳琳 |
| 装帧设计 | 郝　钰 |

| | |
|---|---|
| 出版发行 | 华东师范大学出版社 |
| 社　　址 | 上海市中山北路3663号　邮编 200062 |
| 网　　址 | www.ecnupress.com.cn |
| 电　　话 | 021-60821666　行政传真 021-62572105 |
| 客服电话 | 021-62865537　门市（邮购）电话 021-62869887 |
| 地　　址 | 上海市中山北路3663号华东师范大学校内先锋路口 |
| 网　　店 | http://hdsdcbs.tmall.com |

| | |
|---|---|
| 印 刷 者 | 上海昌鑫龙印务有限公司 |
| 开　　本 | 787毫米×1092毫米　16开 |
| 印　　张 | 14 |
| 字　　数 | 228千字 |
| 版　　次 | 2024年11月第1版 |
| 印　　次 | 2024年11月第1次 |
| 书　　号 | ISBN 978-7-5760-4495-9 |
| 定　　价 | 55.00元 |

出版人　王　焰

（如发现本版图书有印订质量问题，请寄回本社客服中心调换或电话021-62865537联系）

# 目　录

谢默斯·希尼作品引用缩写 …………………………………… 1

导　言 …………………………………………………………… 1

**第一章　卡文纳和希尼诗歌中乡土意识的发展** …………… 20
  一、卡文纳与英国浪漫主义诗歌的嬗变 …………………… 20
    （一）卡文纳对传统英国浪漫主义诗歌的继承与反思 …… 20
    （二）错置的"风景" ………………………………………… 26
  二、乡土与反乡土：希尼对"原乡神话"的超越 …………… 34
    （一）乡土的前史 …………………………………………… 35
    （二）观察的暴力 …………………………………………… 40

**第二章　"喉音"的管辖**
    ——希尼诗的语言形式与文化身份问题 ………………… 49
  一、进入世界的词语 ………………………………………… 49
    （一）个人意识与集体经验：词语的双重性 ……………… 50
    （二）挖掘：对"喉音"的返源 …………………………… 56
    （三）词语训诂学："返源"的困境 ……………………… 64
  二、希尼的语言转向 ………………………………………… 76
    （一）回到纯粹的"字母" ………………………………… 76
    （二）词语的"间性"空间 ………………………………… 83

## 第三章　通向所有声音的王国
　　——《斯特森岛》中的自我形态与超越之路 …………… 90
　　一、记忆与自我形态的转变 ……………………………… 91
　　二、对立与分裂 …………………………………………… 97
　　三、逃离与返源 …………………………………………… 106

## 第四章　希尼与东欧诗人 …………………………………… 117
　　一、见证与愉悦 …………………………………………… 119
　　二、个人与历史 …………………………………………… 128

## 第五章　翻译的诱惑
　　——希尼与爱尔兰语境中的后殖民翻译 …………… 135
　　一、翻译：隐喻性与转喻性 ……………………………… 136
　　二、帝国的内部他者：翻译的爱尔兰语境 ……………… 144
　　三、希尼的翻译实践：从隐喻中解救翻译 ……………… 151
　　四、"异"的"痕迹" ……………………………………… 160

## 第六章　翻译在"讽喻"和"历史"之间 ………………… 168
　　一、翻译的讽喻结构 ……………………………………… 168
　　二、《在特洛伊治愈》中的讽喻和历史 ………………… 179
　　三、对历史的救赎 ………………………………………… 185
　　四、话语边界的打开 ……………………………………… 193

## 结　语 …………………………………………………………… 199

## 参考文献 ………………………………………………………… 209

# 谢默斯·希尼作品引用缩写[①]

| | |
|---|---|
| B | *Beowulf: A New Verse Translation* |
| CT | *The Cure at Troy: A version of Sophocles's "Philoctetes"* |
| DN | *Death of a Naturalist* |
| FK | *Finders Keepers: Selected Prose, 1971–2001* |
| GT | *The Government of Tongue: Selected Prose 1978–1987* |
| HL | *The Haw Lantern* |
| N | *North* |
| NSP | *New Selected Poems 1966–1987* |
| OG | *Opened Ground: Poems 1966–1996* |
| P | *Preoccupations: Selected Prose 1968–1978* |
| RP | *The Redress of Poetry* |
| SA | *Sweeney Astray* |
| SI | *Station Island* |
| SP | *Selected Poems, 1965–1975* |
| ST | *Seeing Things* |
| WO | *Wintering Out* |

---

[①] 为了减少重复注释和方便阅读，此处列出的希尼作品在正文中出现时仅以括号标注缩写和引文页码。例如(OG, 3)，表示出自诗集《开放的土地》(*Opened Ground*, 1998)第3页；(FK, 444)，表示出自文集《谁找到归谁》(*Finders Keepers*, 2002)第444页。希尼作品的版本信息见正文后的"参考文献"。

# 导　言

> 我相信他们被一种历史感所困扰，这种历史感曾经困扰过其他国家的诗人，他们不是英格兰的本地人，但却说着英语……他们有一种保存本土传统的愿望，保持想象力与过去的联系，从盎格鲁-撒克逊人的驻地上获得祖先的确认，在星期六的展会、赛马会和海边远足的仪式中，在去教堂和降灵节婚礼的仪式中，以及在去教堂的仪式结束后渴望表达的必要性中，在所有这些事情中感知到共同体生活方式的连续性，以及对受到威胁的身份的确认——所有这些都通过他们的语言来表达出来。
>
> ——谢默斯·希尼：《心灵的诸英格兰》

## 一

1800年的《联合法令》（Act of Union 1800）使爱尔兰丧失了独立，自此如何表现爱尔兰文化身份的问题变得比以前更迫切、更复杂。之前，在政治和文化生活中占统治地位的是盎格鲁—爱尔兰（Anglo-Irish）精英团体——埃德蒙·伯克（Edmund Burke）、斯威夫特（Jonathan Swift）和奥利弗·哥尔德斯密斯（Oliver Goldsmith）等人是其代表——对这些精英来说，爱尔兰和英国文化的一致性几乎是一件无须论证的"自然"的事情。他们以英国为自己的活动舞台，具有世界性的眼光，所关注的问题，如民生、正义与自由，并不具有特别的地域性。但在联合之后的爱尔兰语境中，树立区别于英国的"爱尔兰性"越来越成为文化思想的"主题"。正如谢默斯·迪恩（Seamus Deane）所指出的，当英国文化越来越被视为城市的、功利的和机械性的时候，爱尔兰文化则被视为乡土、浪漫和有机性的，这一话语成为19世纪支配两国文化关系的主导范式，甚至制度化为一种"种族千年论"。① 于是，爱尔兰西部地区被浪漫化为欧洲古代文化的最后堡垒，令人意外地从现代文明的洗劫中存活下来，成为爱尔兰人的精神故乡——尽管现实中的西部在经历了大饥荒（Great Famine，1845—1852）后人烟稀少，满目疮痍。爱尔兰民族主义者通过对传统凯尔特民间传说的翻译和改编，将库胡林（Cú Chulainn）或"凯瑟琳"（Cathleen ni Houlihan）的英雄血液视为民族的高峰和原点，甚至将传说中的魔法和神秘主义因素与东方相联结，构成了一个奇妙的现代神话。就像乔治·西格森（George Sigerson）在1907年声称的："凯尔特人没有创作史诗的原因是他们的精神极端现代。他们把他们的史诗放在散文中，以历史或想象的浪漫主义的形式，打磨、塑造和镶嵌他们的诗歌……在所有已知的时间里，我们今天的活动和躁动都流淌在他们的血液中。他们的同时代人注意到了这一特点，有时还抱怨它。事实上，他们是过去的现代人——也许他们也注定要成为未来的现代人。"② 这里的所谓"现代"，是一种"经验的现代化"（the modernity of experience），即赋予原本被视为蒙昧、落后的经验以现代性的形式，以对抗外来、异质的"现代化的经验"（the experience of modernization），这是后进民族合法化自身的认识论特权。

有趣的是，我们可以从这一认识论中辨认出若隐若现的英国基因。例如，在马修·阿诺德（Matthew Arnold）看来，爱尔兰应该保有文化自主权，但前提是英国的制度和管理，这种良性的方式保证了爱尔兰这个内部"他者"的差异性被包容。罗宾斯（William Robbins）对此评论道："他（阿诺德）认为浪漫的凯尔特气质能对英国气质起到催化作用，这使他对其产生了同情。"③ 伊格尔顿（Terry Eagleton）指出，在英国，"土地"一词具有浪漫主义色彩，人们眺

---

① Seamus Deane：''The Production of Cultural Space in Irish Writing'', *Boundary 2*, Vol.21, No.3, Autumn, 1994, p.120.
② George Sigerson：*Bards of the Gael and the Gall*, London：T. Fisher Unwin, 1907, p.2.
③ William Robbins：''Matthew Arnold and Ireland'', *University of Toronto Quarterly*, Vol.17, No.1, 1946, p.55.

望自然时首先看到的是"风景"——"英国人往往首先想到绘画，然后才想到农田"。① 在他看来，尽管早期爱尔兰文学中也有对自然细腻入微的观察，但那是印象主义式的，而非意识形态性化的。这一观察对早期爱尔兰文学当然是正确的，却未必适用于19世纪之后的现代爱尔兰文学。古老的森林、田野和世居于此的农民虽然和前现代时期一样无欲无求，但已被"写入"现代爱尔兰的文化政治中。而且，就像英国浪漫主义文学中建构的充满生命"活力"的乡村与冷漠、机械的城市的二元对立一样，爱尔兰在文化地形上也被塑造为现代却传统失落的东部与落后却文化悠久丰富的西部的对立。这就意味着，在英国浪漫主义的母体中，爱尔兰身份的问题被提了出来。其结果是帝国殖民主义体系在民族主义体系中找到了自己颠倒的反映形式。浪漫主义的文学基因在一个全新的殖民地文化空间中发生了作用，并产生演变。

在爱尔兰的现代性进程中，如何面对古老的文化遗存，是摆在各个派别——盎格鲁—爱尔兰精英、世俗民族主义者、天主教民族主义者——面前的共同问题。在某种程度上，各方的关切是相似的，例如对如何表现农民形象的关切；而在文化建设的具体目标上，各方则显著不同。天主教民族主义者试图在文学中建立一个农业有产者的理想世界，居于其中的人有信仰与恒产，足不出乡，怡然自乐；而部分追求启蒙与理性的盎格鲁—爱尔兰精英则希望将原始乡土社会从前现代的不幸中拉出，为现代民族国家的建立扫清障碍。如克罗克（Thomas Crofton Croker）在其《爱尔兰南部的童话传说和传统》（*Fairy Legends and Traditions of the South of Ireland*，1825—1828）中提出的，将那些崇拜精怪和女妖的"阴暗部落"信仰留在书籍中，让农民接受理性的教育。② 但到了大饥荒之后，尤其是19世纪末到20世纪初的爱尔兰文艺复兴时期，浪漫主义话语占据了主导地位，其逻辑预设被各派接受。这就不难理解为何作为盎格鲁—爱尔兰精英团体代表人物的叶芝（William Butler Yeats）的戏剧《胡里痕的凯瑟琳》（*Cathleen ni Houlihan*，1902）能同时赢得各派民族主义者

---

① 特里·伊格尔顿：《历史中的政治、哲学、爱欲》，马海良译，北京：中国社会科学出版社，1999年，第341页。
② Thomas Crofton Croker：*Fairy Legends and Traditions of the South of Ireland*，Philadelphia：Lea and Blanchard，1827，p.257.

的喝彩。

伊格尔顿认为,爱尔兰的浪漫主义主要是伦理性的,而不像英国那样主要是审美性的。我要强调,这一伦理性是高度现代的,很大程度体现在建立统一的爱尔兰现代民族国家的过程中,通过文学这一媒介,包容不同阶层、民族和宗教,创建复合性的文化身份。在这一点上,爱尔兰的各个派别的认识有很大的趋同性。比如,民族主义批评家麦卡锡(Denis Florence McCarthy)试图在文学中寻找爱尔兰精神的连续性的表达,他在著名的《爱尔兰民谣之书》(*The Book of Irish Ballads*,1846)中说:"我们可以在我们的作品中彻底地成为爱尔兰人,同时也是英国人;我们能够忠实于我们出生的土地,而不对'我们心灵的养母'的文学不忠。"① 在叶芝、奥格雷迪(Standish O Grady)这样的盎格鲁—爱尔兰精英那里,古代凯尔特人的精神世界既是新教的,也是天主教的,其中既包含了新教式的异议,又包含了天主教式的对传统仪式的痴迷。不妨说,通过将爱尔兰与英国、天主教与新教、古代与现代紧密地结合在一起,现代爱尔兰民族共同体就完成了其文化上的表达。我们看到,此种身份整合了多元文化,为民族国家提供了象征性的文化支持,获得了意识形态性的话语权力。但与此同时,这种人为、刻意的象征性整合又在文化和社会生活中留下了后患,其影响至今犹存。

马修·阿诺德设想了一种足以取代宗教的"文化",它是超越阶级、宗派和低俗趣味的崇高理想境界,是历史进程的终点,是不受时间限制的永恒,人类如果沐浴其中,就能获得超越历史条件的"最佳自我"(best self)。② 如前所述,爱尔兰现代文学与英国浪漫主义有着深刻的联系,除了将自然审美化、理念化这一点之外,更重要的或许是,在爱尔兰,英国浪漫主义的审美化倾向一旦和爱尔兰建立现代民族国家的政治语境相结合,就会在美学上生产出拥有连续性和整合性的身份的形象,该形象又往往具有价值上的源始性,可以据此提出政治一致性的伦理要求。这就构成了爱尔兰现代民族主义的审美/伦理维度。罗素(Bertrand Arthur William Russell)认为:"浪漫主义者把民族设想成具有

---

① Denis Florence McCarthy, ed.: *The Book of Irish Ballads*, Dublin: J. Duffy, 1846, pp.22 - 23.
② 马修·阿诺德:《文化与无政府状态》,韩敏中译,北京:生活·读书·新知三联书店,2002年,第21页。

一个神秘的个性,而将其他浪漫主义者在英雄人物身上寻求的无政府似的伟大归给了民族。"① 就像阿诺德所说的"最佳自我"一样,在这种浪漫主义表述的民族主义版本中,"普通自我"(ordinary self)被超越了,个体自我成为民族的代表和天才(如凯瑟琳),更确切地说,自我成为表达民族共同体这个超验对象的中介。对这个想象中的超验自我/民族的认同使个体从各式各样的传统共同体形式——如社区、宗族和宗教——中脱身而出,获得全新的、"现代"的身份。我们看到,爱尔兰的现代身份建构,其方案是彻底伦理性的,也就是说,个人的价值,体现在他在多大程度上认同民族的精神(Geist)并将个体的差异性融合于其中。这一点,在爱尔兰的民族主义语境中,几乎已成为政治的先决条件(pre-condition)。

本书的第一个视角,就是从审美/伦理维度来考察爱尔兰的文化身份问题。而这不可避免地引出了进一步的问题,即现代性语境下的"文化身份"究为何物?一般来说,所谓"身份"必然包含了某种整体性、连续性的统一。但拉雷恩(Jorge Larrain)认为,这种提法忽视了一个问题,即文化中包含了"纷繁多变的生活方式、丰富复杂的社会关系",② 要是把民族文化观设置为排他性的,就会掩盖那些无法编码到统一体中的、差异性的文化成分。他提出,我们至少应该思考两种不同的文化身份观念,一种是本质论的,把文化身份看成"完成的事实,构造好了的本质";另一种是生成论的,认为文化身份"总是处在形成之中,从未完全结束"。③ 同时,就像理查德·约翰逊(Richard Johnson)指出的,集体意义上的文化身份和某个地区多种多样的生活方式是"一个身份圆环的两个时刻"(two moments of an identity circuit),④ 两者紧密联系,但并不相同。一方面,集体身份由这些生活方式构成;另一方面,出于话语一致性的需要,一些特定的生活形态会被"挑选"出来以"代表"集体文化身份。这样

---

① 罗素:《西方哲学史》下卷,马元德译,北京:商务印书馆,1976年,第221页。
② 拉雷恩:《意识形态与文化身份:现代性与第三世界的在场》,戴从容译,上海:上海教育出版社,2005年,第195页。
③ 同上书,第215页。
④ Richard Johnson, "Towards a Cultural Theory of the Nation: A British-Dutch Dialogue", in *Images of the Nation: Different Meanings of Dutchness 1870 – 1940*, Annemieke Galema, Barbara Henkes, Henk te Velde, eds., Amsterdam: Editions Rodopi, 1993, p.9.

一来，生活形态的多样性、差异性就可能被人为地掩盖。无论是拉雷恩所说的文化身份的生成性，还是约翰逊口中的"两个时刻"，都让我们意识到，文化身份绝非已完成的、可清晰定义的，相反，它时时刻刻都处在一元/多元、集体/个体、静止/流动的张力关系中，并不断地在"重写"自身。具体到爱尔兰的现代语境中，我们要问的是：在爱尔兰民族主义的文化政治中，是否有某些特定价值在审美/伦理维度上被精神化、崇高化了？这个过程是否牺牲了那些弱势、边缘的文化因素？而意识到这一点的爱尔兰作家又如何发扬文化的实践性以消解文化的本质性？在这种实践中，人民生活形态的丰富性是如何被重新激活以重构文化身份的地形的？这些，就是本书的主导问题意识。

二

本书的第二个视角，是个人意识和土地的关系。在《希斯克利夫与大饥荒》一文中，伊格尔顿谈到了"土地"对于爱尔兰的意义："在爱尔兰，'土地'既是政治集会的呐喊，也是文化归属的标志，是租佃问题，也是最根本的问题。"① 如果说英国的乡土风光产生的是华兹华斯（William Wordsworth）式的崇高以及奥斯丁式的有产者的安适的话。那爱尔兰的土地则布满历史的伤痕，我们从中找到的只有饥荒和剥夺。现代爱尔兰历史的决定性事件是大饥荒，表面上看造成灾难的是马铃薯锈病，经济上的原因是地产上的中间人制度。作为拥有最大量土地的盎格鲁—爱尔兰精英——他们大部分人具有地主身份——多住在英格兰，收取地租的工作就委托给了第三方中间人，这些人为了获取更高回报把土地分割成小块转租给佃农，而佃农因为付不起高昂的地租也只能减少耕地面积。这一脆弱的农村经济体制在灾难面前完全崩溃，"男男女女爬到教堂墓地，以便死在圣土之上"。大饥荒被称为"爱尔兰的奥斯威辛"，奇怪的是，爱尔兰文学中直接表现和讨论大饥荒的作品很少。② 这在很大程度上是由

---

① 特里·伊格尔顿：《历史中的政治、哲学、爱欲》，马海良译，北京：中国社会科学出版社，1999年，第341页。
② 帕特里克·卡文纳（Patrick Kavanagh）的《大饥荒》是少见的正面表现这一灾难的作品，但其中的饥荒更多的是对精神贫瘠的隐喻，而非物质性的再现。

于灾难过于刺目、惊人，超越了再现的范畴，无法进入想象的领域。面对大饥荒，具有深厚传统的爱尔兰文学沉默了，就如同那些不能发声的死者一样。在爱尔兰，由于基本上处于前现代时期，土地是人们生活中最重要的因素，因此"自然成了历史"；而此刻，历史又成了自然，成了"一种无法把握的外向之物，总是超出人的控制能力"。① 在这个意义上，历史成了深渊，嘲笑着所有目的论和编年史的历史叙事。或许，只能用本雅明（Walter Benjamin）的充满悖论的"讽喻"（allegory）概念来表达这一徘徊、分裂和空洞的历史身体："人们就是这样描绘历史天使的。他的脸朝着过去。在我们认为是一连串事件的地方，他看到的是一场单一的灾难。这场灾难堆积着尸骸，将它们抛弃在他的面前。天使想停下来唤醒死者，把破碎的世界修补完整。可是从天堂吹来了一阵风暴，它猛烈地吹击着天使的翅膀，以致他再也无法把它们收拢。这风暴无可抗拒地把天使刮向他背对着的未来，而他面前的残垣断壁却越堆越高直逼天际。这场风暴就是我们所称的进步。"②

尽管大饥荒本身难以再现，但在爱尔兰语境中，表达与大饥荒密切相关的土地问题，以及思考如何去表达，几乎是作家无法逃避的道德责任。谢默斯·迪恩说："当土地在意识形态上被建构为出生地时，就变成了土壤（soil），它是爱尔兰人的发源地，也是他们历代人的归宿。这是一个政治概念，通过神圣化的策略，它被剥夺了所有的经济和商业指涉。"③ 在他看来，在爱尔兰，当土地被伦理—政治化了后，就成为了"土壤"，具有了本体性质，是民族精神的栖所。正如19世纪"青年爱尔兰"运动的领袖、记者拉罗（James Fintan Lalor）所指出的，发生在爱尔兰农村的悲剧并不是单纯的经济问题，而是地主阶层在道德上可耻的背叛，他们不仅占据了原本属于八百万人的土地，而且将对个人利益的算计置于人民福祉之上，让整个民族陷入饥馑。他宣布，土地是属于爱尔兰民族和人民的，其所有权只能属于对民族忠诚的人：

---

① 特里·伊格尔顿：《历史中的政治、哲学、爱欲》，马海良译，北京：中国社会科学出版社，1999年，第346—348页。
② 瓦尔特·本雅明：《启迪：本雅明文选》，汉娜·阿伦特编，张旭东、王斑译，北京：生活·读书·新知三联书店，2008年，第270页。
③ Seamus Deane: "The Production of Cultural Space in Irish Writing", *Boundary 2*, Vol.21, No.3, 1994, p.126.

一个国家的全部土壤理所当然地属于这个国家的人民，而且不是任何一个阶层的合法财产，而是整个民族的合法财产，他们完全有效地拥有，可以按他们愿意的任何任期、条款、租金、服务和条件出租给谁；但是，有一个条件是不可避免，而且是必不可少的，那就是承租人必须对民族保持完全、真实和不可分割的忠诚……我还认为，人民享有这一权利，即土地的第一所有权，对所有其他权利的活力和生命力至关重要……任何人民都不要自欺欺人，也不要被假装自由的措辞、色调、短语和形式，以及宪法、宪章、条款和特许权所欺骗。这些东西都是草纸和羊皮纸，是废物，毫无价值。任凭法律和制度如何说，这个事实将比所有的法律更强大，并能战胜它们。[1]

在后饥荒时代，爱尔兰作家通过对土地内涵的改写和赋义，使之成为了一个具有民族特色的反抗理性化现代秩序的表征。他们可以理直气壮地质问：如果英国的所谓政治经济学有用的话，为什么会有大饥荒？事实上，恰恰是资本主义自由市场经济产生的中间人转包制度和对"不干涉"原则的奉行导致了大饥荒。铁一般的灾难事实嘲弄着自诩"进步"的现代性原则。于是，在爱尔兰浪漫民族主义话语中，土地不再是法律—制度的，而是形而上学的；土地不仅是物质现实，更是精神象征。与英国农村那种由行政和商业系统严格控制的土地判然有别，人民所有权和民族认同是这方土地的首要属性。

伊格尔顿指出："爱尔兰也代表着与统治者粗俗的物质主义相对立的传统和精神，代表着资产阶级相对立的贵族……或许可以大胆地说，爱尔兰民族主义由自然开始，以文化终结。"[2] 当自然和历史成为无法表达之物时，对文化的表达就成了隐喻性的替代物。当然，这一被建构出来的所谓爱尔兰性中的文化内涵，其指向仍然是高度伦理性的，而且成为了爱尔兰文化政治话语的基点。本书关于爱尔兰文化身份建构的讨论，可以说就建立在对这个基点的观察之

---

[1] Seamus Deane, ed.: *The Field Day Anthology of Irish Writing*, 3 vols, Derry: Field Day Publications, 1991, Vol.2, p.174.
[2] 特里·伊格尔顿：《历史中的政治、哲学、爱欲》，马海良译，北京：中国社会科学出版社，1999年，第344页。

上。我们看到，在与英国文化的对照关系中，爱尔兰发展出了一种吊诡的双重性：一方面，爱尔兰是英国阴郁的无意识，是帝国流血的伤口，是无法被规训的具有破坏性的物质主义"自然"。就像卡莱尔（Thomas Carlyle）在1848年说的，"永恒的法律"已经决定英国必须统治爱尔兰，而爱尔兰人要么遵从该法律成为英国人，要么被"灭绝，被无可阻挡的神除去"。① 另一方面，恰恰是由于爱尔兰民族自我隔绝、落后于时代，反而保留下了在英国社会中早已失落的文化品质，而且仍能产生自己的精神贵族、文化英雄，这与英国发达资本主义社会的机械化的政治经济学形成了鲜明对比——在那里，人被换算成冷冰冰的劳动价值和商品价值。而且，在爱尔兰土地还被进一步地超验化了：盎格鲁—爱尔兰精英和天主教民族主义用一种神秘主义的诗性修辞，将土地问题转化到了一个神话的领域，这是一片迷信与幻想之地，笼罩着幽暗的黎明或者黄昏的光线，古老的精怪和神祇似乎仍然游荡其间，和理性主义的"白天"形成鲜明的对照，幻觉、睡眠和梦境是其主色调。叶芝在《凯尔特的薄暮》中写道："故事会说，当土豆、小麦和其他产自土地的果实枯萎时，它们会在仙人的世界里成熟；当我们的梦境失去智慧时，汁液便在树木中滋长；我们的梦想使树木枯萎，十一月会传来仙人的羊羔的咩咩叫声，盲人看到的比正常人更多。正因为人们总是相信这些，或是与它们类似的东西，墓室和荒野才不会永久空旷着。"② 神话具有了伦理和政治的暗示性，意味着相对于英国，爱尔兰有一种更悠久、更具持续性的文化。而且，一旦抽空了文本对现实的指涉，被世俗民族主义者排斥在爱尔兰民族共同体（构想中的）之外的地主阶层就获得了回归的机会。他们将像幽灵一样回归，和农民共同属于这片隐秘之地，在现实中无法解决的隔阂与矛盾在一个更高领域中被化解了，地主和农民在诗意的"薄暮"中融为一体。

爱尔兰浪漫民族主义话语在与英国文化既分且合的张力关系中发展出了一种特殊的"爱尔兰性"。本书要追问的是：当文学表现这种爱尔兰性时，个体的审美感知是如何与土地的伦理—政治性紧密地结合在一起的？19世纪欧洲的浪漫主义者，为了对抗启蒙理性和工业文明的无限扩张，将对民族感性传统的想

---

① Aileen Christianson, Hilary J. Smith, eds.: *The Collected Letters of Thomas and Jane Welsh Carlyle*, Vol.21, Durham: Duke University Press, 1993, p.169.
② 叶芝：《凯尔特的薄暮》，田伟华译，长沙：湖南人民出版社，2011年，第187页。

象投射到偏远乡村的土地和生活于其中的农民身上。而在爱尔兰的语境中，对地方感性传统的忠诚是写作的先验道德前提，文学表现了民族生活的延续性和特殊性，抵抗了启蒙现代性的抽象普遍性。可以说，对"边缘—民族文学"的书写，是爱尔兰文学现代性的重要特征。文学只要植根于乡村土壤，就能获得独特的风味，只要文学仍被设想为塑造统一文化身份的媒介，它就要在最严格的意义上"再结域"（reterritorialization）。① 对现代爱尔兰文学来说，作家如何处理主体与伦理化"土壤"的关系，精密地把控两者的距离，以及为这种关系找到恰当的隐喻形式，是首要的难题。说得更明确一点，就是语言与土地的关系问题。在这个问题上，本书将在下面三个方面展开思考：首先，是英国文学体制和爱尔兰"自然"的关系。因为对爱尔兰土地的想象，无不是通过与英国"风景"的对照而来的。以华兹华斯为代表的伟大英国浪漫主义文学，不光为其提供了修辞、旋律和形式，更提供了审美上的认识论装置（epistemological configuration）。爱尔兰文学的审美精神及其伦理和政治蕴涵，均需回溯到这一文化基质中进行理解。其次，是对"命名"（naming）行为的考察。语言的诸种行为中的"命名"行为就是让自然界的事物拥有专有名称。这一行为在本雅明的《论原初语言与人的语言》中得到了特别的强调："在语言的王国中，名称乃是最深层的本质，它是语言的唯一目的，也是其无可比拟的最高意义。所谓名称，是指通过它并且在它之中，语言可以充分地传达自身……凡精神存在传达自身之地，必然是语言拥有其绝对整全之地。"② 这是明确的有机论表述——

---

① 这里是在德勒兹（Gilles Deleuze）的意义上使用"解域"和"再结域"的概念的。德勒兹认为，解域意味着离开一个限定的区域，是对界限的克服；而再结域则是从解域过程中抽取价值，形成新的控制形式，但这种控制形式中包含了抵抗和更新的元素。他在《千高原》中说："所有根茎都包含着节段性的线，并沿着这些线而被层化、界域化、组织化、被赋意和被归属，等等；然而，它同样还包含着解域之线，并沿着这些线不断逃逸。每当节段线爆裂为一条逃逸线之时，在根茎之中就出现断裂，但逃逸线构成了根茎的一部分。这些线不停地相互联结。这就是人们无法采用某种二元论或二分法的原因，即使是以善恶对立的基本形式。我们可以制造一个断裂，我们可以勾勒出一条逃逸线，不过，始终存在着这样的危险：即在其上有可能重新遭遇到对所有一切再度进行层化的组织，重新赋予一个能指以权力的构型，以及重新构成一个主体的属性……解域的运动和再结域的进程怎能不相互关联、不断联通、彼此掌控？"（德勒兹、加塔利：《资本主义与精神分裂（卷2）：千高原》，姜宇辉译，上海：上海书店出版社，2010年，第10—11页。）
② 瓦尔特·本雅明：《写作与救赎——本雅明文选》，李茂增、苏仲东译，上海：东方出版中心，2017年，第6—7页。

万事万物的有机协调通向一个神圣的精神整体。在爱尔兰文学中，往往通过对土地的命名或者对名称的考辨，建立起精神性的连续体，以此取代历史中的共同体的矛盾性和不确定性，来实现文化上的再结域。在这一过程中，命名行为起到了沟通历史连续体和精神连续体的职能。第三，虽然文学是"文化"而土地是"自然"，但爱尔兰作家们通过将写作行为本身隐喻化，试图证明回到"无知"的自然中去是可能的。通过在写作中将文化融入自然，主体和地域之间就不会出现不可弥补的断裂。

## 三

在爱尔兰浪漫主义民族主义写作中，地方、身份和语言交织在了一起。爱尔兰那些最伟大的作家——叶芝、辛格(John Millington Synge)、乔治·穆尔(George Moore)、乔伊斯(James Joyce)——无不要对三者的关系进行思考。这里的关键问题在于，在何种程度上，作家能通过语言所建构的个体审美身份超越或者重构地方性，而这一审美身份又以怎样的方式参与(或拒斥)了民族共同体身份的建构。在晚近的爱尔兰文学中，当代英语诗坛最有影响力的诗人谢默斯·希尼(Seamus Heaney)对此问题有着精彩的阐述：①

> 在这些地方欠缺的语言，当然是盖尔语，不管是苏格兰盖尔语还是爱尔兰盖尔语，然而我总是觉得这个事实是令人鼓舞的，也即"och"这个词完全深植于爱尔兰人的喉咙和乌尔斯特苏格兰人的喉咙。例如，二十五年前，当我试图从被爱尔兰的政治肥料堆采集若干抒情芽苗时，我写了一首诗，叫作"Broagh"(《布罗阿赫》)，这个标题也完全可以改为"Och"。它的直接题材，是我对我们位于德里郡莫约拉河畔小镇布罗阿赫的农场边远区域的回忆，但它的目的，却是把我刚才提到的三种语言——爱尔兰语、伊丽莎白时期英语和乌斯特苏格兰语——带入某种创造性的沟通和结

---

① 希尼的诗集一度占了当代诗歌在英国销量的三分之二。见 BBC 对他获得 2006 年艾略特诗歌奖的报道：http://news.bbc.co.uk/2/hi/uk_news/magazine/6279053.stm。

盟，从而暗示某种可能性，也即这三种语言在北爱尔兰所代表的文化传统和政治传统之间，也许可能达成某种新的沟通和结盟……换句话说，我认为我们可以通过重新想象我们的过去而影响未来，然而在诗歌中这种预想是冒险和暗示性的，更像是一个旋律优美的承诺，而不是一个社会方案。它不像某个可能是从社会工程师脑中冒出来的更美好世界的蓝图，相反，它产生于语言所表达的精神渴求，产生于语言所体现的所有那些耐心和不耐烦。①

在希尼的诗歌，尤其是早期诗歌中，对这种以喉音"och"代表的地方感性传统的忠诚是不言而喻的。在他的那些关于地方的诗歌中——除了《布罗阿赫》，还有《挖掘》、《安娜莪瑞什》、《图姆》、《新歌》等——主体和地方的关系蕴含着某种预设的确定性，那些乡民每天基本的、重复的行为，似乎能让诗人不断回到自己的始源处，在那里确保了曾被历史纷繁复杂的经验冲击得流离失所的主体身份的连续性。而这一切都是由语言达成的，主体与地方的关系本应在历史经验中充满矛盾和偶然，但在语言之中，两者的裂缝被弥合了，而且语言还把这种弥合"自然"化了，好像这就是事情的本来面目。总之，连续性确保了语言和地方或土地之间的积极关系，哪怕这种语言只能是英语；而这一关系又让作家自身的身份完整性得到了保障。

然而，这种在想象中重建个体与土地连续性的方式是高度审美化的，我们不难从中辨认出英国浪漫主义文学的认识论装置。亦即，作家将自己与家乡的关系提升为对精神性民族之"根"的追寻，而他本人的审美意识则是完成这一提升的中介。这就涉及"审美现代性"的问题，我在这里说的不仅是经典意义上的艺术自律观念，如卡林内斯库（Matei Calinescu）所述的，"同康德及其在德国的信徒们所维护的观点相比，'为艺术而艺术'的同仁们宣传一种基本上是论战式的美的概念，它与其说是源于无功利的理想，不如说是源于对艺术完全无偿性（gratuitousness）的一种进攻性的肯定。美的概念在'令资产阶级震惊'

---

① 谢默斯·希尼：《希尼三十年文选》，黄灿然译，杭州：浙江文艺出版社，2018年，第464—466页，译文据原文有改动。

这个著名表述中得到了完美的概括。'为艺术而艺术'是审美现代性反抗市侩现代性的头一个产儿";① 而且，在爱尔兰的语境中，它首先和19世纪浪漫主义及后浪漫主义对"文化"和"庸人"（philistines）的区分有关。在马修·阿诺德那里，"文化"代表着永恒的真理，完美的人性，普遍、不变的准则，"带领我们走向健全理智的正是文化";② 而作为"非力士人"的中产阶级"喜欢的就是工具，做生意啦，小教堂茶话会啦，墨菲先生的讲演啦等等，我常提到的这些内容，构成了他们阴郁沉闷，眼界狭隘的生活"。③ 而在尼采（Friedrich Nietzsch）的著作中，民族的"天才"虽然属于一个时代，但超越了时间性，而"庸人"代表的传统、刻板的东西，只能被封闭在时代的阈限空间中："很可能这样一个把为国家效劳视为自己最高义务的人，确实也看不出更高的义务了；但因此，另一边就还存在着人和义务——这些义务中有至少在我看来高于为国家效力的一种义务，要求摧毁任何一种形式的愚蠢，因而也包括这种愚蠢。因此，我在这里讨论的是这样一种人，他们的目的论指向一个国家的繁荣之上的某种东西，讨论的是哲学家，而且也是仅仅就这样一个世界来讨论他们的，这个世界又相当独立于国家的繁荣，这就是文化。"④ 爱尔兰文学在19世纪初的崛起，在一定程度上得益于欧洲知识分子对官僚主义国家和市侩"庸人"的反感。这一点，在叶芝站在文化精英的位置上谴责中产阶级和乔伊斯疏离一切意识形态的激进艺术家的态度中可见一斑。

这种文化至上主义一旦和民族主义话语结合，就产生了爱尔兰的特殊的审美现代性，不妨说是审美现代性的地方变异版本。如前所述，在浪漫主义民族主义中，"天才"并非纯粹个体性的，他是民族精神的具象形态，是我们通向伦理—政治性的民族共同体的媒介。换言之，要是没有民族精神的概念，就根本不会出现什么天才或者文化人。这形成了爱尔兰的审美现代性的双重性，一方面是民族整体的浪漫化，另一方面是对中产阶级庸人文化的谴责。这两点当

---

① 马泰·卡林内斯库：《现代性的五副面孔：现代性、先锋派、颓废、媚俗艺术、后现代主义》，顾爱彬、李瑞华译，北京：商务印书馆，2002年，第52页。
② 马修·阿诺德：《文化与无政府状态》，韩敏中译，北京：生活·读书·新知三联书店，2002年，第147页。
③ 同上书，第77页。
④ 尼采：《不合时宜的沉思》，李秋零译，上海：华东师范大学出版社，2007年，第276页。

然都和英国有关,前者凸显了爱尔兰作为"文化民族"的区别性品质,后者将中产阶级视为英国机械化的功利主义文明的代理人。叶芝和乔伊斯分别代表了审美现代性事业中的两个不同但相关的版本。叶芝是尼采式的民族精神的倡导者,他对天主教中产阶级"堕落"文化的不满,对个体精神性的激进呼吁,都来自民族共同体的神话。而对乔伊斯来说,土地、共同体和民族传统这些概念与其说是遗产,不如说是精神压迫,"我不愿意去为我已经不再相信的东西卖力,不管它把自己叫做我的家、我的祖国或我的教堂都一样,我将试图在某种生活方式中,或者某种艺术形式中尽可能自由地、尽可能完整地表现我自己,并仅只使用我能容许自己使用的那些武器来保卫自己——那就是沉默、流亡和机智"[1]。在他那里,爱尔兰在现代性意义上的进步或落后,及其所代表的伦理价值全都毫无意义,在语言和形式的自由嬉戏中,所有陈腐、刻板和定型的东西烟消云散,只剩下欲望、意识和艺术本身。只有在脱离一切的审美世界中,才能在"心灵的作坊中铸造出我的民族的还没有被创造出来的良心"[2]。

大饥荒之后,移民和流亡就成为了爱尔兰民族经验的核心特征。乔治·穆尔和辛格在法国流亡、叶芝在英国和爱尔兰之间往返、乔伊斯在1912年之后拒绝回到祖国,以及贝克特(Samuel Beckett)进行法语创作,等等。这种文学上的流亡,一方面是因为故土的落后,无法满足离开的人的文化需求;另一方面,流亡是一种立场,表明爱尔兰的经验需要被有距离地把握。在重访、想象和回忆中,原本的熟悉之物可以被主体分解重组,变成在审美上新鲜而有意味的东西。进一步说,流亡本身在爱尔兰就呈现出多重面相,谢默斯·迪恩认为:"爱尔兰本身也经常被表现为一个自我放逐的地方——被自己的语言、英雄的过去、凯尔特人的精神、曾经作为圣人和学者之岛的欧洲中心地位所放逐。最后,即使是留在爱尔兰的人也可以体验到流亡的状况。内部流亡者(internal émigré)是爱尔兰写作中反复出现的人物,斯蒂芬·迪达勒斯是其最突出的代表人物。"[3]

---

[1] 詹姆斯·乔伊斯:《一个青年艺术家的画像》,黄雨石译,北京:外国文学出版社,1983年,第297页。
[2] 同上书,第306页。
[3] Seamus Deane: "The Production of Cultural Space in Irish Writing", *Boundary 2*, Vol.21, No.3, Autumn, 1994, p.139.

这么说的话，希尼也可被视为爱尔兰的"内部流亡者"，他出生在北爱尔兰德里郡，成名后穿梭于爱尔兰、英国和美国三地，虽然生活层面上从未真正离开过爱尔兰，但他在文学经验上更接近于乔伊斯而不是叶芝。他的大量诗歌都会树立自己"沉默"、"狡黠"的观察者形象，或者自称"内心流亡者"（inner émigré），①而很少直接进行政治控诉或者宣示对民族共同体的忠诚。虽然出身农家，但叶芝笔下那种超验性的土地神话在他那里完全阙如。从早年的文学生涯开始，希尼与浪漫主义民族主义文学的关系就呈现出一种复杂性。一方面，他分享了这类文学的前提和范式，如个体与民族共同体连接、民族身份的复合性，以及土地的伦理—政治属性等；但另一方面他又坚持乔伊斯式的个体身份的差异性——主体象征性地从民族全体的伦理—政治要求中放逐出来，成为自足自律的那一个。更重要的是，对希尼来说，相较于土地、传统、共同体和国家这些民族主义的关键概念，他更愿意相信艺术中的"自由"，也就是说，依靠词语认识一切、实现一切。希尼在这个意义上达成了他的"审美现代性"。他说：

> 任何有关爱尔兰诗人与英国的描述，都必须越过政治，进入诗歌本身，而这将牵涉到不仅是英语诗歌，而且牵涉到爱尔兰语、威尔士语、苏格兰语、苏格兰盖尔语诗歌……在一首诗中，词语、句子、声调和意象是互相联系的，交织在各种影响和含义的系统内，这些系统是逃避内容梗概制造者的。这些也许可称为听不见的活动，很有可能构成诗作最重要的追求，并且更多是语言情欲问题而不是当前政治和论争的问题。也就是说，一旦诗人和诗作都超越自身，自己去发现自己，诗歌便会推动事物向前。②

乔伊斯和希尼的文学实践表明，从某种程度上说，疏离可能是把握的前提。通过对艺术自由的追求，将浪漫主义作家所赋予的民族共同体的神圣性交还给审美领域。不妨说，这里有着德勒兹意义上的"解域"（deterritorialization）性。

---

① 希尼在组诗《演唱学校》中的第六首《暴露》中写道："钻石般的绝对。/我既不是被拘捕者，也不是告密者；/一个内心流亡者，长发覆面/沉思着；一个林中的步兵（wood-kerne）。"（OG, 144）
② 谢默斯·希尼：《希尼三十年文选》，黄灿然译，杭州：浙江文艺出版社，2018年，第495页。

但解域往往是相对的，蕴含了"再结域"的可能性。也就是说，审美——现在是"自律"的完整体——重新加入到政治之中。然而，至少对希尼而言，这决不等于叶芝式的政治的再度神圣化，相反，它只是强调，对爱尔兰身份的重新理解，必须以艺术为中介，即希尼所说的，必须要让诗歌"自己去发现自己"，唯有如此，事物（政治）才会被推动。

大卫·劳埃德（David Lloyd）认为，在爱尔兰文学中："文化话语通过将自身表现为脱离社会分裂的意涵，表现为无动于衷，不断寻求建立一个领域，在这个领域中，分裂被克服或被整合。人类自由的实现被延宕到这个超然的领域，其结果是在文化的宣示中加入了道德的召唤。"[①] 此处的"文化"，可被视为"审美"的同义词。在审美的自由中，爱尔兰的现实处境——宗教对立、政治分裂和暴力——统统被吸收到诗歌语言的"情欲"之中。当爱尔兰被重塑为一个必须通过艺术中介来找回的地方时，它就成了一个新的文化空间。在希尼那里，这意味着用世界文化中的人类历史的多样性、广阔性和延伸性来抵消现实暴力和政治话语的冲击，就像他 2006 年的诗集《区线与环线》（*District and Circle*, 2006）的标题所暗示的那样，区线定义了诗人的故土，但故土又被世界的其他地方所环绕，或者说，被宇宙所包围。不难看出，希尼呈现出与大多数爱尔兰浪漫主义作家不同的创作倾向，对后者来说，审美因素从属于伦理因素，且总是和文化归属的问题相关；而对希尼来说，首先是"好的诗歌"的问题，写作中的伦理因素从属于审美因素，或者说，伦理上的困境在审美中被隐喻性地解决。审美同时是防御性和进攻性的，一方面避开爱尔兰的经济和社会条件产生的实际矛盾，同时也避开主体内部的纠结和冲突；另一方面，诗人在语言的自由嬉戏中让事物的观念性和意识形态性剥落，赋予它们在历史冲突前的纯粹性，并通过诗性的引申和联想使之与当前限定性身份"解域"，和世界文化中的其他成分产生偶然性的碰撞和联结，然后，"再结域"成新的——但仍然是临时性的——整体。这一整体当然隐含了对现实政治的观察、沉思、把握和制约。在此过程中，诗人的超越性的审美主体成为了中心，成为了动荡现实的稳定剂。

---

[①] David Lloyd: "'Pap for the Dispossessed': Seamus Heaney and the Poetics of Identity", *Boundary 2*, Vol.13, No.2/3（Winter-Spring, 1985）, p.337.

正是在这里,出现了本书的微观视野。爱尔兰知识分子面对着如何协调个人的审美主体和历史集体经验的关系的问题。这就使他们的身份意识包含了审美、伦理和政治之间的张力性。而把握这一张力,能让我们窥见在所谓"后殖民"情境中,"解域"殖民话语和"再结域"新的共同体话语这一过程的复杂性。在此基础上,我将希尼的诗歌实践置于复杂的多重棱镜下进行考察。其中的关键问题是:既然诞生于浪漫主义的母体,那他又在多大程度上和浪漫主义,尤其是叶芝分道扬镳?他怎样"发现"了帕特里克·卡文纳(Patrick Kavanagh),并在其影响下创造出既具有现实的在场感,又具有审美深度的诗歌?乔伊斯所代表的"流亡"在他那里获得了怎样特别的意义?他如何对其进行改造以适应建构文化身份的要求?希尼的"世界主义"视野,如他和但丁(Dante Alighieri)、艾略特(T. S. Eliot)、霍普金斯(Gerard Manley Hopkins)以及东欧诗人群体的深刻关系,如何锻造了一种全新的文化空间?

只有这些视野打开后,本书最深层的问题才能显现出来。那就是,"后殖民"知识分子如何突破民族主义和宗主国意识形态夹压下的困境?如何在审美维度上突破个体超越/集体认同的这一预设的二元对立?以及如何在伦理—政治维度上突破压迫/反抗、专制/自由、理性/非理性的二元对立?不妨说,对希尼诗歌和翻译实践的研究并非只为了解作家本身,更是还原他所立足的文化政治场域,探寻这个场域所产生的一系列富于理论潜力的命题。

本书第一章探讨希尼对前辈诗人的精神遗产的选择性继承,探讨他是如何从前人的乡土观念中寻找精神支撑点,发出自己的声音的。在爱尔兰,叶芝的文化民族主义为了塑造作为民族共同体的现代国家,赋予了乡土神话般的本体性,以使之能在文化上给民族共同体提供元叙事。而卡文纳抵制了这一原乡神话,书写了性倒错的、压抑和饥饿的乡村。卡文纳开辟的道路对希尼有深刻的启发性,比卡文纳更进一步的是,他将历史和现实中的对立因素一起放进文本中,把不可调和的紧张感加以强化后呈现给我们,参差的"时空错置"主题恰恰是希尼的落力之处。此外,希尼还从符号角度将乡土拓展到外部世界,使发生在爱尔兰的当代暴力被转化成具有普遍意义的"原型"场景。

本书第二章探讨希尼诗歌的语言问题,考察其如何在文本中重构历史和政治现实。分为两个部分论述。第一部分探讨后殖民情境中希尼诗歌语言的困境。分为三个层面：首先，希尼探索了"词语"与"世界"关系的多重可能性。对希尼来说，词语既是保护个人的精神主体不受侵犯的屏障，又能把握和昭显现实本身；其次，论证语言和文化身份之间的紧密联系。为了对抗英国的标准书面语系统，他转向以"喉音"为正统的方言和口语，以此展现爱尔兰人自身的生命经验；第三，希尼通过在诗歌中考察词语的起源和演变，抵制粗暴的英/爱二元对立，他以类似于考古的方法发掘特定词语的起源以及在使用过程中的衍生出的含义，翻检出民族文化身份源初的多层次的地质构造。希尼认识到方言的逐步丧失是殖民者推行新语言的结果。他关注方言如何在源头被污染，如何逐渐失势。第二部分探讨希尼诗歌的"语言转向"。分为两个层面：首先，希尼尝试把语言符号还原到"本真"状态。通过终止语言的具体指涉关系，使之只成为象征符号或隐喻自身。通过这种"还原"策略，清除后设话语体制对语言的规训，在观念世界中完成了人和世界纯粹关系的想象；其次，在希尼的后期诗歌中，他不再追问应该把落脚点放在个人意识还是文化身份上，而是认识到了身份其实不可以做实体化的处理。他在诗歌中灵活地使用词语，形成了独有的"间性"语言空间。

本书第三章研究的是希尼诗歌生涯的代表诗集《斯特森岛》（*Station Island*，1984）。这是一部转型之作，体现了一种强烈的对超越的渴望，以及对自身主体性的反思和突破。首先解释希尼的超越之路如何确立，这方面艾略特的诗歌《小吉丁》（"Little Gidding"）对他有重大启发。其次，通过如同《神曲》般的炼狱旅行，他与诸"鬼魂"的相遇既揭示了自我的分裂，也预示了重新弥合的可能。诗中但丁的鬼魂成为希尼的另一个自我形态，借助但丁对对立性的包容，使自我意识的分裂变成为自我意识层次之间的交流。在《斯特森岛》中的组诗《斯威尼的复活》（"Sweeney Redivivus"）里，希尼借助斯威尼这一神话人物，再次完成了自我形态的转变。主要包含两个阶段：在第一个阶段，希尼从斯威尼的反叛性和返源性倾向，总结出一种内在精神的英雄性，由此向更纵深的自由领域迈进；第二个阶段，希尼借助斯威尼揭示了民族文化中的"自然性"特征，并将个体的超越落实到艺术的本质。

本书第四章探讨希尼和东欧诗人的关系。由于较为相似的历史际遇，希尼在东欧诗人身上找到了自我的镜像。东欧诗人身上有着西方文化中很难出现的道德坚定性,希尼汲取了他们对公共世界负责的态度和见证历史的决心。与此同时,他仍然强调诗歌的自治和根本上的游戏精神。见证和愉悦形成了希尼诗歌的两极,他从中寻求平衡。本章进一步指出,希尼和东欧诗人对事物形态呈现的方式有异,不同于米沃什(Czeslaw Milosz)和赫伯特(Zbigniew Herbert)的形而上学,希尼试图寻求日常之物中蕴含的精神性,但是最终仍然要回到具体可感的物质现实之中,这使他的诗既有沉思的深度,又有明晰的直觉性。

本书第五章把视线转向希尼的翻译实践,以及这一实践与爱尔兰语境中的后殖民翻译的关系。分为两个部分论述。第一部分探讨爱尔兰语境中翻译的后殖民性。首先在理论上阐述了翻译中的隐喻和转喻关系;其次,探讨爱尔兰语境中翻译的特殊性。爱尔兰文学现代的翻译实践形成了两个传统:追求"异化"的学者翻译传统和追求"归化"的文学化翻译传统。认为翻译在爱尔兰要想真正突破殖民主义桎梏,就必须摆脱既定的话语体系。第二部分探讨希尼如何突破隐喻性翻译,分为两个层面:首先,通过对《贝奥武甫》的翻译,他发现了和"英国文学"的话语规划不相容的"异"的因素;其次,希尼的翻译中有大量现代英语、古英语、方言和外来语的混合,这些语言形态转喻性地相互联系和转化,这导致了语言边界的丧失,并通向本雅明意义上的"纯语言"。

本书第六章以本雅明的"讽喻"概念为工具,继续分析希尼的翻译实践。分为两个部分论述:第一部分强调了希尼翻译的超历史讽喻结构。通过讽喻"由此及彼"的功能,他将暴力"文本化",使之在符号体系中不断被引申和转换,以抵制隐伏在暴力背后的话语独裁。但在整体性的讽喻结构下,仍然有鲜明的历史独特性。第二部分分析了希尼《在特洛伊治愈》译本。分为三个层面:首先,在讽喻的层面上,该文本有一个主题先行的替罪羊框架,可以转换为任何的暴力,但同时又直指爱尔兰历史的特殊性,这些矛盾性的组合是为了让历史不陷于一元性,而是能被批判和反思;其次,通过涅俄普托勒摩斯这个形象分析希尼对和解的展望。通过涅俄普托勒摩斯认菲罗克忒忒斯为父,意味着对弱者的理解和对历史的接纳,使爱尔兰身份政治中蕴含的暴力和非理性因素得到正视;最后,涅俄普托勒摩斯和菲罗克忒忒斯的和解意味着对话语规则的突破。通过主人公面对历史时积极主动的选择表明,要走出"北爱尔兰问题"的死局,就必须创造出被英/爱二元论框架所压抑的、话语规则之外的包容性的空间。

# 第一章　卡文纳和希尼诗歌中乡土意识的发展

## 一、卡文纳与英国浪漫主义诗歌的嬗变

19世纪初的英国诗坛，华兹华斯一改古典主义诗歌典雅、明晰之风，将口语入诗，描绘和歌颂自然，开启英国浪漫主义诗歌之先河。至此，以乡土、乡村为主题的诗歌延续发展，至叶芝出现，将浪漫主义诗歌与爱尔兰民族主义的诉求结合起来，形成了浪漫主义民族主义诗歌话语；而谢默斯·希尼却彻底颠覆了浪漫主义诗歌的原有风貌，宣布了"自然主义者的死亡"。华兹华斯、叶芝、希尼都可谓盎格鲁—爱尔兰浪漫主义诗歌史上标志性的人物，但细观其发展脉络，我们不难发现这一诗歌话语转折性的变化，前两者重视"乡土"想象，偏于浪漫、唯美的情调，而希尼则揭示出乡土生活的诸多糟粕和辛酸，并挖掘了这种生活对人的精神的内在压迫。在浪漫主义诗风的巨变中，我们可以发现一个关键性的名字——帕特里克·卡文纳，这位爱尔兰诗人在如何让"乡土"既忠实于自身的土地经验，又不至于成为殖民者和异邦人眼中的"风景"方面，在诗歌实践上做出了可贵的探索。我们将首先探寻卡文纳的乡土诗歌的表意选择，以及这对盎格鲁—爱尔兰浪漫主义诗歌的总体发展又具有怎样的意义。

### （一）卡文纳对传统英国浪漫主义诗歌的继承与反思

勃兰兑斯（Georg Brandes）曾总结道："对这些英国气质追溯本源，它们全

都可以归结到一个明显的本源上,即生机勃勃的自然主义。"① 他这里所说的自然主义,实质就是文学史上的浪漫主义。这方面,我们的讨论难以跳过华兹华斯——这位首先举起"自然"旗帜的桂冠诗人。在华兹华斯的诗论中,最为显著的特点之一便是:关注日常生活,诗歌尽可能做到平实、自然。他曾写道:"这些诗的主要目的,是在选择日常生活里的事件和情节,自始至终竭力采用人民真正使用的语言来加以叙述或描写……"② 这种关注生活细节的诗歌手法深刻影响了后来的浪漫主义诗人,卡文纳便是其中之一。卡文纳与华兹华斯一样,从小生活在"自然"之中。华兹华斯在风景如画的湖区长大,而卡文纳则是在爱尔兰乡土莫纳汉(Monaghan)成长。对于"自然"他们都有非常多的亲身体验,这种亲切感是与生俱来的,永远沉淀在内心深处。卡文纳的许多诗歌都是对最为平常的生活的记录。例如《童年的圣诞记忆》("A Christmas Childhood")一诗:

> 白色的冰霜覆盖在马铃薯坑的一边
> 多么美妙呀,多么美妙!
> 当我们贴近篱笆仔细听
> 音乐奇迹般涌现
>
> 草垛间射入微光
> 就好像穿过天堂墙上的洞
> 我们看见十二月闪烁着的水果
> 哦,你啊,圣诞夜,像是世界对我的诱惑③

希尼曾提到,卡文纳的这首诗勾起了他的童年记忆,让他万分感慨。卡文纳对日常生活的细致勾勒,牵引出回忆中的缕缕温情。此外,卡文纳还从华兹华斯那里继承了独特的"地域感情"。华兹华斯的浪漫主义诗歌有一个专注的

---

① 勃兰兑斯:《十九世纪文学主流 第四分册:英国的自然主义》,张道真译,北京:人民文学出版社,1980年,第6页。
② 华兹华斯:《华兹华斯抒情诗选》,黄杲炘译,上海:上海译文出版社,2000年,第2页。
③ Patrick Kavanagh: *Collected Poems*, London: Macgibbon & Kee, 1964, p.71.

描绘对象，即英格兰西北角的"湖区"考克茅斯。那里承载着他的童年记忆。他追忆那里，热爱那里的一草一木，考克茅斯已经成为他所有情感的发源地。而这种"地域感情"依旧在卡文纳那里延续。卡文纳几乎所有的诗篇都以家乡莫纳汉为主题。他要追求的是家乡多石、灰色的土壤和确切的生活。

但是，卡文纳在他后来的作品《大饥荒》（"The Great Hunger"）中表现出对华兹华斯的抗议——它是以1845至1852年间，发生在爱尔兰的真实事件命名的。其实，"饥饿"问题一直困扰着爱尔兰乡土。英国自1801年起对爱尔兰进行土地改革，当时爱尔兰三分之二的人口是佃农，但土地兼并后他们得到的土地非常少，只有种植马铃薯才能勉强维生。而正是由于长期以来对同一种农作物的过度依赖，导致爱尔兰马铃薯歉收时有发生。1851年的一次统计表明：爱尔兰国内自1728年以来至少发生过24次歉收。于是，我们可以看到饥饿主题确实犀利地指出"乡土"生活的物质依赖性。对于真正生活在田间的农民，耕作、收成暗示生存的重担，他们生活于此，挥汗于此，又怎有闲情玩赏乡土景致。

蒂尔沃什（Thomas Dilworth）指出："在长诗（《大饥荒》）的第八部分，卡文纳的矛头直接指向浪漫主义诗歌的鼻祖华兹华斯。"[①] 为什么卡文纳要与英国浪漫主义传统分道扬镳？症结的源头可归因于华兹华斯的"想象"理论。虽然他的题材来自现实生活，但是华兹华斯"决定赋予那些最普通、最自然的情景以不同寻常的、全新的、几乎是超自然的色彩……"[②] 而其方法便是"想象"。根据华兹华斯的定义，想象是一种交会、一种抽绎、一种修改、一种赋予的力量。它能够塑形，具有不息的创造能力。只有通过诗人想象的再创造，我们眼前的事物才能真正展现它的内质与灵光。而这种"想象"手法在传统英国浪漫主义诗歌中得到普遍推崇。柯勒律治（Samuel Taylor Coleridge）便是第一个追随者，而之后的第二代诗人雪莱，则认为诗就是"想象的表现"。

英国浪漫主义诗人一方面推崇诗歌"想象"的作用，一方面又指出诗歌一

---

① Thomas Dilworth: "Wordsworth and Lewis Carroll in Patrick Kavanagh's The Great Hunger", *The Review of English Studies*, No.1985, Vol.36, p.541.
② 勃兰兑斯：《十九世纪文学主流　第四分册：英国的自然主义》，张道真译，北京：人民文学出版社，1980年，第66页。

定要表现"真实"。这个看似矛盾的观点不过是一个偷换概念的产物。在这些诗人们看来,他们所揭示的生活中的"真实"是"诗的真实",而非"科学的真实"。[①] 他们认为诗歌并不是要提出关于现实的论断,而是一种关于人类心灵的表达,诗歌的真实观与科学的真实观是处在不同层次的。"真实"这一概念之所以会出现断层,正是由于工业革命后科学理性的兴起。理性的介入对诗歌而言可谓致命的一击。针对由科学理性而来的机械美学论,诗人们创造出了有机论。柯勒律治指出:"想象是一种主动综合的力量,这种综合不是对表象材料的机械合成,而是一种在吸收、融化、分解、消耗后主体内部的再生和创造的过程,是生命的有机构成。"[②] 由此,浪漫主义诗人在"想象"与"真实"间搭建了桥梁。

然而,这样一来他们不可避免地陷入"感情误置"的泥沼。而"犯了感情误置毛病的人在自然中看到了并不真实存在的感情,他们看到的只是自己的感情"。[③] 华兹华斯选择乡土生活为题材,其目的本身并非仅限于歌颂自然,更重要的是他要将人与自然联系起来。他力图"唤醒人们酣睡于习惯之中的心灵,并且迫使它去注意自然界里常出现而未曾被留意过的美和令人惊叹的事物"[④]。在他看来大自然是最为美好与纯净的地方,它是工业污秽与城市嘈杂的对立面,是人类心灵的最佳归宿。同样,也是他个体心灵的避难所。与其说华兹华斯在歌颂自然,不妨说他在歌颂自然的功能——净化人的灵魂。白璧德(Irving Babbitt)将华兹华斯定义为"卢梭主义者",并严苛地评论道:这是"将自然变为情绪的纯粹玩物"。[⑤] 故此,"自然"成为一种媒介,它是诗人宣泄情绪的处所,又是慰藉自身的乌托邦。也就是说,这种"自然"转化成了"原乡"。

---

① M·H·艾布拉姆斯:《镜与灯:浪漫主义文论及批评传统》,郦稚牛、张照进、童庆生译,北京:北京大学出版社,1989年,第512页。
② 转引自武跃速:《西方现代主义文学的个人乌托邦倾向》,上海:上海社会科学院出版社,2004年,第50页。
③ 欧文·白璧德:《卢梭与浪漫主义》,孙宜学译,石家庄:河北教育出版社,2003年,第161页。
④ 勃兰兑斯:《十九世纪文学主流 第四分册:英国的自然主义》,张道真译,北京:人民文学出版社,1980年,第66页。
⑤ 欧文·白璧德:《卢梭与浪漫主义》,孙宜学译,石家庄:河北教育出版社,2003年,第179页。

所谓"原乡",其意义的产生肇因于它的失落或改变。正如王德威所指出的那样:"故乡之成为'故乡',亦必须透露似近实远,既亲且疏的浪漫想象魅力。……其所贯注的不只是念兹在兹的写实心愿,也更是一种偷天换日式的'异乡'情调(exoticism)。"① 将原乡题材的作品视为一种"神话"是因为原乡作者在叙事中不自觉地显露出神话的"虚拟性"与"权宜性"——作者在叙述时往往会对故乡进行不自觉的美化与虚构,由此来回避或影射当下所面临的现实困境。故原乡主体不只是在述说一个关于"时间流逝与空间位移"的故事,事实上,他们有着更为深层次的诉求,即:欲通过原乡叙事行为来寻找一种乌托邦式的寄托,"叙述的本身即是一连串'乡'之神话的移转、置换及再生"。② 所以"原乡神话"在一定程度上总难以避免一种浪漫主义色彩——在由对乡愁的抒情中,作者从记忆中或想象中创造出故土的浪漫与美好,从而反衬现状的丑陋与不堪。

爱尔兰作家普遍的"原乡"情结起源于"爱尔兰文艺复兴",根植于爱尔兰被殖民主义压迫的历史。英国对爱尔兰岛的入侵可以追溯自12世纪中叶的诺曼王朝,至1948年爱尔兰南方二十六郡正式独立,成立爱尔兰共和国为止,这片土地上经历了长达八百年的殖民统治。在长期的殖民地生活中,爱尔兰民族的身份主体意识受到了普遍的威胁,尤其是当爱尔兰的官方教育完全英国化,甚至于本土的盖尔语(Gaelic)也被强行从国民教育体制中驱除出去,成为只在少数地区存在的几种方言后,这种"身份危机"(the crisis of identity)意识在盎格鲁—爱尔兰作家那里就愈发强烈了。对他们来说:虽然他们有着英国国籍,接受英式教育,使用英语写作,但这些也不能代表他们就是完全意义上的英国诗人。事实上,无论是英国还是爱尔兰,对他们来说均既非异者又非自身。因此,他们对"原乡神话"的追逐的真正目的恰恰是给自我主体提供一个能够确证其身份、缓释其焦虑的文化成规或系统。

在爱尔兰的"原乡神话"的追逐者中,叶芝是最醒目的一个。在20世纪初的"爱尔兰文艺复兴"运动中,叶芝企图通过"塑造古老的凯尔特英雄主义

---

① 王德威:《想象中国的方法:历史·小说·叙事》,北京:生活·读书·新知三联书店,1998年,第226页。
② 同上注。

神话来复兴爱尔兰民族文学,凝固爱尔兰民族记忆"。① 但是他所努力创造的那个"依托于布尔本山的庞大神话系统"不仅因为"处于时代的实际活动范围之外,所以便转向被放弃的知识领域,未被认识的启蒙源泉——总之,转向某种神秘主义",② 而且因为"难逃政治、文化乃至经济的意识形态兴味",③ 最终被简单化为一种名为"爱尔兰主义"的种族主义,一再地被别有用心的政权当局扭曲与利用,沦为了20世纪70年代爱尔兰共和主义分子临时派成员煽动暴力运动的工具,成为"一个潜在的代码,它意味着忠诚于爱尔兰共和主义分子的目标和手段"。④ 叶芝式的文化返乡之路几乎成为19、20世纪相交之际爱尔兰一代精英知识分子的共同选择,在这一时期的"爱尔兰文艺复兴"运动中,传奇的神话、朴拙的风俗、乡俚的怪谈往往是作家们的拿手好戏。如格雷戈里夫人(Augusta Gregory)重构了古爱尔兰英雄库胡林(Cuchulain)的传说,将之在崇高的哲理意义上得到升华,看作是凯尔特民族永恒、伟大、明智的精神源泉。

但对于卡文纳而言,这种浪漫主义传统的"想象"方式与其自身的认识不符。叶芝用"浪漫化"、"想象化"手法缔造了一个爱尔兰的乌托邦,这再一次激化了卡文纳对乡土想象的反感。他写道:

> 叶芝啊,对你来说,坦白一切太过容易
> 带着你六十年的记忆和爱
> 但是如此单薄,事实上,你不曾将坦克开上大道
> 啊,一个谨慎的人,没有什么罪孽可以让你堕落
> ……
> 真的,我不是盲人
> 我所看到的,比你想象中的更广大

---

① Floyd Collins: *Seamus Heaney: The Crisis of Identity*, Newark: University of Delaware Press, 2003, p.22.
② 格雷厄姆·霍夫:《现代主义抒情诗》,马·布雷德伯里、詹·麦克法兰编《现代主义》,胡家峦等译,上海:上海外语教育出版社,1992年,第291页。
③ 王德威:《想象中国的方法:历史·小说·叙事》,北京:生活·读书·新知三联书店,1998年,第227页。
④ 西默斯·希尼:《希尼诗文集》,吴德安等译,北京:作家出版社,2001年,第305页。

我了解我们的孩子，比如本·凯里

在边缘买卖文学

是的，叶芝啊，你可以轻易地得到

中产阶级与感化院的庇护

让我们谈谈那个六十年来受公众庇护的男人

那个暗地里受维多利亚缪斯庇护的人①

正如诗中所言，"我所看到的，比你想象中的更广大"。之前华兹华斯所"想象"的湖区，卡文纳并不熟悉，然而，叶芝描述的爱尔兰乡村却是卡文纳的故乡。这种牧歌式的描绘与现实情况呈鲜明反差，这让卡文纳心生反感。于是，他决定用自己的方式来写作。

### （二）错置的"风景"

"乡土"作为自然的表征之一，曾一度被人们视为文明的对立面。自然中接近原始化的生活模式，较为粗野的口语交流等因素都向人们展示出文化的底层状态。其不可言说性可谓与生俱来，其难以入诗性更是不言而喻的。然而，英国诗人们难以名状的自然情结以及18世纪工业浪潮的掀起，突然将"乡土"推至诗歌创作的核心主题。华兹华斯伊始，"乡土"越发成为英国诗人们争相描摹的对象，但同时，罗曼司的氤氲始终围绕着它，甚至可以说一直在侵扰着"乡土"。于是，生长于田野间的农民始终处在言说权的缺失状态。一方面，与自然环境抗争的他们不得不面对生活的疾苦。自然生活——在他们的视域中早已被拖回物质层面，怎堪表达？另一方面，殖民话语用"文明"的方式为他们"代言"。抒情诗人们带着惯有的浪漫情怀与怀乡情绪一头栽进"想象"的泥沼，无法自拔地欢愉着。而卡文纳独特的"农民诗人"身份为他提供了更贴近农民的地方意识，同时也为他提供一个更切实可行的反抗途径——重构土地观念。卡文纳重构土地观念关键的一步便是让一切退回物质层面，展露"乡土"

---

① C. H. Sisson: *English Poetry, 1900 - 50: An Assessment*, London: Methuen& Co. Ltd, 1981, p.254.

物质匮乏的现实状态，打破自然"郁郁葱葱，枝繁叶茂"的幻想，首先让土地观念从精神层面退回物质领域。对于饥饿，卡文纳感触颇深，他曾在自传中写道："我对童年的印象，便是爱尔兰农村里没有文化又贫穷的生活。我从没见过有人妥善分析过我们的穷困问题……虽然，你会听到有人说是这些男男女女自己'选择'了贫困，但实际上你无从选择。贫穷与你今天吃掉多少口粮没有多大关系，它之所以令人焦虑，是因为你不知道下星期会发生什么情况。"① 同样，他的许多诗歌也立足于农民生活困境的描摹，比如：

> 我将它借出一周，抑或更久
> 它回来时一身皮包骨头
> 饥饿，过度劳作，近乎绝望
> ……
> 我一边抱怨一边游走
> 带着我的马，我的灵魂
> 我哀求道："谁能施舍五先令？"②

这首诗描述了一位农民迫于无奈，不得不贩卖自己的最后一匹老马，但最终仍是一无所获。但卡文纳塑造饥饿主题的意义绝不仅限于农民现状的再现。在此，他进一步挖掘"土地观念"，通过饥饿主题重新构建了"土地观念"中一个核心的问题——人与自然的关系。卡文纳力图纠正以往土地观中的人类中心主义思想。当叶芝高歌着茵尼斯弗利湖心岛上"晨曦的面纱"与"红雀的翅膀"时，卡文纳却倾心于马铃薯这一农民们赖以生存，维系生命的农作物。他在《浇灌马铃薯》("Spraying the Potatoes")一诗中写道：

> 那个用来浇灌马铃薯的沮丧的铅桶
> 放在六月的岬边

---

① C. H. Sisson: *English Poetry*, 1900-50: *An Assessment*, London: Methuen & Co. Ltd, 1981, p.251.
② Patrick Kavanagh: *Collected Poems*, London: Macgibbon & Kee, 1964, p.60.

> 靠着果园的墙角
> 像是天空中悬着的女孩
> ……
> 在马铃薯的田地上
> 罩着阳光织成的慵懒面纱
> 蒲公英在岬上生长
> 向每个人展开无爱的心房①

卡文纳的描绘中不难看出一份苦涩,面对歉收的农田,连铅桶都变得"沮丧",而浪漫诗人笔下灿烂的蒲公英,此刻却是"无爱"的。卡文纳诗歌的一大特征便是揭示人类的被压迫性,在自然环境中他们渺小无助,深深体会到自然的无情。正如霍尔巴哈(Baron d'Holbach)指出的:"人是自然产物,存在于自然之中,服从于自然的法则,不能超越自然。"② 人与自然的关系一直是英国浪漫主义诗歌不可回避的内容。18 世纪法国哲学家卢梭在宣扬"回归自然"之说时,将自然与文明对立,认为真正的文明需要建构一个模拟自然规律的法则。然而,工业革命的巨变在带来机械生产的同时,也将人们心中的"文明"打碎,奢侈、金钱、低级趣味开始扫荡整个新社会。由此,人与自然间的关系开始发生转变。当人类社会处于道德败坏的边缘状态,英国浪漫主义诗人们已经认定"文明"不可能在工业社会中孕育,相反,"文明"已经转移到"自然"之中。"在他们看来,自然是给他们养分、给他们信念的地方。只要置身大自然,身心便得到了完全的自由。"③ 无论是济慈、雪莱,还是 20 世纪的叶芝一派其实都在自然中努力构造自己的文明幻想。即便他们的幻想方式各有差异,但有一个共同特征——人类中心主义。工业时代的来临好似人类的一次宣言:我们可以战胜一切,包括自然。这种凌驾于一切的俯视姿态在他们的诗作中屡屡出现。叶芝曾坦言:"作者就像个老农夫一样,凭记忆讲述大饥荒时期的故事,或是 1898 年集体问吊的情形……他会用最浮夸的字眼或绘笔,务求达到

---

① Patrick Kavanagh: *Collected Poems*, London: Macgibbon & Kee, 1964, p.78.
② 高宣扬:《近代法国哲学导论》,上海:同济大学出版社,2004 年,第 438 页。
③ 李美华:《英国生态文学》,上海:学林出版社,2008 年,第 68 页。

目的。又或者他会发明一个疯狂的寓言,脑中烧得越红火或者创造力越旺盛他就越不会理会外在的世界,也就越无视它的价值……他甚至会对世界有一点轻蔑。"① 于是,我们也不难理解他们土地观念中将"自然"对象化的行为了。既然在自然中,人类始终处于主导地位,那么一切都变得随心所欲了。所有浪漫化的色彩也都是由这种自我膨胀催生的。

然此,我们可以发现扭转"土地观念"的关键在于人与自然关系的重新缔结。而卡文纳笔下的饥饿主题好比哈代小说的荒原主题,向人们展示了"一块难以制服、以实玛利人的野地,从远古到现在,一直如此。文明是它的敌人"②,传达了农民生活的真实处境。我们可以看到他的诗歌中浸润着土地的景象、物质和气味。卡文纳由饥饿主题入手,表达了农民的生活困苦,并揭示出人类在自然中被支配的地位,由此颠覆了浪漫主义诗人的"土地观念"。当乡土生活被物质现实拉到"失语"的边缘后,他又在诗歌中植入悲苦、困窘的意象,使读者深切体会土地的厚重,对农民的处境产生共鸣。他的诗歌弥补了浪漫主义诗歌的缺憾,不再沉溺于乌托邦幻境,而是忠于农民的真实体验。于是,乡土这位"失声的缪斯"终于找到了自己的语言。③

华兹华斯说:"为了表现人类的普遍情感,为了找到人类最广大群众的真正代表,必须离开绅士、商贾、专家、淑女,走下去,走到茅屋和田野中去。"④ 我们不难看出,牧歌的背后是对其精神净化作用的歌颂,而生活在田间的农民被塑造成纯净、质朴、无邪之人,他们正处在人类未尝禁果前的原初状态,生活在堪称"伊甸园"的圣洁之土。卡文纳之前的浪漫主义诗人在构建乌托邦式"乡土"的同时,将生活在其中的每个农民都浪漫化了,个个成为精神上的贵族,由此"乡土"不再是农民的,而是"贵族式"的。叶芝曾这么描绘田间牧人:

---

① 埃德蒙·威尔逊:《阿克瑟尔的城堡——1870 年至 1930 年的想象文学研究》,黄念欣译,南京:江苏教育出版社,2006 年,第 33 页。
② 李美华:《英国生态文学》,上海:学林出版社,2008 年,第 162 页。
③ Peggy O'Brien: *Writing Lough Derg: From William Carleton to Seamus Heaney*, Syracuse: Syracuse University Press, 2006, p.129.
④ 转引自武跃速:《西方现代主义文学的个人乌托邦倾向》,上海:上海社会科学院出版社,2004 年,第 59 页。

> 有一个人被"哀愁"当作了朋友,
> 
> 他,渴望着"哀愁",他那高贵的伙伴
> 
> 去沿着那微光闪烁、轻声吟唱的沙滩
> 
> 漫步行走,那里狂风挟着巨浪怒吼。
> 
> 他向着群星大声呼唤……①

在英国文学史上,爱尔兰农民这一形象历史悠久。英政府自殖民侵略以来,从宗教、语言、土地等方面对爱尔兰的文化及经济生活进行清扫,其中不乏对爱尔兰的贬低。在19世纪中期,英国卡通周报上曾出现一个叫帕迪(Paddy)的爱尔兰农民形象,他被刻画成一个醉醺醺的小丑式的人物。而19世纪60年代爱尔兰农民被称作"白皮肤的黑人",他们"野蛮、丑恶、甚至残忍"。②针对这样的"诋毁",叶芝、海德(Douglas Hyde)等人从重塑农民形象入手进行反击。但他们笔下的爱尔兰农民是夹杂着民族主义情结的贵族化的形象。当茅德·冈(Maud Gonne)举起政治反抗的旗帜,叶芝就曾指出:应该先从文学入手,先要推翻之前的殖民话语,在文坛上重新确立爱尔兰民族的"真正"形象,让爱尔兰同胞们产生民族认同感。基于这一理念,叶芝几乎将爱尔兰农民神化了——"由于城市里的爱尔兰人都想成为更优等文化中的一分子,因此这条大众化的'爱国'之路倾向于将当地文明理想化"。③华兹华斯与叶芝眼中的"乡土"都是"风景"式的,他们以旁观者的角度审视与想象这片土地。

1939年,当卡文纳来到都柏林,他深刻意识到"精神上的差异"。后来当他回忆这段都柏林的时光,他说这是"人生中最大的错误"。④可见,这段经历给他留下了难以磨灭的心灵创伤。可以说,卡文纳与之前的几位浪漫主义诗人的最大区别在于——他生就是农民,而华兹华斯与叶芝未尝过有下地为农的经历。正如勃兰兑斯对华兹华斯的批评:"他之所以把坎伯兰和韦斯特莫兰的牧

---

① 叶芝:《叶芝诗集》,傅浩译,石家庄:河北教育出版社,2003年,第7页。
② Edward Hirsch: "The Imaginary Irish Peasant," *PMLA*, Vol.106, No.5, 1991, p.1119.
③ Ibid., p.1124.
④ C.H. Sisson: *English Poetry, 1900-50: An Assessment*, London: Methuen & Co. Ltd, 1981, p.251.

民和农民写成诗歌的中心人物，是由于他认为这一类人具有真正可以入诗的资格。乡村生活本身就能使人的品质改善和变得高尚的理论，是一种迷信。因为这种生活倒很容易使人变得呆板、迟钝。"① 而对卡文纳而言，爱尔兰的乡村不可能成为"风景"，一旦提及爱尔兰的土地，那些生于斯长于斯的人们只会告诉你：所谓"爱尔兰的土地"就是土地面积，土壤肥力，人口繁殖程度，性习俗……正是卡文纳独特的"农民诗人"身份为他提供了更贴近农民的本土性，同时也让他能够重构土地观念：

> 泥土是道，泥土是肉身
> 马铃薯堆置成稻草人
> 正值秋日，马圭尔和朋友们站在山脊
> 当我们久久注视，会发现
> 生活中什么都无法证实
> 就好像撕破后被退回的死亡之书
> 乌鸦在蠕虫和青蛙头上喋喋不休②

卡文纳笔下的农村生活可谓"毫无生趣"。面朝黄土背朝天正是他们生活常态的写照，波澜不惊的日子往复在不曾留心的年月里。卡文纳写道："明天是星期三？可又有谁在乎呢？"对于农民精神状态的挖掘，卡文纳并没有停留在"乡村闭塞"这一直观层面上。他更为深入地探究爱尔兰农民的精神生活，并且将矛头指向爱尔兰文化的重要组成部分——天主教。罗马天主教在爱尔兰有悠久的历史。如今在爱尔兰岛600万人口中，就有88.4%的爱尔兰共和国公民和43.8%的北爱尔兰公民是受洗的天主教徒。特别是在爱尔兰乡村，天主教牧师具有非常崇高的地位，教徒们敬奉教义，不敢违逆。而天主教与叶芝等人信奉的新教存在很大差异。其中最为明显的便是天主教的禁欲思想。在揭露乡土的闭塞之后，卡文纳通过对宗教背景的挖掘，进一步揭示农民的精神匮乏。

---

① 勃兰兑斯：《十九世纪文学主流　第四分册：英国的自然主义》，张道真译，北京：人民文学出版社，1980年，第77页。
② Patrick Kavanagh: *Collected Poems*, London: Macgibbon & Kee, 1964, p.34.

在《大饥荒》中，主人公马圭尔唯唯诺诺，毫无主见，与其母亲、姐姐两位女性形象形成鲜明反差：

> 他母亲的声音
> 稀薄得像生锈用旧的餐刀
> 但当它变稀薄时
> 同样发出恶毒的言语
> 把他切到中年直到
> 他变得更加女性化
> 在一切都结束前
> 它切断了他的心智①

诗中的母亲大权在握，统御一切，且精神矍铄，而正相反的是马圭尔软弱无能，始终受到压制。卡文纳将马圭尔塑造成一位典型的爱尔兰单身汉形象。他渴望有妻子和儿女，但天主教以及家庭的钳制令他不敢接近女人。他像是"没有射击目标的手枪"，又抑或是"大腿上无力的蠕虫"。当然，这种宗教力量不仅涉及马圭尔这样的单身汉，卡文纳还在诗中描绘了女性的性压抑：

> 艾格尼丝大胆地掀开她的裙子啊
> 不是因为那儿的草地是湿的
> 一个叫帕特里克·马圭尔的男人正注视着她
> ……
> 年轻的妇女变得狂热
> 梦想着有自己的孩子②

卡文纳"性倒错"的手法的运用让人不禁联想起乔伊斯的作品。在《尤利

---

① Patrick Kavanagh: *Collected Poems*, London: Macggibbon & Kee, 1964, p.47.
② Ibid., pp.42-43.

西斯》中，主人公布鲁姆曾一度幻想自己成为女人，把自己头晕的毛病归咎于月经不调，乔伊斯还将他定名为"新型的阴性男人"。而女主角摩莉曾被当时的评论家封为"典型的荡妇形象"。摩莉在其婚姻生活中占明显的主导地位。小说中加强渲染了这位女性旺盛的性欲。这种男女角色性倒置的描绘与《大饥荒》几乎如出一辙。卡文纳自己也曾在诗中暗示乔伊斯对他的影响：

> 飞吧，飞吧，飞吧，用乔伊斯一般的翅膀
> 大地母亲正在整理我的新衣，
> 她说，她盼望我不再忽视她。①

卡文纳与乔伊斯都采用"性倒错"的手法，这不仅体现出两人对天主教的禁欲思想的批判，更是为了深入揭示人性本能的缺失状态，以及这种状态所导致的精神匮乏。雅克·拉康(Jacques Lacan)曾用性身份定位模式打破了两性身份的生物学定义，并且证实了"一个生物学意义上的男性可以加入到女性的一方，生物学意义上的女性可以加入到男性的一方"②。由此在精神分析领域，为"性倒错"奠定了理论基础。那么，在这种性身份模棱两可的情况下，两性又如何定义自身？拉康指出："主体承担阉割情结的程度决定了主体是秉承男性气质还是秉承女性气质。"③ 在这里，"菲勒兹"成为两性关系的枢纽。④ 这种关系的确立正是根据主体"是"菲勒兹还是"有"菲勒兹决定的。然而，无论是追求"是"还是"有"都在阉割情结的掌控下体现出主体的欲望。在拉康眼中，菲勒兹即是欲望的能指。

所以，我们可以看到"精神贫瘠"最终指向了人类最为原始的欲求。在《大饥荒》中，我们不能将马圭尔与其母亲的关系简单地视为俄狄浦斯情结的再现，因为长诗中我们根本没有看到有关"恋母"情绪的任何暗示，并且"父

---

① Patrick Kavanagh: *Collected Poems*, London: Macgibbon & Kee, 1964, p.125.
② 伊丽莎白·赖特：《拉康与后女性主义》，王文华译，北京：北京大学出版社，2005年，第73页。
③ 马元龙：《雅克·拉康：语言维度中的精神分析》，北京：东方出版社，2006年，第261页。
④ "菲勒兹"：从弗洛伊德的理论中引发出来。但在拉康的语境中，阴茎指的是身体器官，菲勒兹指的是这个器官所起的想象和象征作用。

亲"的形象也从未出现。其实,"性倒错"手法的运用关键在于其隐喻的功能。马圭尔之所以产生性身份认同的偏差归因于其性征——菲勒兹的欠缺。本应拥有性征的马圭尔失去了菲勒兹,导致阉割情结弱化,女性气质彰显。而这种缺失就客观环境而言正是由禁欲教条造成的。菲勒兹缺失的背后隐含着欲望主体的丧失。由此,我们可以看到《大饥荒》中对农民原始欲望的表达方式。在这里,卡文纳已经跳出了宗教批判的沟槽。他在乡土诗中植入了最为原始,甚至在诗歌领域被视为粗俗的话题——性欲。这不同于华兹华斯笔下的原始主义情结,因为卡文纳的最终目的是揭示这种欲求被压抑的状态,而非欲求的释放,而欲求丧失可谓精神匮乏的终极状态。卡文纳通过闭塞的乡村生活指出农民文化精神的缺失。此外,他又敏锐地洞察到天主教教条对人性的压抑,于是,进一步揭露了乡土生活精神匮乏的本质。浪漫主义诗人普遍认为自然能为人类提供"精神给养",由此他们更为推崇、歌颂自然。卡文纳之所以能颠覆关于土地的浪漫主义叙事,正是因为他把握了"精神"幻想这一关键切入点。

## 二、乡土与反乡土:希尼对"原乡神话"的超越

从最早的诗集《一个自然主义者的死亡》(*Death of a Naturalist*,1966)到晚期的《区线与环线》,希尼的诗歌始终有着鲜明的地域性,这与他的北爱尔兰出身不无关系。北爱尔兰的殖民现状赋予了希尼一个复杂的话语环境,使他一开始即处身于爱尔兰乡土经验和英国文化遗产交界的中间地带,在某种意义上,这也成为他的诗歌能够在国际上获得成功的一个先天条件。1972年,希尼举家迁离了他生活有37年的北爱尔兰,移居至爱尔兰共和国首都都柏林,并加入爱尔兰国籍。至此,那充满了暴力与分裂,同时也弥漫着浓郁乡土风情的故土北爱尔兰成为了希尼魂牵梦萦的"原乡"——希尼本人亦从不掩饰他对在北爱尔兰所发生的事件的关注。但是,希尼并不愿意沿袭叶芝以来的固有套路,为我们提供另一个"原乡神话",相反,他有意识地在诗歌中创造出一系列爱尔兰乡土社会的日常生活意象来摆脱这种乌托邦式的寄托,并在考察乡土地名与泛化原乡经验的过程中,彻底解构了"原乡"主体的单调和

封闭性。

## （一）乡土的前史

在某种程度上，希尼并不否认叶芝的功绩，但是他认为叶芝式的"将神话根植于大地"的行为只适合于"创始人的需要"，因为"一旦感到神话过于安全地根植，想象力便会以自己忘恩负义和违反常情的方式，开始将神话连根拔除"。① 基于这个原因，希尼并不赞同在今天的环境下爱尔兰诗人们仍然模仿叶芝，继续追逐"原乡神话"，在他看来，叶芝对古老英雄神话的鼓吹不过是一种现代主义"精英意识"在作祟，是精英分子强行为"乡土身份"添加统一意义的方式。进一步说，即使爱尔兰民族以虚构的"原乡神话"确立了自身也毫无意义，因为一旦确立了自身的同时，就会产生对他者的排斥，从而形成二元对立模式，事实上是"暗中将自己的成功依赖在中心延续的权威上，使'边缘的东西'重新成为另一种'中心'"②。这在本质上也只是英国殖民者的"文化中心论"的同构重复。

卡文纳认为："所谓的爱尔兰文学运动，声称自己是彻底爱尔兰人的、充满凯尔特人土壤的风味的，不过是一个彻底的英国人的谎言。"③ 其原因在于对爱尔兰乡土风光的推崇，以及随之而来的对民族精神的神化，都忽略了乡土及其宗教精神不可遏止的衰败。在一篇评论卡文纳诗歌的文章中，希尼描绘了自己与卡文纳诗歌的第一次邂逅所感到的震撼与所受到的启示：

> 我立刻变得十分兴奋，因为我找到了这些细节，它们关乎一种我所熟知的生活——而在此之前，我把它们视作次于书本或在书本之外的东西——现在它们竟出现在书本里……押韵的"Potato-pits"，排水沟，结冰的水坑吱嘎作响，人们挤牛奶，一个孩子用美工刀在门柱上刻痕，等等。我所体

---

① 西默斯·希尼：《希尼诗文集》，吴德安等译，北京：作家出版社，2001年，第315页。
② 巴特·穆尔-吉尔伯特：《后殖民理论——语境、实践、政治》，陈仲丹译，南京：南京大学出版社，2004年，第255页。
③ Patrick Kavanagh：*A Poet's Country: Selected Prose*, Antoinette Quinn, ed., Dublin: The Lilliput Press, 2011, p.310.

验到的……是发现世界变为词语时那种原初的欢乐。(GT, 7-8)

这是一种"因快乐而吃惊"的体验。"在文化真空(cultural vacuum)中成长","无可表达,无可借以表达",① 种种处在后殖民语境下的作家所生发的无助感,希尼亦当承受着。他如此回忆儿时的课堂:

> 文学性的语言,来自英国诗歌经典的文明话语,是一种强制的灌输。它无法反映我们的经验,所以不能让我们高兴;它也没有通过形式化和令人惊喜的修辞来应和我们自己的语言。诗歌课在实际上颇像教义课:官方灌输的神圣法则,在某种程度上是为了让我们在未来的成人生活中过得更好而设计的。这些课确实向我们介绍了多音节的魅力,而就我们而言,在"感官的荡漾"的音乐和"在禁止的有血缘关系的人中举行的婚礼"之间并没有什么选择余地。(FK, 13)

而课堂之外,是八九岁的希尼与"第三类诗"的接触:那种"因快乐而吃惊"的浪潮(更原初、更无意识)立刻将他捕获。(FK, 13)他把这类诗称为"令人开怀大笑的东西"、"粗俗狭隘的顺口溜"、"毫无意义的废话"。它们是一些趣味低级得近乎犯忌的韵律编排,希尼儿时也曾张口朗诵过。这种源于民间、与过往历史有着某种联系的"童谣"填充了官方世界(课堂)之外的空间,为诗人提供一种母体般的亲近感;此外,高雅的英语经典对这种本土韵文的驱逐以及两者分占日常经验世界的局面,则强调了——尤其在诗人有意识地把它们跟课堂—官方教育相提并论的时候——政治意识。两种传统的对峙暗示了青年希尼与卡文纳相遇的必然。卡文纳声称要"让词语发出笑声(Let words laugh)",② 他以记录现实而非建立理论为己任。③ "他试图创作一种更自由、更

---

① Declan Kiberd: "Underdeveloped Comedy: Patrick Kavanagh", *Southern Review*, Vol.31, Issue 3, Summer 1995, p.714.
② 出自卡文纳的诗作《美人鱼酒馆》("Mermaid Tavern"), Patrick Kavanagh, *Collected Poems*, London: Macgibbon & Kee, 1964, p.173.
③ 卡文纳有诗句: "Making the statement is enough — there are no answers/To any real question" (Patrick Kavanagh, *Collected Poems*, London: Macgibbon & Kee, 1964, p.147.)

无味的诗行,从而坚实地抵抗住盎格鲁-爱尔兰式浪漫修辞的诱惑。贝克特称之为去风格化写作(write without style)。"① 其诗作能见出直视黑暗的决心。正如弗洛伊德·科林斯(Floyd Collins)总结的:"与卡文纳诗作的相遇标志着希尼的诗人身份(poetic identity)开始确立。"②

不妨说,希尼的第一部诗集《一个自然主义者的死亡》几乎就是对卡文纳的献礼,反过来说,卡文纳的阴影在其间徘徊不去。诗人继续沿着那条使他"因快乐而吃惊"的隧道深挖下去,直达爱尔兰"多石的灰土地"(stony grey soil)深处。③ 这些早期诗篇充满了卡文纳式的诗歌意象,冷而潮湿,煤灰色,有粗糙的颗粒感。诗集中,乡土化为粗砾可感的物质现实——幼年时井边的玩耍(《自我的赫利孔山》"Personal Helicon")、有着粗犷力量和细腻技巧的铁匠(《铁匠铺》"Forge")、带着神秘色彩的卜水人(《卜水人》"Diviner"),以及父亲用马拉犁耕地时"拱成球形像鼓满风的帆"的形象(《追随者》"Follower")。

对希尼来说,卡文纳的意义在于点亮了土地与身份的关系,他在谈卡文纳早期创作时说:"在(卡文纳)创作生涯的早期,整个莫纳汉的物理世界强加于他的意识之上,他对它再熟悉不过了;也因此,他就必须使自己、自己的诗人身份以及自己的诗作与那个经验世界回环的地平线交相融合,从而镇静下来。"(GT,5)希尼用两棵栗树拟喻了这一启蒙:一棵是1939年种下的真实的栗树(这一年同时还是希尼出生的年份,以及卡文纳抵达都柏林的年份),它于希尼的少年时代被砍倒;另一棵是前者的虚拟的幻影、死后的灵魂,它躺在希尼的意识空间的深处,以"一种发光的虚空,一片扭曲的摇晃的光芒"(GT,5)的形式承载着所有真实的血肉、记忆、情感、阳光和水,以及梦想中的领土(其意义是被建构的)——希望、虚无感、不确定性与个人特征。

卡文纳信奉"冷漠哲学"(the philosophy of not caring),看似消极,实则是通过消极来瓦解话语力量对自身的侵袭,并将人和外部世界的对立模糊化为一种"微醉"(tipsy)的嘲弄。在从意识中将外部世界"括出去"后,他就可以

---

① Floyd Collins: *Seamus Heaney: The Crisis of Identity*, Newark: University of Delaware Press, 2003, p.595.
② Ibid., p.19.
③ "Stony Grey Soil",卡文纳一诗即以此为题。

用纯粹诗的方式来把握自然。比如说，他常常强调作为命名者（namer）的愉悦——对爱尔兰的实物、自然、地名，乃至埋藏于记忆深渊的事物的幽灵的命名。凭借着"对物的虔诚"（devotion to objects），他从对象物身上取回"对其自身现实的领悟"。① 希尼称之为"内在于诗人自身的"的方式。

《挖掘》（"Digging"）一诗可以看作是希尼确立其诗歌立场及诗歌方式的宣言：从历史、回忆和爱尔兰土地的根源处建立诗的世界，即使地表与苍穹已被盎格鲁精神占领。充盈在《挖掘》中的是工具与对象（土地）相触的声响，此外就是一片寂静；这种"无语"的瞬间状态可扩展为爱尔兰的历史状态，铸成空置的容器，等待被装入任何内涵。希尼要寻找的，是在任何话语秩序之前的乡土的本然状态，这就必须取消任何附加的统一叙事模式，毫无遮蔽地呈现存留在个人经验之中的对乡土的原初感受。在《安娜莪瑞什》（"Anahorish"）中，希尼写道："灯的残影/在院子里摇晃/在冬天的晚上。/带着水桶和手推车/那些住在土丘上的人/深入雾中/敲碎薄薄的冰层/在水井边和粪肥堆上。"（WO，5）"桶和手推车"既是一种体力劳动，同时也代表了无暴力的古朴爱尔兰传统，这是一个早已遥不可及的远古社会。这种劳动者与土地相生相伴的密切关系在某些方面先于任何意识形态，直接通往那个在成为殖民地前的爱尔兰的记忆。

在《树上的神：早期的爱尔兰自然诗》（"The God in the Tree: Early Irish Nature Poetry"）一文中，希尼给出了一种温和、乐观乃至天真的图景，他称之为"一个小小的领悟瞬间"：

> 在11年前，在凯里郡丁格尔半岛的加拉鲁斯修道院，一个早期基督教的干石修道院，大约有一个大草垛那么大。在里面，在石头的黑暗中，你会感觉在承受巨大的压力，像一代又一代的僧侣一样俯着身体，在那块地板上进行冥想和忏悔。我感觉到了基督的谴责的重量，它对自我牺牲和自我放弃的呼吁，使你骄傲的肉体和粗野的灵魂变得谦卑。但是，当我走出冰冷的石头教堂中心，来到阳光下，在草地和大海的映衬下，我感到心

---

① Floyd Collins: *Seamus Heaney: The Crisis of Identity*, Newark: University of Delaware Press, 2003, p.595.

中一震,一股走向幸福的冲动,这肯定是那些僧侣们在几个世纪前跨过同样的门槛时一次又一次经历的。这种朝向赞美的冲动,这种对世界作为光、作为光明的突然领悟,这就是我们最初的自然诗的核心,一份独特的遗产。(P, 189)

这不是乡土的当下,甚至很难说是乡土的过去,而只是诗人在诗性想象中召唤的乡土的"前史"(pre-history),在这个领悟的瞬间,基督教与异教,亦即凯尔特世界原始古老的自然宗教相互增强、相互点亮,而不是像在后来的历史中实际发生的那样在进行"生死斗争"。在希尼这里,它们通过对方发现了自身、强调了自身;它们融为一个统一体,灌注进诗人的灵魂。这样一个瞬间极其美好,以至于带上了一层理想主义的虚幻色彩。古老的凯尔特神灵与基督共享尘世的土地,在其上实行和谐的分治,完成互相承认(mutual recognition)。希尼还说到了古凯尔特人中的"德鲁伊"(Druid)阶层:"'德鲁伊'这个词唤起了一个比早期基督教爱尔兰世界更古老、更黑暗、更翠绿的世界,尽管一些权威人士认为,在某些历史时期,官方诗人承担的记录的职责与德鲁伊的角色是一致的。我非常喜欢这种可能性,因为'德鲁伊'这个词的词根与橡树林(doire)有关,通过这个词,诗人与橡树林的神秘相联系,而诗歌的想象力则与森林的野蛮生活相联系。"(P, 185 - 186)①正如希尼意识到的,德鲁伊连同他们的政治一同覆灭了,而今他们只作为一种"诗性想象"保存在词源学里,保存在文字中。而希尼则在诗的层面上归还了由德鲁伊担当代言人的前基督时期爱尔兰文化的领地;仍然是在诗的层面上,希尼还排演了德鲁伊与基督的和解。或许我们可以指责他的做法是完全内向化和虚幻的。但是在希尼这里,这绝不是将现实中的纷乱和令人困扰的乡村生活加以纯化,他是要首先找到能把这些纷扰"括出去"的东西作为自己的支点。可以说,这里包含了他出发的基点:在深入乡土之前必须先"清空"(clear)乡土,亦即清空所有后天给予它的人为的外在

---

① 德鲁伊是古代凯尔特人中的特权阶级,是王室顾问和神的信使。"Druid"一词,可从字面上理解为"了解橡树的人"。德鲁伊负责主持祭祀,传授知识,仲裁纠纷,医治病痛,探求智慧等责任。德鲁伊的宗教敬拜自然,并将橡树视作至高神祇的象征,他们认为寄生在橡树上的槲寄生具有神圣的疗效。

意义，而还原出话语之前的，只属于个人直觉感受和日常经验的东西。

这并非易事，因为它意味着首先要建立个人性的视点，以形成和现有话语体系不同的差异化叙事，如希尼在《自我的赫利孔山》中所说的："现在，窥视树根，用手指触摸烂泥/如那喀索斯般瞪大眼睛，凝视着泉水/这有损成人的尊严。我写诗/为了看清自己，为了让黑暗发出回声。"（OG，15）"凝视"并不仅仅是一个动作，也意味着一种长时间的、冷静和批判的状态，是一种个人化的态度。在此基础上，希尼的诗歌之路得以展开。

(二) 观察的暴力

和卡文纳一样，希尼选择跟随乔伊斯的指引来摆脱"原乡神话"。在组诗《斯特森岛》的第 12 首中，希尼谈到了乔伊斯对他的影响：

你失去的比你赎回的更多
做体面的事。保持切线。
当他们把环线加宽时，就该是自己游出去的时候了。
你自己出去，用你自己的频率的签名
来探测回声，来填充这个元素。
搜索，探测，诱导。（OG，268）

这是在希尼的想象中由乔伊斯之口对他作出的告诫，事实上也就是希尼从乔伊斯那里所获得的启示。乔伊斯鼓励诗人放弃对塑造集体虚幻的神话转而强调个人真实的存在。在这里我们可以看到，希尼的选择充分体现出一种后现代主义式的观念。在现代主义向后现代主义转向的过程中，"现代（意识形态）元叙事已丧失了可信性。……现代性的宏大叙事在我们眼前土崩瓦解，并让位于大量异质的、局部的'小史'（petites histories）"[①]。在希尼看来，如果对爱尔兰乡土身份的探寻不移位到具体时段里的"在爱尔兰之人"的所思所虑中，并将

---

[①] 马泰·卡林内斯库：《现代性的五副面孔：现代性、先锋派、颓废、媚俗艺术、后现代主义》，顾爱彬、李瑞华译，北京：商务印书馆，2002 年，第 275 页。

其落实到提问层面上，则"乡土身份"的内容仍是狭隘的、受外在预设影响或制约的"元叙事"，而且非常可能就是带有异国眼光的所谓"爱尔兰性"。故希尼的诗歌始终力图于表现一种在当下爱尔兰的个人生活境遇与个体精神状态。

卡文纳将希尼从传统乡土文学的惯例中解救了出来，但在具体操作上，他走得比卡文纳更远。他并不只是重组往日生活的情境，更是树立起观察的视角，不断地将自己对文字与世界、想象和原欲、回忆与现实的思考带入其中。可以说，希尼对乡土的展现体现了一种难得的内省特质。他意识到自己有双重身份：一方面，文化身份使得他和爱尔兰的乡土经验血脉相连；而另一方面，作为敏感的观察家，他又对此有着深刻的疏离感，不肯相信流畅传达的统一信息。在其早期诗歌中，希尼借着文字的形式，将自己对故乡的思念和忧惧详细记录于其中。乍看起来似不过是个人乡愁的抒发，但仔细审视的话，便会发现这一原乡叙事的复杂性。他不停地指引读者，将注意力从简单的主题层面移开，去感知创作中作者的个人投入。也是在这些地方，他泄漏了自己笔下的"故乡"形象，实则是文化价值相互指涉和冲击下的产物。所以，他往往在诗中迅速地转换风格和主题，将属于几个范围的问题和体验结合起来进行表现，创造出充满形式不确定性的文本。

《一个自然主义者的死亡》（"Death of a Naturalist"）这首诗呈现给我们的是梦魇般的景象，童年时代的作者满怀着对自然美的憧憬来到乡间，他从蓄水池里收集了几罐蛙卵放在家里的窗台上，憧憬着它们破卵而出，变成蝌蚪和青蛙的那一天，因为他的生物老师沃丝小姐告诉他，从青蛙的体色变化中就可以看出天气的变化，"日晒则黄，遇雨则棕"。但这一牧歌式情调在现实残酷的触角面前立地粉碎，一群青蛙侵入了蓄水池，它们叫声粗鲁、肚皮臃肿，"它们在草皮上撒尿；松散的脖子像船帆一样鼓动。/有的蹦跳着：啪啪、噗噗，发出猥亵的威吓。/有的蹲坐着，像土地雷一样，/粗笨的脑袋放着屁"（DN, 16）。惊恐的少年恶心欲呕、落荒而逃。当作者试图和传统的乡土想象达成妥协时，自然本身的丑恶却挫伤了他，这一心理创伤使其痛楚地感觉到自己和故乡在身体和精神上的距离。

这种叙述上的不断转换意旨在希尼诗歌中颇为常见，生活距离暴力现场是如此地接近。在他的诗歌《牡蛎》（"Oysters"）中，哪怕是"在茅草屋的凉爽

和陶盘中/留下完美的记忆"的聚会上,牡蛎也给人以"暴力受害者"的形象:

> 我们的贝壳在盘子上啪啪作响。
> 我的舌头是一个填满的河口,
> 我的上颚挂满了星光:
> 当我品尝着咸咸的星团时
> 俄里翁把他的脚浸入水中。①
> 活生生地就被侵犯。
> 它们躺在自己的冰床上:
> 双壳类动物:分裂的球体
> 以及大海调情的叹息声。
> 数以百万计的它们被撕裂、剥落、散落。(OG,145)

在他的乡土诗中我们不时可以体会到这样强烈的不安,诗质不再安稳沉静,而是忍受着缤纷芜杂的现实世界的冲击,形成内部的反讽的张力。希尼绝非传统意义上的乡土诗人,他反抗那种将诗"纯洁"化、审美化的意图,认为诗要和历史本身的杂乱和粗糙相对应。

在希尼看来,"在爱尔兰,我们对于过去的认识、对于土地的认识与我们对于身份的认识都无可避免地纠结在了一起"②。这里的"身份",首先是诗人清醒的对政治身份的意识,作为故土的北爱尔兰不仅意味着安憩,更是充斥暴力和分裂的所在。保证宗主国文化高位的正是它政治上的权力——而所谓和平,不过是"仅仅是残酷的权力的决定性行动后留下的废墟"。③ 面对急遽变化的历史,希尼的诗凸显了新与旧、战争与耕作、殖民者与本乡人、政治纲领与日常生活在同一场所并列出现时产生的危机意识。他拒绝调和这些相互对立的因素,反之,参差交错的"时空错置"主题恰恰是希尼的落力之处,他把这种

---

① 俄里翁为海神波塞冬之子。
② Seamus Heaney:"Land-Locked", *Irish Press*, June 1, 1974, p.6.
③ Seamus Heaney: *Crediting Poetry: The Nobel Lecture*, New York: Farrar, Straus and Giroux, 1996, p.27.

不可调和的紧张感加以强化后呈现给我们。至此，希尼对"原乡神话"的超越迈出了实质性的一步——以斑驳错综的乡土经验消解"原乡神话"的乌托邦式寄托。在此基础上，希尼开始泛化其诗歌中的原乡经验，他有时将英国乃至斯堪的那维亚、东欧的因素置入爱尔兰，亦将北爱的暴力残杀泛化为一个世界性的图景：从南到北，跨越地域；从古到今，跨越时间，同时也跨越宗教信仰。这些诗歌大量地集中在他的第三本诗集《在外过冬》（*Wintering Out*，1972）和第四本诗集《北方》（*North*，1975）中，成为希尼诗歌中极富特色的类型。而其成功的典范应以希尼的一系列沼泽诗为最。

希尼将"沼泽"视为一种特殊象征具有其独创性，也由此成为他诗学上的一大成功。至于其中的灵感，恐怕早就潜伏在他童年时期的乡土记忆之中。对土地的独特感受使希尼"沼泽是风景的记忆，或者说作为一种风景，它记住了发生在它身上的一切"。（P, 54）于是，早在希尼的第二本诗集《进入黑暗之门》（*Door into the Dark*，1969）中，他就以"沼泽"作为诗歌的象征主体创作了《沼泽地》（"Bogland"）一诗。该诗的最后一段这样写道：

> 他们发掘的每一层
> 似乎都曾有人在上面扎营。
> 沼泽的孔洞可能是大西洋的渗漏。
> 潮湿的中心深不见底。（OG, 42）

希尼用"每一层/似乎都曾有人在上面扎营"来暗示沼泽地与爱尔兰的历史之间的联系，而"潮湿的中心深不见底"一句则在反映自然状况的同时一语双关，暗示着包括希尼在内的爱尔兰人的心理状态：承受了巨大的苦难，却依然保持一种平静、内敛的状态，把许多东西深深埋藏在内心。但1969年那次暴乱彻底打乱了他内心所谓的"深不见底"。他的不少亲朋好友在暴乱中身亡，而他那时却远在西班牙。暴乱与他的"不在场"使他开始怀疑并谴责自己，作为诗人，他该如何继续他的生存和诗歌之路。苦思冥想之后，他选择"流亡"，离开贝尔法斯特女王大学，去了加利福尼亚大学伯克利分校担任客座讲师，1971年9月才回贝尔法斯特。由此，"沼泽"在希尼手中获得了作为一种象征符号的可能性，并符合他对象征的要求——"表现一种意象，一种'在某一个瞬间理智与情感的混合体'"①。

当是时，诗人所处的北爱尔兰社会内部正面临着重重危机，而其中尤以宗教矛盾最为敏感。在北爱尔兰，由于英国政府长期通过法律对弱势的天主教徒实行排斥和歧视政策，最终引发了为期长达25年的大规模暴乱。以1969年德里郡的新教徒极端分子围攻民权运动和天主教徒为导火线——该场动乱在数月之内蔓延到北爱尔兰全境，直至英国派出军队以武力强行镇压才得到勉强的控制。而之后发生的"血腥的星期天"事件则将暴力冲突推上高潮。在这期间，希尼本人的很多亲人朋友，包括总角之交的堂弟麦卡特尼，都在暴乱中身亡，这使得诗人的内心受到极大的震动。但即使这样，那时的"沼泽"仍只是希尼的一个日常生活意象而已。真正启发希尼将"沼泽"由"从简单地实现令人满意的语言图标的问题转移到寻找适合我们困境的意象和符号"（P，56）的契机在于丹麦考古学家格劳伯（P. V. Glob）教授的一本书——《沼泽人》（*The Bog People: Iron-Age Man Preserved*，1969）。1950年，格劳伯教授在丹麦迦太兰（Jutland）的比艾斯科夫溪谷沼泽地中发现了一些铁器时代早期的尸体，他们因为被掩埋在沼泽下面而保存完好。这使得他们在千年以前所遭受的暴力以尸体本身的方式进行昭显——这些尸体不着一缕，为了某种宗教祭祀的目的，或被活生生窒息致死，或被割断了喉咙，成为野蛮暴力下的祭品。格劳伯教授进而令人信服地论证道："考古学上的证据表明，这种古代欧洲西北部的宗教暴力习俗不仅仅发生在丹麦和爱尔兰的沼泽地区，而且普遍发生在英格兰、苏格兰、威尔士、挪威和瑞典（地区）。"②

这给了希尼以巨大的启示，使他意识到这"不仅仅是一个古老的野蛮的祭仪，而且是一个原型"（P，57）；不仅仅发生在蛮荒时代，同样也发生在号称"文明、进步"的今天；不仅仅是发生在爱尔兰或者丹麦的暴力，同样也是世界范围内的人类面对暴力的普遍命运。于是，借由这些公元前的北方文明的苦难和它祭祀的牺牲品，希尼巧妙地将当代北爱尔兰的暴力冲突纳入其中：

---

① 西默斯·希尼：《希尼诗文集》，吴德安等译，北京：作家出版社，2001年，第265页。
② P. V. Glob: *The Bog People: Iron Age Man Preserved*, New York: Cornell University Press, 1969, p.101.

> 我可以冒着亵渎神明的风险，
> 将这沸腾的沼泽献给
> 我们的圣地，祈祷
> 他能让那些
> 散落的、在埋伏中死去的
> 劳动者的尸体
> 发芽
> 穿着袜子的尸体
> 躺在农田里
> 皮肤和牙齿的遗迹
> 撒在枕木上
> 四个年轻的兄弟
> 沿着铁道线
> 被拖了几英里。(OG，65)

希尼以"异教徒的泥沼"为诗歌的"圣地"，将古代的种子深深根植于现实。由古代祭献中的杀人，他联想到 1922—1923 年间爱尔兰内战中被杀死的士兵，以及因宗教信仰不同，一个天主教家的四兄弟被清教徒杀死后在铁路线上被拖了四英里的新闻。此时，希尼的笔触格外大胆，由"托兰人"到"劳动者"，再到"四个年轻的兄弟"；由"沼泽"到"农田"，再到"枕木"，时空在他笔下飞速切换，而历史却处于停滞状态。希尼回忆道："在我脑海中，这些受害者令人难忘的照片与过去和现在爱尔兰政治和宗教斗争的漫长仪式中的暴行照片相融合。当我写这首诗时，我有一种全新的感觉，一种恐惧的感觉。"(P，57-58)不难发现，他"恐惧"的并不仅仅是古人与今人惨绝人寰的遭遇，更在于这些惨绝人寰的遭遇历久弥新，以更加无理而残忍的形式一而再再而三地出现。但是，正如芬坦·奥图尔(Fintan O'Toole)所指出的那样："希尼关于被牵连的恐惧是一种担心，不是为了自己的生命，而是为了他的艺术之路。"[①]

---

[①] Fintan O'Toole："Poet Beyond Border"，*The New York Review*，March 4，1999，p.46.

希尼担心自己一旦放任软弱的主观感情，就会陷入现实社会"非此即彼"的价值判断中，从而沦为某一方的"帮凶"。《北方》中的一组"沼泽地诗"以悲悯的心态描绘了一批在祭仪中被杀死的古斯堪的纳维亚人的尸体，这些看似和当前现实毫不相干的尸体在希尼眼中却有强烈的喻示意义。如《奇异的果实》（"Strange Fruit"）：

> 被谋杀的、被遗忘的、无名的、可怕的
> 被斩首的女孩，逼视着斧头
> 和已美化的东西，逼视着
> 那已开始感到敬畏的东西(SP, 118)

还有《惩罚》（"Punishment"）：

> 我几乎爱上了你
> 但是我知道，我那时可能也会
> 投掷沉默的石块。
> 我只是个狡猾的窥探者(SP，117)

希尼没有对这些遥远的暴力作任何道德谴责，相反，他几乎把这种牺牲视为像大地一样古老的自然现象，而他自己只是千年之后束手无策的"窥探者"。希尼以古代的祭仪牺牲隐喻当代爱尔兰的暴力冲突，其用意不仅在于取得美学上的"间离"效果，同时也是利用时间上的阻隔来模糊时代的背景，使那些喧嚣一时的竞争、阴谋、信仰等具体的当下行为在时光的流逝中褪去，而剩下的只有变成化石的暴力牺牲品，他们身上大都还残留着受虐的印记，成为了对暴力本身和人类命运思索的唯一见证。

希尼诗中这一由"凝视"而"沉思"的品质同样可以在卡文纳身上看到。在创作生涯的晚期，卡文纳的写实主义渐渐蒙上了"冥思的白光"（希尼语），并且不再紧贴泥土，而是给予虚无之境更多、更长久的凝视。譬如创作于该时期的名篇《纯洁》（"Innocence"）中写道：

> 他们讪笑过我的爱——
> 那横亘在比格佛士脚下的
> 三角山脉。他们说
>
> 我被困在这个小小农庄的
> 白角垣墙，孤陋寡闻
> 但是我明晓，那通往生命的
> 爱的门扉，也可以通往其他各处。
> ……
> 我不知道我的年岁，
> 我的年岁无法用生命来衡量
> 对于女人，对于城市
> 我都一无所知，
> 我不会死亡，除非
> 我走出这片白角垣墙。①

  这里有一种消极感，而且完全滤掉了冲突。虽然深受卡文纳影响，但希尼貌似逃避的冷漠态度并不意味着他的诗是"平静"的，他的乡土作品充满了忧伤哀婉的气氛，北爱尔兰的苦难早已深深植入他的诗的肌骨之中。然而，对希尼来说，诗人只能通过"文学"的方式触摸现实，因为"道德困境和道德压力在某种程度上是不能解决的，除非通过一首诗的漏罅得到片刻的纾缓"。② 所以，在为北爱乡土"造型"时，他既没有凝定地描述狭窄经验现实，也不是用纯化的超验艺术空间来抵消现实，而是利用讽喻（allegory）技巧构造出高度凝缩且层次丰富的意象，使发生在北爱尔兰的当代暴力被转化成具有普遍意义的"原型"场景。他说：

  有一个本土的守护神，全岛的监护人，可以称她为爱尔兰母亲……她

---

① Patrick Kavanagh: *Collected Poems*, London: Martin Brian and O'keeffe Ltd, 1972, p.47.
② 贝岭：《面对面的注视——与谢默斯·希尼对话》，《读书》2001 年第 4 期，第 89 页。

的主权被一个新的男性大神篡夺或侵犯了，这个新神的创始者是克伦威尔、奥兰治的威廉和爱德华·卡森……我们看到的是对地方的虔诚和帝国权力之间的斗争的尾声。现在我意识到，这个说法与正在杀戮的爱尔兰人和乌尔斯特人的心理并不遥远，也与爱尔兰天主教徒和乌尔斯特新教徒这两个词中隐含的极端心理和神话并不遥远。问题永远是"美怎能带着这愤怒祈愿呢？"我的回答是：通过提供"合适的逆境象征"。(P，57)

正是这一"逆境象征"最终将"乡土"从相对狭隘的现实时空中解放出来，使之不再受锢于任何简单的话语图解，从而在一个全新的高度上超越了"原乡神话"的局限性。

# 第二章 "喉音"的管辖
## ——希尼诗的语言形式与文化身份问题

### 一、进入世界的词语

对作为被压迫民族的爱尔兰来说，作家自然而然地会负有某种道德承担的使命，或至少要做到"政治上的正确"。同时，自现代主义文学发生以来，文学文本获得了与混乱的现实生活实践相持的"个别性"，所谓"审美现代性"需要的文本表现的是"个人的、主观的、想象性的绵延，亦即'自我'的展开所创造的私人时间"①。在这一境况中，希尼的诗歌文本呈现出暧昧复杂、充满内部裂纹的态势，正如芬坦·奥图尔所言："徘徊于精神与物质之间，可见事物与不可见事物之间，承担与疏离之间，是希尼诗歌的基本面貌，这恰恰造就了他最优秀的关于政治的诗作。"② 希尼的诗作往往周旋于学科、文化、政治、种族、阶级的界限之间，并通过词语能指符号的构造拆解物质事实，呈现出单一民族主义的固定主体和边界被模糊和解构的面貌，所以毫不奇怪有评论家把希尼归于"后殖民"作家的行列，并以德里达(Jacques Derrida)的"延异"理论或是霍米·巴巴(Homi K. Bhabha)的"差异重复"理论说明希尼创造的是后现代式的"开放文本"。③

---

① 马泰·卡林内斯库：《现代性的五副面孔：现代主义、先锋派、颓废、媚俗艺术、后现代主义》，顾爱彬、李瑞华译，北京：商务印书馆，2002年，第11页。
② Fintan O'Toole: "Poet Beyond Border", *The New York Review*, March 4, 1999, p.45.
③ 如 Eugene O'Brien 在 *Seamus Heaney: Searches for Answers*(London: Pluto Press, 2003)中就以德里达的理论解读希尼，说明希尼始终在做"解构"和"擦拭"的工作。

这一说法固然不无根据，但是却忽略了希尼对爱尔兰文化身份建构的诉求，实际上，希尼对诗歌词语的运用，从未达到纵情游戏，以致损害对现实的关注能力的地步。希尼的诗歌语言正是在探索"词语"与"世界"（Word and World）的多重可能性的过程中，展开了对爱尔兰文化身份的重新构造。

### （一）个人意识与集体经验：词语的双重性

在希尼这里，诗歌创作的根本矛盾在于："外在规定"社会现实和自我内在的价值之间的冲突。同样的历史重负也出现在一些爱尔兰前辈诗人——如叶芝——身上，叶芝的解决方式是诉诸完全个人化的想象，将诗歌语言改造为一种统一的语言或纯粹媒介，以形式上的纯粹保证主体形象的超越性。在萨义德（Edward W. Said）看来，叶芝以一种过于高蹈的方式消解了现实的不安和暴力："正是这种压迫性的政治和世俗的紧张关系的压力，使他试图在'更高'的，即非政治的层面上解决它。他在《视线》中创造出了极为古怪的、审美化的历史，后来的准宗教诗也是如此，他把这种紧张关系提升到一个超越性的层面，就好像爱尔兰最好在一个高于地面的层面被把握。"[①] 在某种程度上，希尼赞赏叶芝的态度，在评析叶芝的《在学童中间》（"Among School Children"）的末章诗句"辛劳本身也就是开花、舞蹈，/只要躯体不取悦灵魂而自残，/美也并不产生于抱憾的懊恼，/迷糊的智慧也不出于灯昏夜阑。/栗树啊，根柢雄壮的花魁花宝，/你是叶子吗，花朵吗，还是株干？/随音乐摇曳的身体啊，灼亮的眼神！/我们怎能区分舞蹈与跳舞人？"时，希尼认为："这首诗的末章表明了我们有能力摆脱常规世界的约束，这是一幅和谐完满的视觉景象，是存在的最自然和无功利的视觉景象。"[②] 希尼的诗论，无论谈及的对象是但丁、艾略特或是赫伯特、毕晓普，他总是不厌其烦地强调"舌头"的管辖力量，"当我想到'舌头的管辖'作为这些讲座的总标题时……舌头（既代表诗人个人的语言天赋，也代表语言本身的共同根源）被赋予了管辖的权利。诗歌艺术被赋予了它自身的权威"。（GT，92）诗歌文本将现实转变为超越具体时空的语言，抵

---

① Edward W. Said: *Culture and Imperialism*, New York: Vintage Books, 1994, p.227.
② Seamus Heaney: *Among Schoolchildren*, Belfast: Queen's University, 1983, p.15.

制了历史的规定性。也就是说，个人意识开始于结构自身，树立主体的、非常规性的视角，而这一目的只能在对语言的可能性的探索之中达到。因为常规的叙述语言一般采用直接指涉经验现实的方式，要摆脱经验的直接性，必然要突出词语在文本中的主导地位，使之不致成为某种耳熟能详的社会集体经验的代号。希尼在《进入词语的情感》("Feeling into Words")一文中，认为诗应当"具有考古学家所能发现的那种灵韵和真实感，在遗址中，被掩埋的器皿的碎片的光彩并不会因被掩埋的城市的光彩而稍有减弱"(P，41)。希尼服膺英美现代主义诗对于词语"特殊性"的要求，即休姆(T. E. Hulme)和庞德(E. Pound)所提出的诗歌语言应当"坚固、明晰、有确切意象"的要求。他的诗作往往会以一种类似"关键词"的做法，创造出有质感的隐喻词，将诗质紧紧凝聚在隐喻周围。如他的《图姆路》("The Toome Road")：

　　一天清晨，我遇到了一队装甲车
　　强劲的轮胎轰鸣前进，
　　用折断的赤杨树枝作伪装、
　　炮台上站着头戴受话器的士兵。
　　他们在我的路上走了多长时间
　　就像他们拥有它们一样？整个村子都在沉睡。
　　……
　　哦，御手们，在你们蛰伏的枪上，
　　这个村静默地、生气勃勃地站在这里，当你们通过时
　　这看不见的、坚定的中心(The invisible, untoppled omphalos)(NSP，96)

末句的"中心"一词，希尼用的是希腊语"omphalos"，原指雅典西北部的一块圣石。使用这个生僻的单词是由于它发音上的暗示意义可以触发强烈的物质感觉。希尼说："omphalos 的意思是中心点，或说是标记着世界的中心的石头。一遍遍地重复它：omphalos、omphalos、omphalos，直到它生硬低沉的音调变成了我家后门外的人在水泵边抽水的音调。这是在 20 世纪 40 年代早期的德里郡，美国轰炸机低吼着飞向位于图姆布雷奇的机场，美国军队沿着道路

在原野上行走，但是所有这些重大的历史事件都无法影响这个场院的节奏。在那里，水泵矗立着，一个微小的、钢铁的幽灵，浑身深绿地矗立在坚固的基座上，有着突出的喷嘴和机罩，弯曲的手柄成了它的装饰。它标志着另一个世界的中心。有五个家庭从中汲水。"(P，17)"omphalos"被希尼赋予了多重内涵："中心"这一语义在此本就很突兀，德里郡本是偏僻之地，何谈"中心"？希尼解释为"另一世界的中心"（可以理解为作者少年时代心目中的中心，或是乡村地方生活的中心），表明其不为外来权力同化的态度，而同时由于其自身是难以辨认的希腊语，在整个句子乃至整首诗中达到了陌生化的效果，意味着它不服从前面的字词所形成的固定意义的指引。而当"omphalos"这个词由希尼读出时，它奇特的发音又令他想到自家场院中的水泵(pump)，水泵在希尼的叙述中颇有神秘主义气息，一方面它英武的姿态象征了对不受侵犯的乡村共同体生活的守护，另一方面从中流出的水源也是生命存在的证据。当"omphalos"和"pump"产生关系时，各种歧义与丰富的联想意义的交汇，形成了互相渗透的实体。换言之，对现实世界的认知因为摆脱了具体的指涉，经由作者的想象力的展开，反而在语言中获得了丰富和深入。这一词语的理论意义可以从罗兰·巴尔特(Roland Barthes)对现代诗的描述中显现出来："在现代诗中，关系仅仅是字词的一种延伸，字词变成了'家宅'……在这里，诗的字词是一种没有直接过去的行为，一种没有四周环境的行为，它只提供了从一切与其有联系的根源所产生的浓密的反射阴影。于是在现代诗的每个字词下面都潜伏着一种存在的地质学的层次，在其中聚集着名称的全部内涵，却不再有散文和古典诗中所有的那类被选择的内涵了。"[①]

对于现代诗中语言主体的超越地位，希尼称之为"世界变为词语"(world become word)："我在作品中感受到的快乐并非由于它有益身心，或是可以更好地认识自己，真正的乐趣在于发现世界变为了词语。"(GT，8)在宗派和宗教冲突不断的北爱尔兰，这种对诗歌语言先于具体的现实实存的认知实际成为了希尼对动荡的北爱尔兰社会政治生活的一种抵抗方式。他极力避免自己的作品

---

[①] 罗兰·巴尔特：《写作的零度》，王潮编《后现代主义的突破——外国后现代主义理论》，兰州：敦煌文艺出版社，1996年，第222页。

直接反映或是参与到现实进程中，因为那样一来，诗歌的自主性难免受到外来的思想或体系的干涉。所以希尼再三强调诗在构成上是"自发性的连锁反应，是一件自然的事"，诗人写作的动力源于"冲动和直觉"。（GT, 94）在这方面，希尼深受乔伊斯和美国自白派诗人的影响，强调对个人经验的忠诚，通过个人的想象力将物质事件进行叙事上的组合，形成个人意识的绝对表达。对希尼来说，对自我意识的书写拒斥了旧有的价值观念，开发出了关于个人及文化身份的新的可能性。麦克尔·帕克（Michael Parker）认为："（希尼）关于诗人的角色和责任秉持了一种对抗性的、个人主义的观点，他强调自我的确证，有着抒情诗般的自我完满的梦幻，这与正统天主教宣扬的自我贬抑、自我拒斥和集体共同性的'美德'大大悖反。"[①]

但与此同时，在阅读希尼诗歌的过程中不难发现，形式上的独特新奇虽然重要，却远未达到乔伊斯式的为构筑纯粹统一的语言媒介而不惜牺牲可传达性的地步。希尼的作品大都带有一种纯朴的可读性，叙事中蕴涵的自我形象是可以辨认的。应该说，希尼把自己创造的语言主体置于了"交流"之中，爱尔兰的乡村生活、街头政治、宗教冲突等地方现实构成了对个人的强大心理压力。于是不无反讽意味的是，希尼一方面为个人意识的无附着性张目，另一方面却再三明确自己的爱尔兰文化身份。[②] 在希尼的诗中，我们始终可以发现他对爱尔兰的集体经验的召唤，通过这一召唤，希尼的诗歌呈现出和自白派诗人迥然不同的面貌，形成了一种个人美学创造和日常集体经验相互混合的奇特面貌。希尼在《音乐的形成》（"The Makings of a Music"）一文中通过对"verse"（诗句）一词的解析来说明他对诗歌性质的理解：

"verse"来自拉丁语"versus"，意思是一行诗，但还有另一个意思，指的是一个农民在地头劳动时的转身动作——他刨好了一个犁沟，转身去刨下一个。华兹华斯诗的节奏就像走在砂石路上，向前、向后，正如同在

---

① Michael Parker: *Seamus Heaney: The Making of a Poet*, Iowa City: University of Iowa Press, 1993, p.204.
② 1983年，希尼曾拒绝自己的诗歌被编入《企鹅当代诗集》，在给诗集编辑的公开信中，希尼说："谨此建议/我的护照是绿色的/我们的酒杯从不举起/以祝女王安康。"

田里一会儿要起身一会儿要低下腰的农民。在他的五音步诗中，他的调子在音步之间忽上忽下地回荡，将"versus"表现"行走"动作的古意和"verse"表现"谈话"的今意结合了起来。(P, 65)

希尼将"verse"分解为同时具有精神（谈话）和物质（行走）的双重意义，也许可以说明他的诗作有着个人的和社会的双重起源。这暗示着即使在诗歌已经越过"现代主义"步入"后现代主义"的阶段，希尼仍然试图弥合个人的超越性价值和集体生活之间的裂隙。在《卜水者》一诗中，希尼回忆了少年时代看到的乡间卜水者的神奇：

旁观者要求试一试
他一言不发地把探棒递给他们。(He handed them the rod without a word.)
但探棒在他们手中却无声无息直到
他攥住那些期待的手腕。榛枝振动了。(He gripped expectant wrists. The hazel stirred.)(DN, 23)

这里的"振动"(stirred)和"词语"(word)押韵，希尼认为这表明两种经验实际并无区别，"卜师与诗人相似，他的功能是接触隐藏起来的东西，他的能力是使感觉到的或被唤醒的东西显现出来"(P, 48)。也就是说，对乡村共同体经验的记忆，不仅是希尼内心生活的外部风景，更为关键的是，一幅纯粹自然史的画面在希尼的自我叙述中逐渐成为了其精神发展的依据，最终在语言的内在逻辑中得到了应和。这种带有几分神秘主义的、属于纯粹精神劳作的诗的创作和属于公共日常生活的田间或手工艺劳作之间的重叠贯穿在希尼不同时期的诗歌之中。在著名的《挖掘》一诗中，诗人在描绘父亲和祖父在挖掘泥炭的情景时充分发挥了词语在相互作用时的运动感，使描写对象在视觉和听觉上具有了鲜活的物质性：

The cold smell of potato mould, the squelch and slap

>     Of soggy peat, the curt cuts of edge
>     Through living roots awaken in my head.
>     But I've no spade to follow men like them.
>     (马铃薯地里的冰凉气息，潮湿泥炭沼泽中的
>     咯吱声和啪叽声，铁锹锋利的切痕
>     穿透生命之根觉醒着我的意识。
>     可我没有铁锹去追随像他们那样的人。)(DN，2)

在这段诗中，希尼分别运用了头韵（the squelch and slap/of soggy peat，以及 curt cuts），半谐音（cold、potato 和 mould）和拟声词（squelch 和 slap），创造了一个充满画面感和声音的律动感的世界，而大量的重音更令诗质沉郁凝重，如同固体物一般坚固，使语言具有了物质现实的直观感觉。希尼本人把这首诗比作"巨大而粗糙的挖土机"（P，43）。不妨说希尼诗中词语的精神/物质双重性造成了形式上的复杂和不确定感。较之同时代人其他处于英国诗歌传统影响下的诗人——如泰德·休斯（Ted Hughes）和沃尔科特（Derek Walcott）——他的诗歌文本更多地让读者感受到物质体验的存在。对此我们可以说，希尼创造了既是个人，又蕴涵了集体经验的精神主体。

不过，要是进一步考察希尼言说集体经验的方式时就会注意到，他对个人身份的民族寻根虽然确定不移，却很少将之抽象化为文化归属的问题，也就是说，他力图避免让身份问题落入体系化的陷阱中。希尼并不相信一旦寻找到某种能够塑造民族清晰轮廓的符号体系就能解决爱尔兰问题，从一开始，他就不去追求一种能够代表爱尔兰的文化和政治境况的"寓言"化写作。我们在希尼作品中看到的，更多的是反对形而上学，忠实于连绵柔韧的生活重负的清醒意识。

芬坦·奥图尔认为："在希尼这里，土地并非对难以追忆的古老文化属性的空洞隐喻，而是实实在在地接触到人，同时也被人感知的物质实存。"[①] 希尼的诗歌意象大都具有生活的粗糙质感，他反感叶芝在"爱尔兰文化复兴"中对古老英雄神话的鼓吹，认为这不过是精英分子强行为"民族"添加统一意义的

---

① Fintan O'Toole：“Poet Beyond Border”，*The New York Review*，March 4，1999，p.43.

方式，所以当希尼检阅爱尔兰的历史和现状时，我们得到的往往就是在北欧沼泽中"伤痕累累的骨头，陶器似的头盖骨"（《沼泽女王》"Bog Queen"）或是"我们把鲜草莓囤在牛棚/当缸被填满，却发现草莓长了毛，鼠灰色的霉菌充斥着窖藏"（《采黑草莓》"Blackberry-Picking"）等，总之都是具体经验的自发衍生及其对个人心理的震颤，留给我们的也只有或平静或严峻的文字意象，而对这些经验是否能够连接成完整的文化身份的问题则不作正面回答。因此，理查德·基尼(Richard Kearney)认为："如果（希尼诗中的）沼泽是一种民族意识的象征的话，那它也不会是狭隘的、自我标榜的民族主义。"[1] 而弗洛伊德·科林斯亦把希尼的诗作称为"民族无意识"，[2] 指的也是希尼对笼罩性的宏观历史视野的抵抗。希尼一再强调语言和形式的重要其实也与此耦合，王德威曾说："语言，形式、身体这些'外在'的东西，其实并不永远附属于超越的意义、内容、精神之下，而自能蓬勃扩散，不滞不黏。"[3] 希尼正是倚靠将语言和个人身体性的具体感知相关联，产生了对爱尔兰文化身份广阔的、多视角的认知。

（二）挖掘：对"喉音"的返源

从某种程度说，希尼诗歌身份的不确定性正是爱尔兰文化身份的不确定性的反映，希尼曾说："在爱尔兰，我们对于过去的认识，对于土地的认识和对于身份的认识都无可避免地纠结在了一起。"[4] 出于诗人的自觉意识，希尼主动地将对外部政治世界的思考转换为诗歌内部的语言问题。在这方面，希尼服膺乔伊斯所阐述的词语的"昭显"(epiphany)功能，亦即词语不仅是对现实的描述，更是对现实的"昭显"。从现代诗的观念看，语言所依赖的人的精神主体摆脱、丢弃了现实世界中的偏见和鄙陋，反而可以以更为纯粹的视点进入世界，把现实的本质"昭显"出来。正是通过颠倒诗和物质世界之间的关系，我

---

[1] Richard Kearney：*Transitions: Narratives in Modern Irish Culture*，Manchester：Manchester University Press，1988，p.106.
[2] Floyd Collins：*Seamus Heaney: The Crisis of Identity*，Newark：University of Delaware Press，2003，p.61.
[3] 王德威：《想象中国的方法：历史·小说·叙事》，北京：生活·读书·新知三联书店，1998年，第143页。
[4] Seamus Heaney："Land Locked"，*Irish Press*，June 1，1974，p.6.

们才可以说，把握住词语就等于把握住了现实，词语言说了这个世界本身。即使希尼很多诗歌以物质体验为特色，但也绝非对外部世界的客观模仿，而是以语言能动地组装经验现实。所以弗洛伊德·科林斯才说："尽管希尼本人把'挖掘'称为'巨大而粗糙的挖土机'，但却仍是作为'诗的艺术'而存在的。"①

也正是在词语的昭显中，希尼展示了他参与到爱尔兰民族建构的方式上的独特性，也就是说，希尼将纠缠着爱尔兰的民族主义和文化身份的问题内化为语言问题。而这一做法其实是相当有深度的。在近代欧洲，当天主教会的统治已经腐朽，各民族谋求民族独立时，这一过程在文化上就表现为用方言写作以对抗官方的拉丁文，于是才出现了但丁用意大利文写作的《神曲》和路德以俗语翻译的《圣经》。日本学者柄谷行人认为："创造一个名副其实的'民族'还需要一种截然不同的动力，因为民族更确切说是由'文学'或'美学'形成的。但丁的例子已表明，用方言写作具有反抗拉丁文、罗马教会和帝国统治的政治意义。"② 可以看到，希尼一系列的诗歌创作恰恰是要发掘爱尔兰文化身份在语言上的本源。

对于爱尔兰作家而言，在殖民处境的逼迫下，对语言民族性的讨论从来不单是一种纯粹技法的、美学的问题，也是一种伦理的要求，如诗人唐纳德·戴维(Donald Davie)在都柏林讲学时所说："诗人修辞时必须明确意识到他面对的读者，他不能仅仅是他们感情和习性的代言人，对前者他要加以纯化，对后者要加以矫正，然而他也不能过于忤逆他的时代，而是和读者一起分享某些既定的假设……在这一点上，对修辞的讨论变成了对诗人在民族共同体中所处位置的讨论，或者，在现代的境况下（严格意义上存在的共同体已经少得可怜），即诗人在国家中所处的位置。"③ 虽然希尼的诗歌一直孜孜以求个人声音的独特表达，但是创造名副其实的"主体性"文化身份仍然是贯穿他创作始终的诉求。这一倾向尤其明显地体现在写于北爱尔兰族群冲突剧烈时期的诗歌中，如20世纪70年代的几部诗集《在外过冬》、《北方》和《野外工作》(*Field Work*，1979)，

---

① Floyd Collins: *Seamus Heaney: The Crisis of Identity*, Newark: University of Delaware Press, 2003, p.20.
② 柄谷行人：《书写语言与民族主义》，陈燕谷译，《学人》第九辑，南京：江苏文艺出版社，1996年，第95—96页。
③ Donald Davie: *Purity of Diction in English Verse*, London: Chatto and Windus, 1952, pp.16-17.

迈克尔·帕克认为，希尼在他的《在外过冬》里，已经形成了以描写原初的爱尔兰语区为主题的想法，并将语言当作爱尔兰文化身份的表征。① 这一时期，他更多地意识到语言和锻造文化身份之间的紧密联系，"世界上没有一个地方比它(北爱尔兰)更自豪于它的敏感性和现实主义，没有一个地方比它更有资格谴责任何辞藻上的华丽或欲望的膨胀"②。希尼意识到，民族在很大程度上不仅仅是政治的产物，也是由文学、语言这些文化因素形成的，因此，语言不再被视为工具或思想的容器，相反，我们可以在语言中找到民族身份的根性。

理解了这个前提，我们就不难看出，在希尼的前期诗歌中，他淡化书面语的"文明化"特征而倾向于口语，就绝不仅仅是出于审美的考虑。口语或者方言是一种作为和标准英语书面语相对抗的异己的力量出现的，它们负载着伦理性的使命——在英语书面语的霸权面前展现爱尔兰人自身的生命经验，这一经验不仅是个人性的，更是爱尔兰乡土的集体身份记忆。英语书面语和爱尔兰地方口语的关系，如果用索绪尔(Ferdinand de Saussure)的术语来说，不妨叫作语言(langue)和言语(parole)的关系，即肯定性的语言封闭结构和多元化的语言具体使用状况的区别。希尼坦言："文学性语言，英语诗歌经典中那些文雅的表达，是某种被迫接受的东西，由于远离我们的经验而不能使我们激动；其正规华丽的措辞也不能再现我们自己的口语。"(P,26)我们不妨从以下三个方面来看爱尔兰口语的优越性：

一，地方性。在《公开信》("An Open Letter")一诗中，希尼使用废弃的方言词("no way, my friend"③)、粗糙的韵律和不规范用法(One a provo, one a Para/One Law and Order, one terror-/It's time to break the cracked mirror of this conceit)④；简单的一个发音就可以勾连起无尽的乡愁，这些土气的、不和谐的韵律挑战了传统英语抒情诗的雕琢和雅致；换言之，口语是家族、乡间风景、宗教等能指符号所指向的共同生活形态的形式表现。

---

① Michael Parker: "From Winter Seeds to Wintering Out: The Evolution of Heaney's Third Collection", *New Hibernia Review*, Vol.11, No.2, 2007, p.135.
② Seamus Heaney: *Crediting Poetry: The Nobel Lecture*, New York: Farvar, Straus & Giroux, 1996, p.13.
③ Seamus Heaney: *An Open Letter*, Derry: Field Day Theater Company, 1983. p.18.
④ Ibid., p.23.

二，直觉性。在《雨的礼物》("Gifts of Rain")这首诗里，希尼将注意力放在雨声的声音效果上："当雨在聚集/浅滩上会/整夜水声轰鸣不断。/孩子们熟悉周围世界的耳朵/能够听到自然日常的/絮絮叨叨"（OG，52），对世界的感受来自孩子耳朵的"听"，这并非偶然的契合，而是诗人的深思熟虑的结果，伯纳德·奥多诺霍（Bernard O'Donoghue）注意到，在希尼的诗作中，较之文字的沉重和无魅力，有关声音的意象总显得轻快明晰的，如在诗集《斯特森岛》他翻译的中世纪爱尔兰诗歌《迷途的斯威尼》（*Buile Suibhne*）中，抄下来的文书只是些"书写的残渣"，"那些陈旧的规则/我们全都铭刻在石板上"，与此相对的语音则不然：海鸟在充满"冰霜的声音"的午夜欢快地鸣叫着。① 在《雨的礼物》里，这种关于声音的神秘隐喻到诗篇的最后终于揭开了"口语"的真面目：

  那茶色的发着喉音的水

  拼出它自己：莫尤拉……

  在发音之中，

  将土地铺成河床

  芦苇的音乐，古老的笛管（chanter）

  通过元音和历史

  呼出它的雾霭（OG，25）

"喉音"和"元音"都是爱尔兰口语的发音特征，在此，"莫尤拉"这条希尼童年所住的村庄旁边的小河，发出了自己的声音，而这种发音行为又在象征层面喻示了诗歌本身（chanter 既可以指笛管又可以指吟唱者）。在这幅充满象征主义的画卷中，河流/诗人吟诵的是爱尔兰的本质天性（Irishness），而"芦苇"的意象不仅依旧可以说明语音的明快，更重要的是，它意味着和书面语言不同，口语来自于自然的、直觉的体验。

  三，返源性。在这个充分神话化的层面，不管经过多少外来文明的侵入和

---

① Bernard O'Donoghue：*Seamus Heaney and the Language of Poetry*，New York：Harvester Wheatsheaf，1994，p.107.

层叠，个体总能找到"家乡"——被预设的价值归宿，这种价值可以穿越历史的长河而保持其神秘性，而口语因其本质上的原始性充当了这个价值的载体。有趣的一点是，如果说在传统上我们把文学写作看成和体力劳动相对的精神劳动的话，希尼却屡屡将自己的写作定义为体力劳动——在前面讨论过的诗作《挖掘》中，"挖掘"是一个和土地、沼泽相联系的缺乏美感的意象，但正因如此，希尼才可以用它弥补自己那种由于"没有铁锹去追随像他们那样的人"的焦灼情绪。在这首诗的最后一段，希尼进一步对"挖掘"（digging）一词进行了联想："我的食指和拇指间／夹着一支矮墩墩的笔。／我将用它挖掘。"通过凸显"挖掘"的内部语言张力，诗人象征性地抹平了"词语"和爱尔兰的乡村"世界"之间的裂痕。于是他成功地将书写性文本（诗歌）也"口语"化了，也就是说，变成了乡土原生状态的一部分。

同时，"挖掘"在希尼的诗歌中是一个隐喻性的关键词，意味着诗歌穿透重重历史的障蔽而"返源"的行为——"诗是占卜；诗是自我对自我的暴露，是文化的自我回归，诗作是具有连续性的因子，带有出土文物的气味和真确感，在那里被埋葬的陶瓷碎片具有不为被埋葬的城市所湮灭的重要性；诗是挖掘，是寻找不再是草木的化石的挖掘。"所以他描述写作《挖掘》的体验是："这是我第一次觉得我所做的不仅仅是文字的排列；我感到我已掘进到现实生活中去了。"（P，41）大卫·劳埃德指出："希尼的写作始终有一个先验的前提，也就是说，通过书写返回到'蒙昧'的文化中是可能的，他的写作来源于这种文化，更重要的是，依靠着这种文化，所有的时代都在他的写作中保持了连续性。"[①]在《安娜荞瑞什》中，希尼回忆了儿时乡间的情景：

> 我的"清水之地"，
> 世界开始的小山
> 那里清泉涌出，流入
> 闪光的草地。（OG，46）

---

[①] David Lloyd: "'Pap for the Dispossessed': Seamus Heaney and the Poetics of Identity", *Boundary 2*, Vol.13, No.2/3, 1985, p.327.

"安娜莪瑞什"(Anahorish)是希尼的出生地,在盖尔方言中意为"清水之地"——"安娜莪瑞什,柔和的辅音的坡度/和元音的牧场"。"Anahorish"一词中的"h"平缓的送气音暗示着清水无拘束地流出,引领我们回到这片土地最早的居民那里。

无论是直觉性、地方性还是返源性,均无法被视为口语的客观特性,而均是被浪漫地赋予的,尽管由于希尼自身思想与创作的复杂性,很少将他定义为"浪漫主义诗人",但是他仍然被视为爱尔兰最伟大的抒情诗人叶芝的后继者,并在某种意义上分享了叶芝的浪漫主义前提。①"喉音"代表的民间口语传统表征的不光是乡土世界自身,更重要的是通过一种浪漫主义的想象性建构,获得了哲理的升华,脱离了乡土的局限,发展成民族文化共同体的终极性价值本体。在18至19世纪起源自德国的赫尔德(Johann Gottfried Herde)的浪漫主义运动中,民间口头传统自明性地负担了民族全体性的目标,如吕微所说:"19世纪的欧洲学者发展了一种那个反启蒙的浪漫主义立场,为了对抗理性主义的世界性扩张,浪漫主义者诉诸地方性和民族性的感性主义传统,继而认为这种地方、民族传统(如神话)尽管正在消逝,但传统依然以蜕变形式保存于无文字群体的民众——准确地说是农民——的口头文本(如童话)之中,在浪漫主义者看来,农民的也就是地方的和民族的,而口头文本则是农民与民族之间联系的纽带。"②

1831年,英国开始在爱尔兰建立"国民教育体系",完全以英语作为该教育体系的媒介语言,盖尔语被从"国民"体制中驱除。1845年发生大饥荒的地区都是爱尔兰最贫穷的地区,也正好是盖尔语的使用区域,因此使用盖尔语的实质人口在短期内大幅减少,存活下来的人也将盖尔语视为落后的标志而改用代表"文明"的英语。发生在19世纪上半叶的这两个事件几乎将盖尔语从爱尔兰连根拔除。时至爱尔兰文艺复兴运动时期,很多作家在创作中刻意重新使用盖尔方言,为盖尔语增加了明显的政治意味,这一趋向对希尼也有所影响。《雨的礼物》里,希尼使用了一连串带喉音的、元音特征明显的词语如莫尤拉(moyola)、乐谱(score)、伴奏(consort),都是古盖尔语的特点。在这种有意

---

① See Christopher T. Malone: "Writing Home: Spatial Allegories in the Poetry of Seamus Heaney and Paul Muldoon", *ELH*, Vol.67, No.4, 2000, pp.1083-1084.
② 吕微:《现代性论争中的民间文学》,《文学评论》2000年第2期,第124—125页。

识的返源旅行中，希尼把诗歌语言植入进了古老的口说传统中，而这一传统是尚未被后来的标准化的英语所规范的。

同样情况的是《布罗阿赫》（"Broagh"）："汇聚在你脚跟印中的阵雨/是Broagh 中/黑色的 O/它低音的笃笃声/在多风的接骨木/和大黄叶丛中/近乎突然地/终止，就像陌生人/觉得难以把握的/那末尾的 gh。"（OG，54）诗里长元音"OO〔U：〕"〔笃笃声（tattoo）、接骨木（boortrees）、大黄（rhubarb）〕的反复出现，体现了古盖尔语多成串元音的特质，也增加了诗歌沉郁低旋的效果。"布罗阿赫"（Broagh）意为"河岸"（bank），但希尼并不同意"Broagh"和英语的"bank"之间可以简单地互译，他对此的解释是："我把这个词印成斜体字，就是要提示'Broagh'是不同于英语的……'Broagh'不是'bank'，前者是爱尔兰语，后者是英语。我们有些人能说'Broagh'，但是英国人不能。他们很难发出此音……这些诗是关于发音的，但是它们又不仅是关于发音的，不仅是关于词的声音。它们是写一种特别语言间的亲密性，一种特有的文化，是遗传给你的身份，所以那是政治。"① 可以说，希尼想要表现的不是已经被具有相当水准的国家教育体制所规范的语言形式，相反，他使用了尚未完善的盖尔方言，在他眼中，方言这一没有被"国家/文明"体系所凝固的口语形式却道出了民族真实完整的存在，类似"Broagh"这样的词汇指向的是地方上的爱尔兰人民独特的体验，当在他们的唇齿间发出它奇妙的音调时自然会感同身受，但一旦翻译为英语单词"bank"，这种体会便荡然无存了。

希尼所惋惜的，是爱尔兰方言的逐步消亡，标准化的英语和它所支撑的文明成为了强势的话语力量，方言总是处于它们的阴影之下。语言之外的东西反而左右了语言的发展，从这个角度讲，盖尔语是被杀害的语言。他在《传统》（"Traditions"）中说：

> 我们喉音的诗神
> 早已被头韵的传统
> 挤到了一边

---

① 西默斯·希尼：《希尼诗文集》，吴德安等译，北京：作家出版社，2001年，第440页。

她的小舌已逐渐

衰退、被忘却

就像一段尾骨。（WO，21）

在爱尔兰，英语是通过树立一系列如莎士比亚、乔叟等"正典"（canon）来达到权威的：

我们应该为自己伊丽莎白式的英语

感到自豪

"大学"，譬如说，

就是我们生息的土壤；

我们"相信"，我们"承认"

当我们这样想的时候

至于那些可爱的古语

当然都是正确无误的莎士比亚。（WO，21）

索绪尔说："语言不会自然死去，也不会寿终正寝。但突然死去却是可能的。其死法之一，是因为完全外在的原因语言被抹杀掉了。例如，操此语言的民族突然被根绝……或者也有强大的民族将自己的特殊语言强加于人的情况。在这种情况下，只有政治的支配是不够的，首先需要确立文明的优越地位。而且，文字语言常常是不可缺少的，就是说必须通过学校、教会、政府即涉及公私两端的生活全体来强行推行其支配。"[①] 小舌和喉音的衰落，是英语世界抹杀盖尔方言在爱尔兰的影响的结果，同落后的爱尔兰文化相比较，英语代表的是一种"优越的文明"，于是，在宽敞明亮的教室里讲授莎士比亚也具有意识形态功能。英语的推广是国家教育体系以消灭方言的多样性为代价来推广的，而被剥夺的是爱尔兰人能完整表达自己生活世界状况的言说方式。

---

[①] 索绪尔：《日内瓦大学就职演说》，柄谷行人著《日本现代文学的起源》，赵京华译，北京：生活·读书·新知三联书店，2003年，第198页。

从口语开发出对英国殖民主权的抗拒以及回归以"喉音"为代表的方言"纯正"源头，希尼的前期诗歌的确是给人这样的印象的，这在实质上构成了一种语音中心主义，在相当程度上呼应了爱尔兰文化民族主义的主张。我们将看到，这也是希尼本人的诗歌实践需要不断反省和克服的一个主张。

### (三) 词语训诂学："返源"的困境

爱尔兰文学语境中的"言文一致"运动，发端于爱尔兰文艺复兴时期的翻译活动，格雷格里夫人(Lady Augusta Gregory)以基尔塔坦方言(Kiltartanese)为基础翻译早期盖尔语作品，遵循爱尔兰人的口头句法和特殊词语来书写英语，对口语的使用让英语也"方言"化了，相对于"标准"英语具有了区别性的特征。这一举措蕴含着显而易见的民族主义的前提，以口语为中心的方言写作包含着反抗英国帝国统治和国教教会的政治动机，就像柄谷行人说的："现代民族国家的形成和以方言为基础创造一种书写语言的过程可以说是相互协调并行不悖。"① 在民族主义运动中，作为文化基石的语言和政治性身份的关系很容易被简化，变成方言的地方性和英语书面语代表的帝国秩序的对抗。但是事情并不会如此简单，古老的盖尔语传统实际在爱尔兰早已失去有效性，同一性的文化记忆在这里是缺失的，由于复杂的殖民历史，爱尔兰的语言客观上就处于混杂空间中，被不同的历史和话语层面横切(traversed)而过。如果考虑到希尼来自在政治上被划分为英国一部分的北爱尔兰的话，这一点将会更为突出。在此情况下，方言和英语书面语的界限是否会如此清晰呢？"方言"真的有基本不变的内核吗？这些在爱尔兰文艺复兴运动时期看似有了明确结论的问题恰恰成为希尼诗歌实践的生长起点，也正是在这些实践中，他表达了对于民族身份和作家个人身份建构的复杂看法。

大卫·劳埃德认为，希尼的诗歌中的爱尔兰身份意识恰恰是内在于英国文学的，彼此之间形成了默契的共谋关系，"爱尔兰身份问题其实是在英国浪漫主义的母体中诞生的，对帝国主义的批评只是帝国意识形态的曲折反映而

---

① 柄谷行人：《书写语言与民族主义》，陈燕谷译，《学人》第九辑，南京：江苏文艺出版社，1996年，第95页。

已"①。在他看来，希尼身处盎格鲁—爱尔兰价值连续体之中，其写作是殖民遗留物的一部分："在这个语境中，具有试金石作用的诗人是华兹华斯，'爱尔兰身份'与英国文学—政治的既成物有着特殊的关系，这种既成物提供的不仅是语言，而且是身份问题得以陈述和解决的专门术语，也正是因为有这些术语的存在，身份的问题才会被陈述和解决。因为这绝不是简单的诗人接受某种诗歌形式、节奏之类的问题；这是浪漫主义和帝国传统所提供的美学，以及这种美学所包含的伦理和政治规划的问题。"② 这一批判或许过于严峻，但也有自己的道理，希尼对以"口语"为表征的乡土身份的返源与华兹华斯式的浪漫主义"复归婴儿"至少有家族类同的关系；和希尼（某种意义上的）一样，华兹华斯也时常将个人与乡土、文明与蒙昧进行不假思索地联结。

希尼构造的口语空间本身存在一个否定性的前提，即它自身是模糊的、不能自足的，也就是说，爱尔兰民间口语传统始终需要其否定方面，也就是标准英语秩序来定义。这带来了深远的后果：作为普遍性的解构资源，发掘民族的口语传统固然是爱尔兰本土反抗英国的正统文化—宗教以及专制统治的有效策略，但是这一传统始终难以自我规定，而成为了和英语传统保持着若即若离关系的价值连续体。换句话说，它仍然只是作为英语秩序的反动力量而存在，自身无法生长出真正对当代爱尔兰社会具有现实有效性的新的文化力量。

这一情况的出现与爱尔兰自身的政治语境有关，长期以来爱尔兰的基本社会结构就是宗主国—殖民地的二分结构，殖民地固然是反抗宗主国的，但是殖民地同时也是宗主国的整体组成部分或者说构成条件，只要殖民地依旧把自己视为"殖民地"，它就无法摆脱依附性的身份，也难以成为真正自足和独立的正常现代国家。③ 当代爱尔兰的问题是，即使它早已获得独立，二分结构仍然因为北爱尔兰的无法回归而保留下来（历届爱尔兰政府都将与北爱的统一作为重要政治目标）。具体到希尼的诗歌实践上，我们看到，希尼诗中的口语意象或隐喻基本都是和英语秩序的强势存在相关的。他在《演唱学校》（"Singing

---

① David Lloyd: "'Pap for the Dispossessed': Seamus Heaney and the Poetics of Identity", *Boundary 2*, Vol.13, No.2/3, 1985, p.320.

② Ibid., p.327.

③ See Elie Kedourie, *Nationalism*, London: Hutchinson, 1961.

School"）中写道：

> 发明南德里郡的韵律
> 用 *hushed* 和 *lulled* 取代 *pushed* 和 *pulled*（N，64）

以及《后视》（"The Backward Look"）中的诗句：

> 一个空中的踟蹰
> 就像，一次语言的
> 失败，一种羽翼变幻的
> 的戏法
> 沙锥鸟的哀鸣，掠过
> 它筑巢的地面
> 进入方言
> 进入变异
> 在自然保护区里
> 发出直译的噪声——
> 空中的小羊
> 夜晚的小羊
> 严寒中的小羊（OG，56）

《后视》中的"空中的小羊/夜晚的小羊/严寒中的小羊"是直译为英语的爱尔兰方言复合词（盖尔语原文为 gabhairín/oidhche/gabhairínreo），希尼将这些词语以斜体突出，为的是打破英语完整同一性的幻觉。希尼对方言差异性的大胆言说让我们想起乔伊斯《一个青年艺术家的画像》里斯蒂芬·迪达勒斯的名言："像家、基督、麦酒、主人这些词，从他嘴里说出来和从我嘴里说出来是多么不相同啊！我在说这些词儿和写这些字的时候可能并不感到精神上十分不安。他的语言对我是那样地熟悉，又是那样地生疏，对我它永远只能是一种后天学来的语言。那些字不是我创造的，我也不能接受。我的声音拒绝说出这些字。我的灵魂对他这种语言的阴森含义感到不安。"① 但与此同时我们不能不看到，这些口语词汇无不在与标准英语的对照中说明自身，《演唱学校》里用斜体字标示方言的特殊读音"hushed 和 lulled"取代标准读音"pushed 和 pulled"，也仅仅是在原文基础上的适当调整。从本质而言，方言以英语秩序作为其原型，因而其变异的范围也很难超出英语文本所限定的范围。正是由于英语（连同经典化的英语文学）垄断了语言的秩序结构和价值来源，标准英语提供了价值判断的原始文本，爱尔兰口语传统在言说自己时必须时时返回到英语秩序之中。就像我们看到的那样，希尼对英语文学的秩序所做的是"改写"（rewriting）而非"取代"（displacement）。

面对建立现代爱尔兰文化身份的历史要求，爱尔兰知识精英却发现盖尔语传统几乎已经消失无踪，无法承载现代国家的民族叙事，除了激活长期被忽视的民间口头传统之外，一个必然的途径就是改造宗主国的语言并据为己有。这是典型的后殖民悖论，在爱尔兰，文学和美学意识形态的词汇表是由英国提供的，无论希尼多么想审视和质疑这一意识形态，但其所使用的词汇也是他唯一能用的词汇。换言之，当民族主义者表述自己身份的特殊性时，他们使用的概念框架却仍然是普遍主义的。汪晖对此做过较为深入的表述："无论是主权概念，还是各种政治力量对于自身的合法性论证，无论进化、进步的历史观念，还是以这一历史观念支撑起来的各种体制和学说的合理性，均离不开这个普遍主义知识的问题……民族主义知识虽然经常诉诸'历史'、'传统'和'本源'等，亦即诉诸文化的特殊主义，但是它的基座是确立在这种新型的认识论及其知识谱系上的……民族主义的显著特征是追溯自身的起源，无论是祖先崇拜还是文化根源，但这些更为'本体的'、'本源的'、'特殊的'知识是在新型的认识论及其知识构架下产生出来的，从而不是'本体'、'根源'创造了这种新型的知识论，而是这种作为民族国家的认识论框架本身需要自身的'本体'和'根源'——于是它也就创造出了这个'本体'和'根源'。"②

希尼同时要处理两种语言传统：地方口头的和英语书面语秩序的。口语传

---

① 詹姆斯·乔伊斯：《一个青年艺术家的画像》，黄雨石译，北京：外国文学出版社，1983年，第221页。
② 汪晖：《亚洲视野：中国历史的叙述》，香港：牛津大学出版社，2010年，第84页。

统是非自足自律、难以自我定义的，而书面语秩序是外来的、强迫性的，它们的并存凸显了爱尔兰历史的裂痕。他认识到，爱尔兰语言身份的差异化和层叠过程并不是语言自然演变的结果，而是靠暴力（殖民）达到的，爱尔兰方言的逐步丧失是更为强大的民族强制推行新语言的结果，如果罔顾暴力的事实，将民族语言的多层次和非确定性仅仅看成共时性的语言系统内部的事情的话，结果就必然是把历史的外在暴力内化。所以，尽管有着浪漫主义的前提，希尼的语音返源却并非彻底浪漫化的，他关注方言如何在源头被污染，如何逐渐失势，可以说体现了历史感和现实主义的清醒，也足以证明他诗歌文本高度的复杂性。

德勒兹和迦塔利说："弱势文学不是用某种次要语言写成的文学，而是一个少数族裔在一种主要语言内部缔造的文学。"[①] 在谈到乔伊斯与贝克特时他们说："两位爱尔兰人都具备弱势文学的卓越条件。对于这种文学来说，弱势乃是一种光荣，因为弱势对于任何文学都意味着革命。"[②] 对希尼来说，情况也是如此。用英语来言说爱尔兰，这不啻为一次战斗。他要使用殖民者的语言，同时又要脱离这种语言，而脱离之后是什么？能否重建？怎样重建？如何不变成宗主国所"筹划"的东西？然而这一处境并不悲观，反而有积极的意义。所有的语言都可疑，也就意味着依附于语言的话语秩序的可疑。于是，希尼的诗歌世界便具有了无始无终、变化中的流动性：过去的话语秩序被质疑，朝向一个新的、形成中的秩序；一切尚未明朗，新的语言只是梦中的线条。从这个意义上说，被殖民导致的身份危机反而带给了希尼真正的积极性。

如前所述，和所有的后殖民国家一样，现代爱尔兰的民族文化身份意识是在一系列二元对立的模式中展开的，英国与爱尔兰，传统和现代，中心和边缘，个人和集体……而所有的这些二元对立的形而上学，最终要确立的无非是"一元"（爱尔兰性）的在上地位。方言蕴含的语音中心主义日益变成历史话语的单义性集权，这一民族主义元叙事直接导致了方言在爱尔兰的道德优越性。然而索绪尔指出，语言（尤其是方言）之间，并不存在明确的界线："这一观察的结果是，当两种语言，即所谓两种方言，源出一支时，由两个定居而且相邻

---

① 吉尔·德勒兹、菲力克斯·迦塔利：《什么是哲学？》，张祖建译，长沙：湖南文艺出版社，2007年，第33页。
② 同上书，第40页。

的民众使用,他们之间就没有均匀的界限。例如,意大利语和法语之间,不存在界限……语言既不是时间中确定的概念,也不是空间上确定的概念。我们没有其他方式可以确定我们想说的是这个或那个语言,我们只能说,某年的罗马语言,某年的安纳西语言。换言之,取一个不大的区域,和时间上的一个点。"[①] 在他看来语言从根本上说是不断变化的历史现象,不可能有不受时间影响的恒定本质,语言的价值只在于"各种成分的暂时组合状态",因此,语言的内涵和用法是完全处在共时状态的关系中形成的,不可能追溯到前一个时期的某种单一的固定成分中,例如历时语言学家会说拉丁语"mare"演变成了法语的"mer"(海),因为这符合所谓的语言变化规律,但索绪尔指出我们其实是预先设定了"mare"和"mer"的对应关系才总结出语音变化规律的。[②] 既然语言中不存在不变的基本内核,"返源"也是不可能的。

在民族语言的创造方面,希尼奉但丁为自己的导师,但丁摒弃了拉丁文,改用意大利俗语来创作《神曲》,这也对日后意大利统一的民族语言产生了巨大的影响。然而需要注意的是,但丁的"俗语"并不等于意大利的乡土方言,在脍炙人口的名篇《论俗语》中,但丁说道:"俗语对于我们是自然的,而文言却应该看成是矫揉造作的。"但他同时又声明自己心仪的是"光辉的俗语"(illustrious vernacular):"在实际上意大利的光辉的俗语属于所有的意大利城市,但是在表面上却不属于任何一个城市。"[③] "光辉的俗语"对希尼构成了强大的吸引力,但丁天才地将地方俗语、官方语言和诗歌语言熔为一炉,形成了带有全新美感意识的书写语言。傅马加利(Maria Cristina Fumagalli)总结了但丁语言的融合杂糅性质:"但丁的俗语的另一个特征在于它是'种族的语言'和学问性质的语言以及'技艺'的符号的综合物。更重要的是,在融合各地方言的过程中,但丁的俗语并未失去沃尔科特所说的'发现的喜悦',这种喜悦感同时潜藏在'大街上的土话'和'课堂上的语言'之中。"[④]

---

[①] 费尔迪南·德·索绪尔:《普通语言学手稿》,于秀英译,南京:南京大学出版社,2011年,第143页。
[②] 同上书,第255页。
[③] 转引自朱光潜:《西方美学史》,北京:人民文学出版社,2002年,第138页。
[④] Maria Cristina Fumagalli, *The Flight of the Vernacular: Seamus Heaney, Derek Walcott and the Impress of Dante*, Amsterdam: Editions Rodopi B.V., 2001, p.18.

希尼在一次访谈中提及他那些充满了语音上的乡愁的诗歌时说:"当它们被写下来时我有一种强烈的轻松感,一种喜悦或者说是无所顾忌的感觉,它们向我证明了,一个人可以既忠诚于英语的本质——在某种意义上这些诗是盎格鲁-撒克逊的舌头发出的具有感官性的口唇间的乐曲,与此同时又忠于他的非英语的起源——对我来说就是家乡德里郡。"[1] 通过想象被不同的语言传统所切割和混杂的空间,来超越方言所代表的地方性的狭隘,希尼就是以这种多元主义的方式中和了他前期诗歌中过于明显的对民族特性的强调。在《安娜茭瑞什》中,希尼虽然要回到想象中的"清水之地"——文化身份的起源性符号,但又意识到这个起源地仍然是混杂的,"'安娜茭瑞什',你是辅音/柔和的上坡,元音的草地"(OG,46)。这里的"辅音"和"元音"是暗示着英语和爱尔兰方言不同的发声方式,它们共同构成了爱尔兰乡间的地貌。同样,《新歌》("A New Song")抗议爱尔兰方言被排斥的历史,要用"元音的环抱,淹没/辅音圈立的领地",但诗歌的结尾却趋向平和:"如同褪色的草地,重新被绿色占据/一个词,就像工事(rath)和石坑(ballaun)。"(OG,58)"rath"和"ballaun"都是爱尔兰独有的景物和词汇,可以说是这首诗的密码,但难得的是,希尼并未对这两个特殊的词汇按惯例使用斜体,而是将其作为全诗语言的一个自然部分,让人觉得它们似乎是英语词汇。在独具匠心的语言形式中,"英语"的内涵扩展了,而爱尔兰方言词也获得了接纳和归化。

希尼所面临的形势无疑是外在的强大意识形态对语言造成的影响,由于英语的介入,爱尔兰人使用的语言在内部形成了等级森严的体系:英语占据着上层,盖尔语被边缘化。而在对立面的爱尔兰民族主义者那里,则强调盖尔语先天的优越性,"我们使用的语言是非常重要的,比起我们在那些更加'高雅'和'有前途'的地方听到的苍白细弱的英语来,我们自己的古老的日常词汇似乎蕴含了更多的力量和意义"[2]。但在希尼看来,强调盖尔语自身的优越及其与英语的差异的做法并不真正令人满意,抹杀外来语的影响执行了一种政治功

---

[1] Seamus Deane: "Interview with Seamus Heaney", in Mark Patrick Hederman and Richard Kearney eds., *The Crane Bag Book of Irish Studies (1977-1981)*, Dublin: Blackwater Press, 1982, p.70.

[2] Polly Devlin: *All of Us There*, Belfast: Blackstaff Press, 1994, p.158.

能，使语言变成了原教旨民族主义者的工具，这不过是英国殖民者所作所为的同构反复罢了。

希尼认为："在任何通向解放的运动中，都有必要否定主流语言或文学传统的规范性权威……无论是麦克唐纳还是乔伊斯，都不认为有必要在读者的记忆中排斥英国文化的丰富性，尽管他们都以自己的方式被迫挑战这种文化的权威。"（RP，7）为了抵制粗暴的二元对立，希尼对诗歌中语言的意义进行训诂，以类似于考古的方法发掘特定词语的起源以及在使用过程中的衍生出的含义。就是在这些起源和含义的相互的纠结中，翻检出文化身份源初的多层次的地质构造。在《摩斯邦》（"Mossbawn"）一文中，他说：

> 我们的牧场叫作Mossbawn，"Moss"是一个苏格兰词汇，大概是拓荒者带到乌尔斯特地区来的，"bawn"则是英国殖民者用来命名他们驻扎的农场的。"Mossbawn"——沼泽上的拓荒者的房屋。但是尽管有正规的拼读方法，但是我们还是会把它读作"Moss bann"，"bàn"是盖尔语，意为白色。那么这个词的意思是不是白色的沼泽（moss）——沼泽地——呢？正是在我自己家乡的发音中，我看到了乌尔斯特文化分裂的隐喻。（P，35）

希尼想指出的是，要是以为确定了一种语言就等于确定了一个种族的存在的话，这种想法是相当危险而且不可能的，即使是看上去血统最为"纯粹"的家乡，也至少具有英国、苏格兰、爱尔兰等几重身份。在希尼的诗作《重访格兰莫尔》（"Glanmore Revisited"）中，他的一位朋友在白蜡树皮上刻下了自己的名字，这个行动被诗人赋予了象征性："它把我带回了古老的兄弟结义的场景，两个/勇士割破手腕，把血汇在一起，以此明志。"（ST，35）树上的名字隐喻了宗社共同体之间情同兄弟的紧密联系，这个"朋友-名字-结义-血"的系列意象形成了明确稳固的身份意识。但幻景很快被无情打破，一群儿童剥下了树皮，只留下了树上的疤痕。从树上擦去名字的举动暗示了对爱尔兰身份进行单一命名的不可能。奥布莱恩（Eugene O'Brien）认为这首诗："意味着名字和场所之间的极其复杂的关系……没有了标示身份的记号，场所反而可以向更多元的意指空间开放，同时这也表明希尼对那种基于本土主义和占有欲望的宗族意识的持续解构。"① 说希尼具有"解构"意识自然过于牵强，因为他对爱尔兰民族经验的忠诚是无法置疑的。希尼想说的是，爱尔兰生活经验是开放多元的，这是爱尔兰民族历史本身的丰富的结果。然而当前爱尔兰——特别是北爱尔兰这样的交叉地带——却面临着各种势力都想把这一地区的语言、文化和人民同化在单一的、本质化的体系中，造成森严的"国家—种族"的壁垒。就多民族和多宗教信仰并存的北爱尔兰来说，如果真的把身份实体化的话只会带来灾难性的后果。

爱尔兰在历史上先后经历了凯尔特人、维京人和诺曼人的入侵，至今北部仍是英国的一部分，北爱尔兰新教徒和天主教徒的纷争屡屡恶化为政治危机，在这样的历史和现实处境下，如果一定要坚持某种语言（无论盖尔语还是英语）的固定身份标识的话，那么这种语言标识的是国家的身份，还是族群的身份呢？在爱尔兰，强化语言的族属关系只会导致它自身的崩溃。当意识到这点后，"语音"就被问题化了。希尼的《饲料》（"Fodder"）一诗提到了爱尔兰人对"fodder"这个英语单词的独特发音"或者，像我们读的那样/Fother，我又一次为它/张开我的双臂"（OG，43）。虽然是爱尔兰乡间的特殊发音，但是这里的音素/th/却是古英语中的典型发音方式，只是今天已经变成了爱尔兰方言的一部分；《布罗阿赫》里那个"外人"发不出来的音"gh"（/x/）是古日耳曼语软腭摩擦音，希尼认为这个音对于生活在德里郡"无论新教徒也好天主教徒也好"都是熟悉的。

在语象冲突的背后蕴含着对和解的期待，希尼的语言挣扎于爱尔兰口语和英语抒情诗伟大传统的边界上，他的诗歌（尤其是前期诗歌）虽然有时会因为突然插入的古怪单词和句法显得参差多样，但总的来说仍然保持了英诗流畅的可读性，如果说他常常用爱尔兰方言让英语诗歌秩序感到威胁不安的话，那么反过来说，我们也可以举出同样多的例子说明他把爱尔兰方言改造为拥有更广大读者的"规范"英语诗歌的努力。比如，如果我们比较中世纪爱尔兰诗歌《迷途的斯威尼》的两个现代英语译本的话，就会发现较之保留了大量古爱尔兰七音节诗句的弗兰·奥布莱恩（Flann O'Brien）译本，希尼的译本显得更为明白晓

---

① Eugene O'Brien：*Seamus Heaney: Searches for Answers*，London：Pluto Press，2003，p.128.

畅，多采用英诗传统的五步抑扬格和长句，基本不采用爱尔兰风味的突兀短句，从而压制了原作异教和蛮荒的感觉。①或许就像托马斯·麦克唐纳（Thomas McDonagh）说的那样："爱尔兰诗歌最突出的特征恰恰显示于将凯尔特诗歌的韵律和发音与英语诗歌交织在一起之时。"（P, 41）希尼的诗歌在英语世界受到广泛赞誉，原因并不全在于它采用了方言的音调和句法。希尼熟稔英国诗歌传统，并且不把这种传统视为外在于自己的东西，尼尔·科克伦（Neil Corcoran）对此说："作为一个把自己当作爱尔兰人的诗人，希尼站在英国诗歌的传统的一个斜角上，他必须努力挑选榜样，创造可以支持自己个人的'传统'。"② 盎格鲁—爱尔兰文化传统的对立在希尼手中逐渐成为由相互关系确定的相对属性，而非本质化的绝对价值实体的对立。在《终点》（"Terminus"）一诗中，希尼说：

> I was the March Drain and the March Drain's Banks
> Suffering the Limits of Each Claim
> （我是边界排水沟，又是边界排水沟的堤岸
> 饱受两边主权界限之苦）(NSP，214)

"March"一词在北爱尔兰语境中有其独特含义，一方面，它特指有争议的边界地区，另一方面，又喻指北爱各宗教政治派别举行的各种"游行"（March）。其中最为世人所知的是北爱新教徒为纪念新教国王威廉三世（又称奥伦治·威廉）于1660年打败天主教詹姆斯二世党人而举行的"奥伦治大游行"，由于游行要经过天主教聚居区，因此屡屡引发冲突。也就是说，在爱尔兰，"March"是个明确界限和排除他者的词语。然而希尼说：

> 这个词并不是指"排成军列行进"，而是指靠近、比邻而居和相互交

---

① 可以比较两段译文，在奥布莱恩的译本中，"叫唤着的东西，这只小鹿/哦，我们这些悲伤的人喜欢/你从峡谷里发出的/喜悦和喧闹"。见 Flann O'Brien, *At Swim-Two-Birds*, Harmondsworth: Penguin, 1967, p.71.希尼则翻译成"突然在峡谷中/响起了轻声的叫唤声和铃声！/这只羞怯的鹿/就像一个神圣的歌者"。(SA, 39)
② Neil Corcoran: "Seamus Heaney and the Art of the Exemplary", *The Yearbook of English Studies*, Vol.17, British Poetry since 1945 Special Number, 1987, p.120.

界。这个词承认了分离状态,但与此同时也有休戚相关的明确含义。如果我的土地和你的土地交界,那么我们被边界分离的同时也是被它联结的。(FK,52)

出于对这种形势的敏感,希尼宁肯排除各种政治关系,从语言内部的训读入手还原民族历史的真相。在《维京都柏林:审讯的碎片》("Viking Dublin: Trial Pieces")一诗中,希尼将一艘中古的维京船和"都柏林"(Dublin)这个能指符号结合在一起:

> 在岸边的船台上
> 它那瓦叠式的船壳
> 发出尖刺棱棱、破裂的音符
> 好似"都柏林"(NSP,58)

"Dublin"有两个盖尔语词源,即"dubh",意为黑色,和"linn",意为池塘,应为早期定居者对当时地理状况的描述,但在诗中,这个词却和早期来自北欧的殖民者"维京人"联系在了一起:"Dublin"尖利的爆破音和维京船尖锐的形象相互重叠,而瓦叠式的船身有一个凝练的意象,暗示着都柏林本身即是一个多元交错的场所。作为中古时期的殖民势力,维京人及其舰队、商船通常被爱尔兰人视为帝国主义的前身,但希尼却摒弃这样的意气之争,将维京人留下的遗迹纳入到爱尔兰的身份之中,就像化为自然风景一部分的维京船,曾经的外来文明已经成为历史构造物的一部分。在希尼的诗歌实践中,以语言的非闭锁性开创出身份的非闭锁性,这个企图应该是很清楚的。希尼从对词语的训读工作中得出的语义,不是国民教育体系内的标准英语,也不是民族主义者期望的"纯粹"民族语言,我们其实是无法辨认出界限分明的英语、盖尔语、苏格兰语或北欧斯堪的纳维亚语言的。在他的作品中,语言就是那种可以容纳摩斯巴恩、贝尔法斯特、都柏林时空交错的生活的容器,在这些地方,现代生活和古代风韵、殖民者和本地居民共同建构了爱尔兰的身份。在爱尔兰,实际上不可能对语言进行肯定性的说明:

最近，在科克的一次诗歌阅读课上，一个学生半指责地提出，我的诗歌听起来凯尔特味儿不够。这一说法的准确性可能超乎其预料，他的感受传达了对英语爱尔兰诗歌的某种理解，而托马斯·麦克唐纳（Thomas Macdonagh），都柏林大学的一位大学英语教授，对此做出了最为连贯的叙述。这位教授在1916年的复活节起义中殉难。在他看来，爱尔兰诗歌最突出的特征恰恰显示于将凯尔特诗歌的韵律和发音与英语诗歌交织在一起之时。①

霍米·巴巴在《文化的位置》（*The Location of Culture*，1994）中举例说，在印度的传教士向当地人宣讲基督教的"重生"概念时，当地人虽然接受了教义，却用自己理解"转世"和"婆罗门身份的获得"来多次改写权威的"重生"定义，使之在另一种文化中获得新的意涵。② 巴巴用"杂交"（hybridity）和"文化差异"（cultural difference）说明文化身份并非来自同一性，而是来自差异性的建构。爱尔兰独特的境遇在作家在文体中刻下的这一烙印并非希尼专有，如萨义德就在叶芝的诗歌中发现："叶芝描述历史大循环时的转折也唤起了这种不稳定性。在他的诗歌中，流行语和正式的谈话之间、民间故事和学术性写作之间轻易地交易着。即 T.S.艾略特所说的时代的'狡猾的历史（和）人工通道'带来的不安——错误的突转、重叠、无意义的重复，以及偶尔的辉煌时刻。"③ 因此，这里并不需要高度概念化的"解构理论"，因为即使不给现实加上一种高度个人化的文体试验或语言游戏，爱尔兰在客观上已经处在了语言的混合场中。对于希尼来说重要的是：拒斥那种以为语言总是界限分明的观念，唯有如此才是对爱尔兰文化身份的尊重——"诗歌……在其实践模式中必须具有包容性意识。它不应该简单化。它投射和发明的东西应该与它周围的复杂的现实相匹配，而它正是从这些现实中产生的。"（RP，7-8）所以，希尼诗中的语言，其实就是词语在爱尔兰这片土地上被人们灵活地使用着的那种状态，语言有可能被外在的强力打断、扭曲甚至消灭，但是它仍然是不会死亡的。因为

---

① 西默斯·希尼：《希尼诗文集》，吴德安等译，北京：作家出版社，2001年，第222页。
② Homi K. Bhabha：*The Location of Culture*，London & New York：Routledge，1994，p.33.
③ Edward W. Said：*Culture and Imperialism*，New York：Vintage Books，1994，p.227.

只要人民还在生活着，语言就会存在，民族也永远会在这样的语言中找到自己身份的依据。

## 二、希尼的语言转向

### (一) 回到纯粹的"字母"

在诗集《山楂灯笼》(*The Haw Lantern*, 1987)的献辞中，希尼写道：

> 河床，已然干涸，半边覆盖了枯叶。
> 我们，倾听树林中的河的声音。(OG，291)

在这个隐喻性的场景里，"河床"指代的是曾经作为诗人灵感之源泉的"语音"，而"树中的河"则带来了新的灵感。[①] 不过，这个"树林中的河"究竟为何物呢？

阅读希尼中后期的诗歌或散文不难发现，他越来越注重一种超越历史实存的视角，在《妒忌与认同：但丁和现代诗人》("Envies and Identifications: Dante and the Modern Poets")一文中，希尼认为，但丁的世界是内在紧张的，因为他同时忠于"集体的历史经验"和"自我的显现"；[②]"如果听从艾略特的说法，我们就会忘记但丁的巨大文学贡献在于用俗语创作，从而赋予了普通语言生命……艾略特忽视了意大利语言繁杂和粗暴的特质"。[③] 唐纳德·戴维说道，但丁的不朽之处是，他完美地将集体大众的方言转化为自身的诗的语言："但丁认为没有任何一种方言是真正光辉的，因为诗人必然会为了诗的目的将自己和方言分离开来。"[④] 那么，是否可以说，希尼的"树林中的河"就是"为了

---

[①] Bernard O'Donoghue: *Seamus Heaney and the Language of Poetry*, New York: Harvester Wheatsheaf, 1994, p.110.

[②] Seamus Heaney: "Envies and Identifications: Dante and the Modern Poet", *Irish University Review*, Spring, 1985, p.19.

[③] Ibid., p.12.

[④] Donald Davie: *Purity of Diction in English Verse*, London: Chatto & Windus, 1952, p.86.

诗的目的"的写作？姑且将这当作一个暂时的结论，我们关心的问题是，倘若希尼转向"诗的目的"的超越性写作的话，那么"诗的目的"在希尼那里的外延和内涵到底是什么？我们试通过分析希尼的收于同一诗集中的诗歌《字母》（"Alphabets"）来进行解答。

《字母》描述了希尼自己在童蒙时期如何通过"书写"来习得文化："石板上有图表，有标题，有正确的/握笔方式和错误的方式"，对拿笔方式正确与否的强调似乎暗示着外来"书面语"的强势进入，但很快这一文化身份意识的暗示就消失在语言本身带来的纯粹快乐之中，那些书写印记留给诗人童年的是游戏中才体会得到的原始的惊喜："在那里，他整个第一周都在用粉笔画烟，/画出他们称之为 Y 的带分叉棍子/这就是写字。天鹅的脖子和天鹅的背/就是 2，他现在能看到也能说"；字母 A 是"画在石板上的两根椽子和一根梁"，O 则像"映在窗玻璃上的地球仪"。离开了拉丁文课堂，凯尔特传统语言让他感觉到"新的书法的阴凉，舒适如家。/这个字母表中的字母是树。/大写字母是盛开的果园/文字的线条就像盘绕在沟渠里的石楠。"（OG，292）；而当他开始学习外语和外来文化的时候，那些陌生的字符同样让他有直觉上的愉快，拉丁语的变格词"有如教堂的大理石柱"，基督教传入之后的语言"一直在灌木丛中砍伐/书法变得平淡，变成了梅罗文加式风格"；对英语的学习让他"征引莎士比亚，征引格罗夫斯"；随后，字母和日常生活的事物融为一体："到了收获季节，在麦茬上构成 ∧/每个马铃薯坑的三角面/被拍得笔直，以抵御霜冻/这些都消失了，只留下 Ω"（OG，293 - 294），书写这些字母的过程变得平淡自然："或像我自己瞪大的前思考（pre-reflective）的眼睛，凝视/激动地看着梯子上的泥水匠/掠过我们的屋檐，在那里写下我们的名字/用他泥刀的刀尖，一个个奇怪的字母"；诗歌还设想了宇航员从太空看到的地球："那个上升的、水状的、单一的、发亮的 O/像一个放大的、有浮力的卵"（OG，294），在这个象征性的场景中，世界化成了一个巨大的能指符号。

《字母》以儿童眼光看待文化，具有梦幻般的天真感受，不过希尼的动机显然并没有这么简单。从常理上说，文化习得本就是一个进入社会和历史的话语规范，接受种种既定的预设，从而逐渐丧失本性的过程。如果要缅怀天真的话，应该诉诸前文字的蛮荒状态中，可是希尼却坚持文字和书写本身就是天真和单朴的。"糊山墙"的动作和他前期诗歌中的"挖掘"意象既有相通之处又有更深的意涵：这个动作同时是书写的过程和人类最单纯的行为，意味着符号的制造是人类的本性。这一本性超越了社会历史体系中形成的文化附加意义，如同史前人类的岩画一样，似乎没有任何确切的意义，但却因为没有后天知性的干扰而涌现着"活的意义"。

    诗中有一个颇值得玩味的词是"前思考"（pre-reflective），希尼在另一个的场合也提到了这个词："在哈佛大学为斐陶斐荣誉学会写一首诗，还要大声念出来，这当然事关学问。那么这样的一首诗毫无疑问处在两种状态之间，一是站在桑德斯剧院的学究式的演讲家，二是在奇特的前书写状态中的前思考的儿童。"① 希尼被称为沉思的诗人，但他显然不希望自己的诗仅仅被看作学问式的，在前期的作品中，他不断在历史深处的语音中寻找民族的身份，却发现语言一经过说出，就有可能被污染："实际上，有时说出一件事来就已把它毁坏了。诗的要求就是不明言，不直接说出来，不要让语言毁坏了诗。"他说自己很喜欢"婴儿"（infant）这个词，因为它的拉丁文原意是"不说出来的"（unspoken）。②

    我认为，这就是希尼意义上的"诗的目的"：恢复诗性的、自由的隐喻，把语言符号（字母）还原到本真状态，从中寻找世界的源初意义的显现。语言符号是"不明言"的，亦即没有具体所指的，通过指涉关系的中止，"字母"恢复了作为质朴的物质世界的一个组成部分的位置，只成为象征符号或隐喻自身而存在，从根本上来说，这仍然具有浪漫主义的前提，即对语言主体性的捍卫，如唐纳德·戴维所说，诗歌语言要"跟上思想和生命的变化的脚步，用隐喻的方式发展出新的意义"。③ 阅读希尼诗歌的一个突出感受是他对语言的高度敏感性，在日常语言中已经陈腐的词汇在他手上得到了极为灵活的处理。《寓言之岛》（"Parable Island"）描述了不同的学者对古老台地上的柱坑（post-hole）的猜测，有人认为它代表（stand for）着眼睛瞳孔，但希尼说，柱坑只代表"站立"（stood）在坑里的柱子而已，通过原始意义的恢复，"stand for"被激活了。（HL，10）另一个

---

① Rand Brandes：" An Interview with Seamus Heaney", *Salmagundi*, No.80, 1988, p.20.
② 西默斯·希尼：《希尼诗文集》，吴德安等译，北京：作家出版社，2001年，第444页。
③ Donald Davie：*Purity of Diction in English Verse*, London：Chatto & Windus, 1952, p.30.

例子是组诗《清空》("Clearances")里的两行诗句："当教区的牧师来到她的床边/竭尽全力地为将死者祷告。"(OG，309)"竭尽全力"用的是一个英语成语"hammer and tongs"，本是极为俗滥的词语，但在诗中却呼应了开篇时用锤子（hammer）劈煤的场景——"教我在锤和煤块之间/勇于承担后果"，然后又说到削落的马铃薯皮就像"焊锡在铁上滴落"，让人联想起铁匠作坊。(OG，306)于是，"hammer and tongs"成为了某种具有独立价值的东西，不再仅仅指涉枯燥无味的"竭尽全力"，而是恢复了词语铿锵有力的真身："锤子和钳子"。

在这个平台上，所谓语言的民族性也就迎刃而解，无论希腊文、拉丁文还是英文、凯尔特文……这些在各自文化语境中有明确承载的符号，都成为了童年时代直觉感受到的庞大象征体系的一部分，希尼以现象学式的"还原"策略，清除了所有后设话语体制对语言的规训，在个体在观念世界中完成了人和世界纯粹关系的想象。在这一前话语状态的观念世界中，词语获得了新生，就像诺思罗普·弗莱（Northrop Frye）说的："诗人的意图是朝向心的方向的。它指向把词和词放在一起，而不是把词和意义排成一条直线。"① 附带提及一点，不少学者试图用德里达的"延异"（différence）理论说明希尼的诗歌的丰富多义，② 希尼在质询"语音中心主义"方面和德里达或有相通之处，不过德里达将文字的书写看作"印迹"（trace），是任意的、可删改的，这样一来所有的起源和意义都变成了问题，但希尼心目中的语言符号仍保留了浪漫主义的前提，也就是仍然关注词语"起源"时的"活的意义"——当然这与他前期诗歌中对固定身份的"返源"完全是两个层面的东西。海登·怀特（Hayden White）谈到语言观念在现代的转向问题时说：

> 多少世纪以来，一直将语言囚禁于再现任务之中，这也对语言有所裨益，这就是尼采在《道德谱系学》的结尾视为两千多年的禁欲主义的那种

---

① 诺思罗普·弗莱：《批评的剖析》，陈慧、袁宪军、吴伟仁译，天津：百花文艺出版社，1998年，第82页。
② 较为典型的是尤金·奥布莱恩（Eugene O'Brien）的 *Seamus Heaney: Searches for Answers*，London：Pluto Press, 2003. 以及亨利·哈特（Henry Hart）的 *Seamus Heaney: Poet of Contrary Progressions*，Syracuse：Syracuse University Press，1993。

益处。意志已经受到训练和解放,通过被从词中驱逐出去而受到规训,又因重新拥有词的权力而得以解放。但是,这里所说的词不是《圣经》中的词,不是神圣的词,而是世俗化的词,是回到了事物的秩序中,作为万物之一而在事物的秩序中占有一个位置的词。词的世俗化的结果破坏了在事物秩序中发现永恒等级的冲动。一旦语言摆脱了再现事物的任务,物质世界就将自己的本来面目置于意识面前:即一个充满纯粹事物的空间,其中没有哪一个拥有特权。①

海登·怀特说这番话的时候,他指的是西方人文科学效仿自然科学创建"中性价值的语言"的努力,人文科学认为语言是中性的、再现的,于是就把自己创造出来的概念当作必然之物,创造出了诸如"物自体"、"精神的主体性"等概念,但实际上,从后现代视点看,它们都是"纯粹的幻象",是语言习惯(linguistic habit)的产物。② 如果希尼足够激进的话,他或许会说:"所谓的'民族身份'也只不过是权力操作下的语言习惯而已",不过,他并没有说过类似的话,这证明希尼还不是完全"后现代"的,他没有像他的后辈诗人——如穆尔顿(Paul Muldoon)——那样在词语的嬉戏之中彻底炸毁历史的主体性。希尼的做法是,"在坟墓的入口将巨石推开",③ 在不取消民族文化身份这一元叙事的前提下,通过自己的诗歌实践来抵抗后天强加给语言的种种"再现"任务(语音中心主义),还原其"话语"之前的本真存在性,回溯到语言出现之初的时期,来证明语言原本应当是"没有特权"的"纯粹事物"。在组诗《方形》("Squarings")中,希尼将语言推回到象形文字时代:

"折角和兔形"的古老象形字④
意思是"存在"。(OG, 387)

---

① 海登·怀特:《后现代历史叙事学》,陈永国、张万娟译,北京:中国社会科学出版社,2003年,第239页。
② Hayden White: *Metahistory: The Historical Imagination in Nineteenth-Century Europe*, Baltimore: Johns Hopkins University Press, 1973, p.335.
③ Seamus Heaney: "Unheard Melodies", *Irish Times Supplement*, 11 April, 1998, p.1.
④ 即象形字符"•-^'βⅱ"。

也就是在这个意义上，希尼的诗歌完成了对历史话语的超越，对他来说，起源性问题不能实体化，而只能在语言空间中进行审美意义上的重构。从这个层面上说，他在严格意义上成为了"诗人"。

斯坦·史密斯(Stan Smith)指出，希尼中后期诗歌经常用到"clear"和"clearance"(可解释为清理、澄清或清净、清澈、空寂等)这两个词语，"你希望用它的刺检验和澄清(test and clear)自己"(《山楂灯笼》"The Haw Lantern")，"等待着清关(clearance)的命令"(《来自写作的前线》"From the Frontier of Writing")。① 《清空》中的"clearance"意象尤其突出，当诗人的母亲去世后——"它穿透了突然敞开的空寂/爆发出响亮的哭声，发生了一种纯粹的变化"，诗人感到自己和家族的联系就像被砍伐的栗子树一样空空落落。然而，"clearance"的清空状态并非完全让人绝望，因为它形成了一个"完全空荡，完全起源"(utterly empty/utterly source)的神秘空间，一个"光明的永无之地(a bright nowhere)"，在这个空间里"一个灵魂在分蘖直到永远/沉默，在沉默之外倾听"(OG, 314)。此处的"clearance"意味深长，不仅表现了丧母之后的失落，更是对诗歌本身的隐喻，诗的目的就是从更高的视角对世俗之物进行"澄清"，使之赤裸地面对真理。当一切稳定的联系和指涉对象被切断后，诗人便可进入词语"光明的无主之地"——在符号层面上返回世界的原初状态，让事物的本来面目直接地涌现。在纪念卡文纳的文章《无处所的天堂：再看卡文纳》("The Placeless Heaven: Another Look at Kavanagh")里，他明确了自己要逃离开"身份"的死结，转而认同于"闪亮的空无"(luminous emptiness)的观念世界的态度：

> 除去这种情况之外，把自己和植根于乡土的活的象征联系起来并不显得那么重要；更重要的是准备离开根系，在精神上离开乡土，进入某种超验的，然而又是内在的来世生命之中。如果你愿意的话，这个新的地方可以是完全观念化的；它从我故土的已有的经验中产生出来，但绝没有任何

---

① Stan Smith: *Irish Poetry and the Construction of Modern Identity: Ireland between Fantasy and History*, Dublin: Irish Academic Press, 2005, p.131.

地形学上的方位感。就算他可以被安放在某个尘世的地点上，它也是、而且将永远是无处所的天堂(placeless heaven)而不是天堂般的处所(heavenly place)。(GT，3-4)

"无处所的天堂"就是"纯粹"语言的天堂，语言要"检验和澄清"处所，而不是被处所囚禁。希尼的《寓言之岛》讨论的似乎是爱尔兰岛这个"处所"，然而岛屿却是只有"漂浮的名字"的"无处所"，一切方向指示都失去了作用："为了搞清自己在哪里，旅行者/不得不倾听——因为没有地图/能画出他必须穿过的界线"，在这个"寓言之岛"上，当地人、殖民者和考古学家都想为其命名，可是终归于虚妄："就像反叛者和通敌者/总在争夺着所有权/为了讲述'岛的故事'的权利。"(HL，10)在这首大胆的诗歌里，受到语言挑战和检验的正是"身份"自身，试图为"岛"命名的行为试图把"土地"的物理属性和"名称"作直线联结，将词语绑定在实物上。然而，希尼笔下的"岛"只是符号化的寓言，存在于想象之邦，其实体的坚实性已然消弭无踪。如果联想到前述《安娜莪瑞什》和《布罗阿赫》这些执着于"地名"所有权的诗歌的话，不难看出希尼诗歌"语言转向"的重大意义。

在讨论索绪尔的语言学观念时，卡勒(Jonathan D. Culler)和柄谷行人都提到，人们会以为索绪尔把共时语言和历时语言严格区分开，强调共时的重要性是一种漠视历史的做法，但事实完全相反，索绪尔不谈论语言的历时性，是因为他意识到了历史话语随时都想将自己的意志注入语言之中，把语言变成直线演变的、"再现"的东西，正是因为不想将外在暴力内化成语言自身所谓的"发展规律"，他才强调任何符号的意义都不能通过历史事实来说明，而只能由与其他符号的关系来决定。① 把这个道理放到希尼身上的话同样会很有启发意义，在其中后期诗歌中，希尼很让人惊诧地放弃了(有条件的)前期诗歌的明确的文化身份，这并不是他缺乏历史和民族意识的表现，他深入地看到了在爱尔兰，方言/文化被当成同一个东西，政治和宗教上的冲突和混乱最终体现为语

---

① 参见：乔纳森·卡勒：《索绪尔》，宋珉译，北京：昆仑出版社，1999年，第24—36页；柄谷行人：《书写语言与民族主义》，陈燕谷译，《学人》第九辑，南京：江苏文艺出版社，1996年。

言的混乱：语言完全被工具化，成为民族属性的标签、斗争的口号、宗教上的套话……所以他把一切外部问题还原为语言符号问题，在纯粹的符号之中检视外部现实，其实是深具现实考虑和伦理关怀的做法。这方面，乔伊斯可被视为他的先驱，《一个青年艺术家的画像》中的迪达勒斯尚在幼年时，就试图把围绕着圣餐的宗教和政治争吵转化成对语言符号（"象牙塔"和"黄金屋"）本身的探询。① 斯坦·史密斯对此说道："净化部族的方言不仅仅是在语言学上的矫正工作，也能让由语言上的暧昧不明造成的道德和政治混乱得到清理。那些纷杂的叙事——即希尼在《来自期望之乡》（'From the Canton of Expectation'）中说的'在陈旧的语言里靠死记硬背学会的歌'——最终会在精神的铁匠铺里得到熔化和重铸。"②

### （二）词语的"间性"空间

在《来自良心的共和国》（"From the Republic of Conscience"）一诗中，希尼在一个虚拟的海关里遇到了审查他作为诗人的"特权"的关员，要他"申报我们传统疗法的词汇"，希尼虽然认可关员的要求，但强调了"用我自己的语言为他们说话"（OG，301）。爱尔兰的历史重负也是语言在伦理上的重负，语言被禁锢在民族文化的假设以及形成共同体的神话叙事中。身为前殖民地国家的知识精英，乡土的记忆使他获得了集体身份的可靠性，但是个人想象力又让他认识到这一身份的局限，这也造成了他的语言总在逃离，逃离民族主义预设加在他身上的种种话语规制，每当他心中升腾起更靠近乡土的愿望时，他也一定会从这种愿望中抽身而去。他翻译的《迷途的斯威尼》中的国王斯威尼因为侮辱了圣徒罗南而受到诅咒，发疯后变成了一只大鸟飞向空中，斯威尼飞翔喻示了艺术家在挣脱桎梏的自由，然而加诸他身上的诅咒又意味着强烈的痛苦和负罪感。

大卫·劳埃德认为希尼诗歌的一个重要技巧是——个体意识的疏离下面隐

---

① 詹姆斯·乔伊斯：《一个青年艺术家的画像》，黄雨石译，北京：外国文学出版社，1983年，第46—47页。

② Stan Smith: *Irish Poetry and the Construction of Modern Identity: Ireland between Fantasy and History*, Dublin: Irish Academic Press, 2005, p.135.

藏着地点的可靠性:"如果说个体身份在对土地的归属与拥有之间,在主体与客体之间、在自然与文化之间不断滑动的话,那么在这些无情的替换之中,土地作为'先入之见'提供了一个纯粹形式化的基础,一个连续性的母体。"① 如果说,向"光明的无主之地"凝眸,在纯粹语言的诗性世界中消解实体性身份是个体想象力的"滑动"的话。那么,希尼最终仍无法放弃乡土的完整经验("连续性的母体"),在这一点上,我们可以清晰地辨认出希尼殖民地作家的清晰身份,即对集体历史经验内化式的虔诚,也就是说,弱势国家的国族意识虽然不过是"想象的共同体",但其本身是受到帝国意识形态压迫的产物,是生于斯长于斯的个体不得不继承的命运,当个体脱离这一命运时,感受到的却是无尽的乡愁,所以"光明的无主之地"无法成为永恒的栖身之所,"喉音"的身影无处不在。在希尼的诗歌里,尽管个人的主体意识时时表现出对历史话语的质询态度,但主体却从来不会站在历史的进程之外。

希尼的诗歌《陌生化》("Making Strange")描述了虚构的"我"带外乡人参观家乡,在介绍本地的风物时,他突然觉得眼前的一切开始变得"陌生化":"我发现自己载着这些外乡人/穿过自己的乡村,熟练地/用方言,列举自己所知道的一切,/并以此为傲,然而就在列举之中,/一切开始变得陌生。"(OG,221-222)希尼用了一个语言学术语"中间语态"(middle voice)形容自己的处境——"随后一声狡猾的中间语态/从路对面的田野里响起"(OG,221)。"中间语态"的使用显然是将个体困境内化为语言学的范畴:一方面,"我"试图让外乡人了解家乡,但发现"很难做到";另一方面,用"熟练"来描述"我"对方言的使用本身就充满讽刺意味,因为"方言"对我来说应该是"自然"的而非"熟练"的,在"熟练"使用方言的过程中,"我"发现家乡变得"陌生"了。"中间语态"暗喻了对乡土经验的忠诚和个人自由之间的裂痕,最后演变成了个人意识的内在分化。

较之前期诗歌,希尼中后期诗歌的一个转向是,他不再持续追问应该把自己的落脚点放在个人意识还是民族文化身份上,抑或爱尔兰还是英国上这样皮

---

① David Lloyd: "'Pap for the Dispossessed': Seamus Heaney and the Poetics of Identity", *Boundary 2*, Vol.13, No.2/3, 1985, p.328.

相层面的问题，而是认识到了所谓的"身份"（无论是个人身份还是文化身份）其实不可以做实体化的处理。① 这方面，我们可以考察一下他诗歌中对介词的使用。希尼常常依靠介词的灵活使用消解身份的固定化和二元对立，《来自写作的前线》描写"我"在边境上受到的盘查时，用了"through"这个词，"突然之间你通过了（And suddenly you are through），被审查然后获释／就像你刚从一个瀑布后面穿过"（OG，297），"through"通过的不仅是现实层面的边境路障，更象征着与乡土的告别（through with），和无休止的盘查告别，以及和不断的自我纠正结束。最为典型的介词是"between"（在……之间），在《测听奥登》("Sounding Auden")一文中，希尼分析了奥登的诗歌《分水岭》里的一行诗句："在擦热的草之间的湿路上"，奥登不仅使用了"between"，而且指出分词"擦热的"（chafing）实际上也暗示了某种"between"的复杂状态："同时遇到彻底的寂静和沙沙作响的骚动"，因此"这个分词也占据了一种及物和不及物之间的间性的状态，它的全部功能就像一个临时做成的通行证，一只语义学之手的魔法，使读者焦躁并被悬置在不确定性的山谷上"（GT，123）。从语言效果上看，较之"middle voice"，"between"更能达到希尼的目的。"middle voice"给人的感受仍然是无法脱离两种状态单独存在的焦灼，外在的强制性话语对个体意识的压迫痕迹十分清晰，而"between"是没有任何实指的虚词，蕴涵的不确定性显然更加强烈，正如他说的，这一不确定性显示了"某种断裂的必要性，从习惯撤离，从被给定之物撤离……暴露其最终虚幻的承诺"（GT，110）。霍米·巴巴意义上的"第三空间"与之或有相通之处："互相阐释的契约永远都不会是一个在声明中被指定的我和你之间的交流行为，意义的产生需要在这两个地点通过一个第三空间而被动员起来，这个第三空间代表语言的一般状况，即在说话时，在一个表演的和体制的策略中，故意加的特定的弦外之音。"② 不过，希尼没有从思想层面进行阐发和争辩，而是着力发掘"between"作为语

---

① 希尼前期诗歌大多采取折中的态度，对民族性话语的忠诚和脱离并列在一起，造成了诗歌情绪上的焦灼和动荡，如《终点》一诗回忆了他分裂的童年，饱受盎格鲁—爱尔兰两边对主权的宣示之苦。如果我们对他的认识仅仅局限于此的话，那么虽然很能说明后殖民国家知识分子的复杂处境，却也算不上是特别新鲜的东西，早在19世纪，爱尔兰批评家麦卡锡（D.F. McCarthy）就表达过个体在爱尔兰文化"生母"和英国文化"养母"之间的摇摆。
② Homi K. Bhabha: *The Location of Culture*, London & New York: Routledge, 1994, p.36.

言符号的自身属性,反而更有效地避免了任何可能的固定化和本质主义,形成了他诗歌独有的"间性"语言空间。要强调指出,"间性"空间并非躲进艺术象牙塔的逃避,说穿了,是诗人虚拟出来的一个多向的联结点——和所有的话语实体都保持关系但又不与之同一。我们在这个纯然关系性(relational)的向度之中看到的是语言与语言之间相互碰撞、冲突、交融和翻译,一切都处在成形之中,一切都是过程而非结果。

如果不惮过度引申之嫌的话,不妨说,现实世界并不存在能清晰地反映"身份"这个语言符号的东西,没有办法把任何实体性的意义连接到词语上,我们之所以能在现实生活中理解和认同这个词,是因为可以理解语言符号所指称的"生活形式"(维特根斯坦用这个概念指词语的环境),而且误以为对生活形式的指称就是意义本身。其后果是"不是对象的一致性保证了词语的一致性,而是词语的一致性保障了对象的一致性",① 在一定生活形式中,本来只是语言约定现象的符号被当作实体认识后,就产生了反向的对现实的必然规定性。所以说,欲破解"身份"这个魔咒对现实的制约,唯有回到语言符号,对原先的约定性予以"解约",并在此基础上重塑语言约定性,这也非常符合希尼的一贯思路——在词语中隐喻性地解决问题。

组诗《清空》的第四首回忆了"我"回家和操方言的母亲的谈话,我们不妨从这段包含了密集的双关语和歧义的诗歌来看希尼诗歌如何在语言符号的纯粹表达中达到"间性"效果:

> Fear of affectation made her affect
> Inadequacy whenever it came to
> Pronouncing words 'beyond her'. Bertold Brek.
> She'd manage something hampered and askew
> Every time, as if she might betray
> The hampered and inadequate by too
> Well-adjusted a vocabulary.

---

① 陈嘉映:《语言哲学》,北京:北京大学出版社,2003 年,第 176 页。

With more challenge than pride, she'd tell me, 'You

Know all them things.' So I governed my tongue

In front of her, a genuinely well-

Adjusted adequate betrayal

Of what I knew better. I'd naw and aye

And decently relapse into the wrong

Grammar which kept us allied and at bay.

(害怕做作反而使她

发那些力所不及的词语时

口齿不清。贝托德·布瑞克。①

每次她都设法控制那些拘谨和错误

仿佛她能用过分矫正的发音

背叛拘谨和错误。

出于质疑而非骄傲,她会对我说:

"他们的事你全都知道。"于是我在她面前

管住自己的舌头,以真诚、精心的矫正,背叛

我清楚知道的东西。我会发出"naw"和"aye"

不失分寸地回复到错误的

语法,这让我们在一起,又无法到达)(OG, 310)

  看似寻常的日常谈话场景,实际内中暗流涌动,蕴涵着多个层面的复杂谈判和妥协。先来看"well-adjusted"(矫正的)和"adequate"(适当的)这两个词语的并置,斯坦·史密斯注意到,"adjusted"在早期和"justice"(正义)的含义相混,即将事物放到正确的位置,这和"adequate"形成了双关性的呼应,此呼应关系通过"Adjusted adequate betrayal"(以精心的矫正来背叛)变得明了。当然,可以认为需要"矫正"的是"我"的个人意识和乡土集体经验的分离,因为一旦分离就会面临丧失完整的文化身份的危险,集体经验的强制性通

---

① 对布莱希特(Bertolt Brecht)的错误发音。

过"正义"这一隐含的语义显示出来，再通过上下文的"宣示"（pronouncing，在诗中同时有"发音"和"宣示"的意思）和"管辖"（governed）得到强化。在集体经验毋庸置疑的先天"正义"面前，诗人故意按方言的方式发音以不失分寸地回复（decently relapse）到正确的位置。①

然而，"矫正"并不是单向的，"母亲"（乡土集体经验的代表）同样在矫正自己，努力发出那些属于外部世界的音节。双方心照不宣的合作最终变成语言的重新约定，《清空》的第二首诗写道："三明治和茶点/被送上和摆正。为防止融化/黄油必须避开阳光"（OG，308），奥多诺霍指出，希尼在诗中用"in case it run"来表示"防止"是非常奇怪的，因为标准英语的说法应该是"lest it run"；同时，"in case it run"或许是某种古英语方言的用法，但并不是爱尔兰方言。因此"in case it run"是一种"间性"空间——既不属于"我"这方也不属于"母亲"那方的用法。② 也许更有启发性的是佩姬·奥布莱恩（Peggy O'Brien）从这几行诗中发现的一个双关语"betray"（仿佛她能用过分矫正的发音/背叛拘谨和错误；背叛/我清楚知道的东西），"betray"有两个意思：1，背叛；2，显现。诗中的两个意思是纠结在一起不分彼此的，在"背叛"的同时某些美好真实的东西"显现"出来了，奥布莱恩说："在看似早已分开的两个人（母与子）充满感情的纽带中，每分钟的言语和行动都既是背叛又是显现，无法想象还有其他载体比诗更适合表现这样的复杂性，能够让完全不同的两个方向融会贯通。"③ 与此对应的是所引诗句的最后一个词语"allied and at bay"，"at bay"是希尼从词库中挑选出来的一个别有深意的古老用法。根据牛津英语词典，"hold at bay"意指无法靠近的悬置状态，一种无法满足的渴望和期盼，而"stand at bay"意指和凶猛动物的靠近。④ 这也是"我"和乡土集体经验关系的

---

① Stan Smith：*Irish Poetry and the Construction of Modern Identity: Ireland between Fantasy and History*，Dublin：Irish Academic Press，2005，pp.136 - 137.
② Bernard O'Donoghue：*Seamus Heaney and the Language of Poetry*，New York：Harvester Wheatsheaf，1994，p.113.
③ Peggy O'Brien：*Writing Lough Derg: From William Carleton to Seamus Heaney*，Syracuse：Syracuse University Press，2006，p.257.
④ E.S.C. Weiner, Joyce Hawkins, eds.：*The Oxford English Dictionary*，Oxford：Clarendon Press，1989，p.712.

最终隐喻，既是"在一起"（allied）的，又是"无法到达"的和危险的，换句话说，即"间性"的不确定语言空间的建立。在被体制性话语控制的日常语言中，语言被严格地挑选，一个词语能被表现出来的部分只是冰山一角，而不符合话语惯例的部分基本被抛弃了，从这个角度看，希尼对语言的多向联系性的开发其实也是在恢复我们实际生活形式的丰富性。

在希尼那里，历史和在历史中形成的民族共同体身份元叙事从未远离过，他唤起了这一元叙事并与之对话，形成了个人意识与历史主体的辩证斗争，这可以被看作他精神展开的基本轨迹，也使其作品染上了痛苦和延宕的调子；但与此同时，通过将外部问题内化和还原为语言基本问题的方式，个人身份和民族共同体身份都得到了寓言化的处理，在纯粹的符号世界中达成了妥协。正如前文不断强调的那样，这绝非逃避，而是与他对语言的看法有关。语言绝不是外在事实的镜子式的反映，相反，它是人对世界作出主动应对的方式，当诗歌促使我们对语言的认识发生变化时，它所改变的不仅是它处理的对象，也改变着语言使用者自身。希尼曾用"窗户上影映的飞鸟"和"真实的飞鸟"的比喻说明诗歌的这一效用："我想赞美它给定的、不可预知的在场性，赞美它进入我们的视域并激活我们身体的和智力存在的方式，这一方式就如同影印在了玻璃幕墙或是窗户的透明表面上的飞鸟身影突然进入了真实的飞鸟的视线，而且必定会改变它们飞行的路线。"（RP，15）语言符号的内在转换和调整可能标志着全新的生活形式，这也是诗歌在当代社会存在的理由。

# 第三章　通向所有声音的王国
## ——《斯特森岛》中的自我形态与超越之路

《斯特森岛》(Station Island, 1984)出版时，北爱尔兰已经经历了近二十年的动荡和骚乱。在广受好评的《进入黑暗之门》(Door into the Dark, 1969)、《北方》等诗集后，希尼基本确立了他后殖民语境下的文化身份的主体。而在他诗歌创作生涯的每一环节，都伴随着严格的自我审视。《斯特森岛》同样是对前期作品的调整，并被认为是他前期探索之后追求更个人化表达的表现。

《斯特森岛》包括三个部分：第一部分同他前期的抒情诗相似，主要描写乡村背景下的日常生活与经验；第二部分是诗集的同名组诗《斯特森岛》，希尼借鉴了但丁在地狱篇中的游历，与真实存在过的爱尔兰同胞的鬼魂进行对话；第三部分是组诗《斯威尼的复活》，诗人直接将自己变成古代异教人物斯威尼，试图在原初的想象之邦中解放自己和诗歌本身。在一次关于斯威尼的谈话中，希尼说，"要打乱一切东西，作家的功能之一就是去声明你的语言和意识可以像世界一样宽广"，① 《斯特森岛》的三个部分拥有完全不同的时空概念和叙事视角，结合多层次和多角度的声音，诗人触及了更广阔的自我范畴，并表达了以诗歌为名义的、对超越的渴望。对于任何一个人来说，要穿透现实是很困难的，因为他不仅被他的自我束缚着，也被他那服务自我的想象力妨碍着。因此自我形态的转变是希尼超越的关键环节，这造成了这本诗集多变、空灵的

---

① Clíodhna Ní Anluain and Mike Murphy: *Reading the Future: Irish Writers in Conversation with Mike Murphy*, Dublin: Lilliput Press, 2001, pp.81 - 98.

整体特色。

## 一、记忆与自我形态的转变

希尼将记忆形容为其"诗歌的最初胎动的机缘"(P, 265),在第一本诗集《一个自然主义者的死亡》中,他就确立了"挖掘"的行为,这一隐喻动作预示着希尼将超越当下时间,去寻找那些沉没的民族文化记忆,以通向文化身份的核心。就像他在沼泽诗中所表现的,希尼以个体经验来连接民族记忆,个体的日常乡村记忆以及通过想象力加工构建的家园,是希尼诗歌的关键层。在其创作生涯的不同时期,希尼总是在民族与艺术维度中反复观照自身,诗歌行为同时随着诗人的意识包含的背景现实之深浅而改变。

在面对记忆的处理中,希尼曾反复提及一部作品,那就是艾略特的《小吉丁》。当涉及希尼的政治诗学、宗教、文化身份等问题时,评论家往往倾向将其与叶芝、乔伊斯等爱尔兰文学大师联系,而很少注意到他与T.S.艾略特的联系。1988年,希尼在哈佛的一场讲座中承认,艾略特的存在就像"一种文学上的超我",盘旋于他的早期作品的上方。面对艾略特这个"俯视性的存在"(overseeing presence),希尼声称他企图"逃离"而非融入艾略特抒情语调的指令系统。(FK, 39)从希尼与艾略特的诗歌关系来看,这种逃离冲动主要来源于两方面,一方面,希尼认为艾略特诗歌中一贯存在一种"权威的和不可置疑的语调"(GT, 43),这和《荒原》所确立的、日益经典化的关于现代社会的象征体系一样,与希尼追求的个人表达存在距离。另一方面,希尼曾直言,"一位伟大的诗人对其他诗人来说可能是一种非常不利的影响"(FK, 116),影响的焦虑会使诗人采取有意识的逃离。

希尼曾将《小吉丁》中的部分诗句放在1975年出版的《北方》的题词页上,但就在出版前夕,希尼修改了题词页的内容,将《小吉丁》撤去。但艾略特和《小吉丁》的影响并不会因为有意识的趋避行为而消失,它直接延续下来。在之后的几年中,希尼仍然不断地回顾《小吉丁》中关于记忆的段落。1977年纪念罗伯特·洛威尔的演讲中,1982年为诗人麦金泰尔(Tom Mac Intyre)的短篇小说集《哈珀的转向》(The Harper's Turn, 1982)写的序言中,以及1986年为麦克利恩（Sorley MacLean）的批评文集所作的导言中，希尼均提到了这几句诗行。相较于《进入黑暗之门》、《北方》等前期作品，进入创作中期的《野外工作》和《斯特森岛》体现了希尼更个人化的书写，《斯特森岛》尤其被许多评论家认为是希尼在诗歌生涯关键点上的转型之作。① 从时间上看，《斯特森岛》发表于1984年，恰好处于《小吉丁》有效的影响区间内。

与许多爱尔兰诗人一样，希尼的诗歌创作的根本矛盾在于，民族问题深重的外在现实和自我内在的价值之间的冲突。从1969年开始，北爱尔兰经历了长达25年的持续骚乱，诗人要如何挖掘有力量的、沉没的民族文化记忆，而不被卷入狭隘的暴力与政治狂热之中？《小吉丁》通过记忆，突破了主观的狭隘范畴，为诗人提供了一条超越的道路。

>有三种情况看起来十分相像，
>其实则完全不同，并存在这同一片树篱之中：
>对自我、对物、对人的依恋（attachment），
>从自我、从物、从人中脱离（detachment），
>以及从这两者之间产生的冷漠（indifference），
>它与前两者相似，犹如生与死相似，
>处于两种生涯之间——不绽开花朵，
>处于生和死的苦恼之间……②

从一片灌木篱笆中，艾略特归纳出人的三种心理状态：依恋（attachment）、脱离（detachment）和冷漠（indifference）。在艾略特的描述中，在依恋与脱离之间的中间道路可以给人解放和自由，它是不绽放的花朵，它没有旨归与目的，也不被强制与勒令，处于生与死的交界，不受新陈代谢的自然法则的控制。

---

① 持这一观点的主要包括尼尔·柯克兰（Neil Corcoran）、埃尔默·安德鲁斯（Elmer Andrews）、雷切尔·巴克斯顿（Rachel Buxton）等。
② T.S. Eliot: *Collected Poems and Plays*, 1909-1962, New York: Harcourt, Brace & World, 1988, p.205.参见托·斯·艾略特：《荒原 艾略特文集·诗歌》，汤永宽、裘小龙等译，上海：上海译文出版社，2012年。

"冷淡"占据了"依恋"与"脱离"之间的自由空间,成为了艾略特所欣赏的记忆的理想状态。这条中间道路在两个极端之间显得险峻而且难以把握,但是它吻合了希尼所认同的关于诗人主体性问题的观点:"对于诗人来说,抛弃地面是致命的,而拥抱得过于紧密也是致命的,所以必须要游离出去(move out),但同时保持接触(keep in touch)。"① 这种若即若离的中间状态在诗集的题名组诗《斯特森岛》中,被形象化为更直观的几何形态——"切线"(tangent),那是最后一个鬼魂乔伊斯对诗人的忠告:"保持一种切线的角度/当他们把圆圈扩展开/就是你该自己游出去之时。"(SI,93)"切线"就是"游离出去又保持接触"(move out but keep in touch),意在走出自我的固定圆圈,但又在某一端保持接触。这种方向性上的启示贯穿于组诗的每一个音符,它以一种腹语术的形式让不同的鬼魂发出。在《斯特森岛》诗人与鬼魂接连的相遇中,在反复确证的过程中诗人获得了超越的合法性和必要性。集体性与个体性的价值取向是《斯特森岛》中最主要的纠结点,艾略特在依恋与脱离之间挖掘出的空间对于《斯特森岛》中相对个人化的表达尤其重要。

游离或者说切线要融入个人化的表达,必须有更深层的内在结构的支撑。希尼在一场艾略特的纪念演讲中,将"游离"解释为"一种经验的扩展,这种扩展是走出'第一人称单数'的藩篱,是像增加字符串一样地去扩大你的感受能力,直到它延展到自我之外的那个世界并被那个世界所触及"。(GT,149)"第一人称单数"不仅是民族主义叙事的同构表达,也可以理解为一种高度的自我意识,它建立在具有权威性的主观性之上。走出自我的藩篱并不是自我高蹈张扬的外扩,它恰恰意味着某种程度的自我遗忘以及对新事物的接受——一种更新与置换,因此它连接了记忆的程序。艾略特在《小吉丁》中写道:

> 这就是记忆的用途:
> 为了解脱——不是减少爱,而是扩大
> 超越了欲望的爱,并因此解脱
> 从未来和过去中解脱出来。因此,对一个国家的爱

---

① Harry Thomas, ed.: *Talking with Poets*. New York: Handsel, 2002, p.59.

>开始时是对我们自己行动领域的依恋
>
>然后发现这个行动并不重要
>
>尽管从不冷漠。历史也许是奴役,
>
>历史也许是自由。看,现在它们消失了,
>
>那一张张面孔,那一处处地方,还有那个可能爱它们的自我,
>
>在另一种图案中,更新、变形。①

这就是后来被希尼从《北方》题词页上撤下的、却又让希尼念念不忘的诗句。艾略特认为,记忆是解脱的关键环节。从这段诗行中,可以明显看出他将"冷漠"视为有意识记忆的理想状态,它可以直接通向心灵的超越。艾略特的"冷漠"概念,实际上直接对抗了一种凝固了的、作为过去表征的记忆。经验世界中,记忆的常规指向是更深沉的自我,这种指向基本上是远离解脱的,而且站在民族主义叙事一边,以"过去"统摄"未来"。在这个意义上,希尼曾说记忆是"流血事件的温床"(incubating the spilled blood)。(N,20)然而,记忆同样能够绽开一种时间性,可以升华出记忆本身不曾发现的东西。正如诗中所说的,"历史也许是奴役,历史也许是自由",艾略特的理想模式中,经过"冷漠"的抵抗,记忆被投入一个更广阔的历时空间中,一种"超越了欲望的爱"。艾略特实际上是站在超验的角度上构建了一个个体与时间的永恒对话,在这一体系中,民族主义本身是微不足道的。

在艾略特看来,记忆是一种自我更新与变形的生产原则。消失的脸庞和地点,以及那个观察的自我,在时空的作用下已经变成了"另一种图案",它们"从时间与空间中解放出来获得一种超欲望的爱,已经成为过去的历史事件通过这种超欲望的爱重新回到记忆中,它们的意义就改变了"②。过去的事物,经过时间的洗涤,消除了其特殊性,解除了修辞层面的渲染,变成一种"富有远见的客观性"。在艾略特的诗学观中,这种客观性进一步与永恒性相联系。在《四个四重奏》(Four Quartets,1943)中,那些人间的日常经验和回忆——

---

① T.S. Eliot: *Collected Poems and Plays*, 1909 - 1962, New York: Harcourt, Brace & World, 1988, p.205.

② 张剑:《T.S.艾略特:诗歌和戏剧的解读》,北京:外语教学与研究出版社,2006年,第135页。

"玫瑰园里的那一刻,雨点敲打棚架的那一刻,/烟雾降落在多风的教堂里的那一刻"①,"只有在时间中","才能被人记住",日常经验通过记忆的召唤进入时间,才能征服时间,变成一个"无始无终那一刻的图案",② 从而变成历史。但与此同时,艾略特又说"如果一切时间都永远是现在,/一切时间都无法得到拯救",只有把时间放入带有宗教色彩的历史之中,时间才能得到拯救,艾略特为此将历史纳入了宗教的范畴。

希尼在这条路上走得没有艾略特那么远,对艾略特后来的宗教转向持保留意见,但他承认记忆有变形、更新的潜力。他在组诗《斯特森岛》的第六首结尾似乎暗示了这一点,在这首诗中,诗人的性启蒙回忆也得到了召唤,它忍受了漫长的禁欲(my long virgin/Fasts and Thirsts),对天主教的禁欲思想形成潜在的指控,而之后诗人引入但丁在炼狱听维吉尔描述贝雅特丽丝(Beatrice)之后的诗句:"闭合的小花,一待阳光照耀,就在茎梗上直立起来,完全开放。我萎靡的精神也重获力量,我心激荡就像获得了释放。"(SI,76)贝雅特丽丝携带的总体性的爱与美治愈了异教与天主教之间的分歧,诗人用与《小吉丁》所引用诗行的末句相同的句式来表达了同样的解脱:"(但丁的诗句被)翻译了,给予了意义,在那橡树下",陈旧的文字经过翻译得到了新生,融入了新语境,世俗的经验进入终极性历史之中,与神圣妥协相统一。但丁的诗句在橡树下被翻译了,而被"翻译"的不仅是诗句,也让一份陈旧的记忆在一个不同的宗教语境下得到了新生。③

在《斯特森岛》出版一年后的1985年,他在《嫉妒与认同:但丁与现代诗人》一文中指出了艾略特对但丁的继承——"维吉尔降临于但丁,事实上,就像但丁降临于艾略特,是导师、领路人、是权威,使人从自我的圈套和陷阱中找到释放,从沙漠、荒原中解脱"(FK,188)。如果"荒原"之于艾略特最终沉降为自我的"圈套",那么希尼的诗歌生涯中确实存在一个可以进行类似演

---

① 托·斯·艾略特:《荒原 艾略特文集·诗歌》,汤永宽、裘小龙等译,上海:上海译文出版社,2012年,第239页。
② 原诗为"因为历史是一个无始无终那一刻的图案,/所以,当一个冬日下午天色渐暗时,/在一座僻静的教堂里,/历史就是现在的英格兰"。
③ 橡树是爱尔兰古代信仰中的圣树。

绎的地形隐喻，那就是沼泽。希尼一直有一种强烈的自省意识，事实上，自《北方》以后，希尼就一直在寻找一条更个人化的道路。"自我的陷阱"，包括了个人欲望和盲目狭隘的信奉，它们遮蔽了诗人自身参与其中的更宽广的历史图景与模式，从而成为了诗歌的障碍，北爱尔兰的被殖民和动荡加剧了这种诗之困境对于希尼的现实威胁。而作为主体性回溯方式的记忆恰好可以提供摆脱这种"自我陷阱"的自由。通过记忆，希尼志在将日常生活经验带入文学传统，使他们形成一种牢固的意义关联，这些个人回忆的图景，沉降于其诗歌的表象之下，与更深层的历史模式结盟，从而使他的诗歌具有一种超越个人回忆的力量。

回忆的更新与变形是指向超越的，自我破坏与自我转变的维度在其中成为可能，它们敦促另一个自我（alter ego）的生成，去融入更广阔的历史图景。也正因为如此，它才能在个人回忆中不断规避"第一人称单数"的尴尬，获得切线的视角。对于自我破坏与自我转变的渴望贯穿了《斯特森岛》的始终，并通过一首短诗泄露了出来。在第一部分的《野鸭》（"Widgeon"）中，希尼说："它被严重地击中／在给它拔毛时／他发现，他说，它的声带／好像一根破损风管中风笛的簧片／对着它吹气／出乎意料地，他的小野鸭发出了声音。"（SI，48）"他"通过死去的野鸭的声带，出人意料地，发出了声音——这是诗集《斯特森岛》的秘密。"发声"是希尼诗歌的一个重要意象，它意味着言说与"显现"，中性平和的语调在叙述野鸭的死亡与发声时略带冷感和死寂，这是希尼的策略，对主体立场的回避在一定程度上消解了主体在看与创作过程中无法避免的介入。柯克兰（Neil Corcoran）认为，"出乎意料地"（unexpectedly）这个词暗示了希尼企图用最含蓄的方式将自我的声音注入到那些客观对象身上。① 自我有意识地选择遗忘，让位于"他者"的声音，并试图消解自己，但是这个新生的他者的声音，无论是通过野鸭发出，还是由鬼魂亲述，都是另一个自我形态的隐喻。正是在这个看似悖论的规则中，希尼像西西弗一样，推着巨石上山，来企图摆脱诗歌中"自我的陷阱"。这种以声带为物理起点，以声音为介质的自我转化，成为希尼在《斯特森岛》的一个重要尝试。

---

① Neil Corcoran：*Seamus Heaney*，London：Faber & Faber，1986，p.155.

所以说，如果叶芝之于希尼意味着携带着沉重民族经验的个人表达，那么在艾略特那里，希尼找到了自我审视与自我超越的途径，他帮助希尼在外在的社会现实和内在的自我价值之间找到一条自我转变的新路径。在这条路径中，来自短暂时间点的自我的声音变得越来越微不足道，诗人开始学习穿透时间和现实，去扩展心灵的范围，而不是让自我变成一个仅具有视角意义的单纯的质点。可以说《斯特森岛》中所有的自我形态的转换都建立在这一机制上。

## 二、对立与分裂

在第二部分即同题名组诗《斯特森岛》中，诗人描写了在斯特森岛朝圣时与十多个鬼魂的相遇。斯特森岛又名"圣帕特里克(St. Patrick)的炼狱"，是一座位于多纳格郡(Co. Donegal)的德格湖中的岩岛，从中世纪起，这里一直是爱尔兰天主教徒朝圣的圣地。希尼在年轻时曾经三次来此地朝圣。在三天的朝圣过程中，朝圣者要完成一系列宗教活动，包括祷告、斋戒、赤脚围绕"石床"(beds)行走等。诗人想象在此与鬼魂相遇和对话，鬼魂们主要分为两类，一类是爱尔兰文学史上的作家诗人，包括对希尼造成很大影响的诗人卡文纳，《德格湖朝圣者》(*Lough Derg Pilgrim*, 1828)的作者卡尔顿(William Carleton)，以及乔伊斯；一类是诗人旧识的亲友，包括死于一次出国使命的牧师、绝食的爱尔兰共和军成员、希尼的表弟麦卡特尼(Colum McCartney)、死于宗派谋杀的商店老板等，这些人都是爱尔兰国内宗派斗争的牺牲者，他们如同野鸭一样被"重重地击倒"。

谢默斯·迪恩认为，在爱尔兰，英国式的世俗帝国主义和罗马天主教的宗教式帝国主义并存，这造成了爱尔兰错综复杂的后殖民状况。① 斯特森岛聚集了众多话语力量，朝圣者、鬼魂、宗教、政治、艺术等，这些互相对立的因素，交织在鬼魂的回忆和希尼的自述中，加剧了时空错置的紧张感。错落的空间和众多的叙述声音，形成一种多元主义的倾向，它是希尼自我转变的前提。

---

① Derek Attridge: *The Cambridge Companion to James Joyce*, Cambridge: Cambridge University Press, 1990, p.35.

斯特森岛的声音包含了幻景文学中常见的非理性力量，也包含了对待历史的清醒的理性力量。其中比较清晰的是希尼对爱尔兰天主教的态度。通过在朝圣路上与鬼魂相遇，希尼重新组织了一场文化叙事。朝圣这一行为没有产生宗教和价值上的确信，反而否弃了它们。对天主教力量的质疑贯穿了整首组诗，第一个鬼魂西蒙·斯威尼（Simon Sweeney）劝告诗人"避开所有的（朝圣）队伍"，并将朝圣者的足迹描述为"中毒者的线路"（drugged path）（SI，63）；卡尔顿直言"天主教使人幼稚"；牧师对自己的职业感到失望，惊讶诗人为何还来朝圣，并说"上帝已经撤离"；诗人对早年性启蒙的回忆又暴露了天主教教义对人性欲望的压抑。希尼对宗教的否弃不仅在于爱尔兰天主教与共和主义联合为暴力行为提供依据的现实，更在于这个他自出生起就从属于的团体过于团结一致的过度追求，已经违背了他的诗学理想。在斯特森岛上，希尼也只有在面对朝圣者这一群体时，才有自己相对清晰、完整的自我形态和确定的主体性。而其他朝圣者只有模糊的面目（half-remembered faces）（SI，63），除了反复的祷告声（pray for us, pray for us）（SI，62）以外，他们没有清晰的话语（murmurs、whisper）（SI，63）。他们是集体性的黑洞，吞噬个性和独立的价值。在《惩罚》中，希尼面对古代被沉入沼泽的女尸，曾默认了人群对自己的庇护："但我知道，那时我也只能站在/惩罚你的人群中沉默如石。"而在斯特森岛的朝圣中，对天主教的否弃加速了希尼与朝圣人群的疏离，或者说，希尼选择了被人群"抛出"，而进入鬼魂们的命运与经历之中。

　　走出人群的希尼进入了一个充满个体性的场域，他"瞬间地、感人地把声音归还给死者"[①]，死亡打通了现实、历史、宇宙之间的大门，大量个体记忆不断闪回，抽象的历史时刻变得具体丰富。在斯特森岛上，明显存在两种声音。其中一种是鬼魂对希尼的指控和希尼忏悔的声音，它体现了诗人严厉的自我排贬。围绕对诗人身份的自省，希尼延续了传统的知识分子对自我身份的紧张：缺乏男性气概的、脱离人群的、愧疚的。它与诗歌始终无法逃避的功用性价值批判有关。虽然希尼能够坦率承认"从来没有一首诗阻止过一辆坦克"，但诗

---

① Neil Corcoran: *The Poetry of Seamus Heaney: A Critical Study*, London: Faber & Faber, 1998, p.111.

歌对现实的毫无用处不仅无法为其自身做足充分的辩护,反而还暴露了"创造性写作行为自身的现代罪","在某些诗歌和艺术中可能有一种自满,以及与现实的隔绝,这本身就成了一种冒犯"。(GT,xii)苦难与不幸的政治现实催化了艺术的原罪,将艺术视为一种冷漠。《斯特森岛》中,希尼的表弟卡伦·麦卡特尼是最尖锐的控诉者:"当你得到消息的时候,你和一群诗人在一起/你和他们待在一起,/当你的血肉至亲被装上卡车从巴拉奇运到修斯的时候",(SI,82)希尼在上一本诗集《野外工作》中曾为麦卡特尼写下著名的悼亡诗《贝格湖滨的沙滩》("The Strand at Lough Beg"),也被死者拿来尖酸地嘲讽"用清晨的露珠把我的死变得更加甜美"(SI,83)。诗歌对英灵的安慰和颂扬是否粉饰了暴力与死亡的残酷面目?这个问题本身也许已经超出希尼所能掌控的内容层面;同一章中夭亡于32岁的考古学家则让诗人陷入"背叛"的自责中:"我多多少少违背了契约,/没有履行义务"(SI,81);当目睹了绝食致死的爱尔兰共和军成员,诗人自责自己的无所作为:"我讨厌我出生的地方,/讨厌一切/那些使我变得顺从和不发一言的一切"(SI,85);第七章中,儿时的玩伴、死于宗派谋杀的商店老板斯特拉森引发了希尼对"冷漠"最直接的忏悔:"原谅我那么冷漠地活着/原谅我的微薄的付出。"(SI,80)不过希尼的忏悔、自责并没有得到这些鬼魂明确的回应,交流的阻滞造成了空白、沉默以及语言的错乱。

海伦·文德勒(Helen Vendler)认为:"希尼诗学的意义在于他一直以具体的和普遍的方式提出人类痛苦的框架内写作的角色的问题。"[1]《斯特森岛》比希尼其他任何一部作品都更集中地、更清醒地展示了这一问题。忏悔呈现了诗人的困境与危机,实际上达到了"后撤"(retreat)的效果,为《斯特森岛》中的另一种声音打开了空间,这种声音孕育了诗人的新生。它来自鬼魂们提出的意见。在斯威尼向诗人喊出"远离所有的队伍"后,诗人遇到了作家卡尔顿,这个天主教的"变节者"的关键词是"强硬"(hard),"如果时世艰难,我也会变强硬",他的"艰难时世"与北爱尔兰当下动荡的政治环境有着一致性:"我学会了去阅读亚麻发出的恶臭/闻到了那些被吊死者尸体腐烂的气息/我从

---

[1] 海伦·文德勒:《在见证的迫切性与愉悦的迫切性之间徘徊》,黄灿然译,《世界文学》1996年第2期,第47页。

麻布袋中看到了烂泥闪着微光。"(SI，65)诗中希尼语无伦次地试图通过回忆与卡尔顿建立一种共通感，包括记录在《德格湖朝圣者》中的"朝圣、拔亚麻、跳舞……"(SI，66)，不安的政治环境，"在夜晚持枪走在路上的邻人"(SI，66)，以及"蘑菇，牛马施肥过后茂密的草丛，/成熟的栗子裂开时发出的咔咔声"(SI，66)这样的乡村经验。凌乱的记忆与伤感暗示了诗中希尼的顺从与软弱，因此卡尔顿——作为一个戴罪的反叛者——意图唤起诗人的主体意识——"试着去把发生的事情变得有意义/记住一切并保持清醒"(SI，66)，更重要的是，要接受生活的全部，包括罪恶，其中同样包含了拯救与新生的契机，要"如泉中之鱼，泥中之蛆"，吞咽一切来达到完整的个体表述，因为"我们是泥中的蚯蚓，所经一切都是我们自身的足迹"(SI，66)。对希尼来说，卡尔顿代表了强力意志，也是试图跳出传统束缚来摆脱现实困境的爱尔兰艺术家的典型，他告诫希尼承担起独立的责任，"这是一条你自己完成的旅行"(SI，65)。

在组诗的第五章，希尼遇到了以前在校的两位导师以及诗人卡文纳，他们出现在充满童年色彩的幻象中（"雨后蔷薇的香味"、"新割下的牧场干草"、"树叶堆积的鸟巢"），希尼先回忆了上拉丁语课，两位导师向他灌输关于"爱"与"人民"的知识，卡文纳随后出现，给诗人带来打击："我已经知晓/一旦我做好了铺垫，你就会跟着我/或早或晚。四十二年来/你从未走得更远！"(SI，73)卡文纳指出希尼安于重复前人的道路而不思进取。如果说前两位任课老师是传统文化的承担者和传播者，那么卡文纳就是以一位文化创新者的姿态出现的，他指责希尼固守成规，敦促他脱离以学校教育为代表的文化禁锢。

希尼的内疚到了倒数第二章有了缓解，这一章中，希尼遇到了他曾经做过告解的僧侣。僧侣建议希尼"像阅读祷告文一样地阅读诗歌"，并请希尼为他翻译圣约翰(St. John of the Cross)的诗歌来作为苦修。通过宗教和翻译，诗歌获得了救赎意味，希尼因此感到"无可忏悔"(SI，89)。在这首对喷泉的赞美诗中，"永恒的喷泉"象征着更新与补给，以及从黑暗向光明的进发，虽然黑暗一直存在，但喷泉永远"补充、奔涌"(filling, running)，它是"所有来源的来源以及起源"(SI，90)，它"清澈透明永不被玷污"(SI，90)。喷泉作为创作灵感的隐喻使诗人获得了能量和自信。

救赎在最后一个鬼魂乔伊斯那里达到顶点。乔伊斯是斯特森岛中最有分量的鬼魂，与但丁在地狱中对维吉尔的称呼一样，希尼称呼乔伊斯为老父亲（old father）。在斯特森岛，鬼魂乔伊斯仍然骄傲地保持着"我不侍候"（non serviam）的信条，他敦促希尼独立地写作，抛弃天主教的忏悔情绪："作家的责任不允许你顺从惯例习俗，/无论你做什么/要独立自主"（SI，92），诗人应该赶紧离开。乔伊斯相对于其他鬼魂更突出的功能是其解构了所谓爱尔兰性的神话。乔伊斯提醒希尼"英语是我们的"，打破了语言与民族性身份之间狭隘的对应关系，也消除了希尼用英语写作的紧张。这一观点也可以进一步消除遗产、历史、传统这些概念在文学领域的决定性力量。作为爱尔兰文化标志性的流亡者，他最后为希尼指出了相似的道路，即"保持切线"（keep at a tangent）。这就要求诗人的身份认同遵循否定性的逻辑，冲破包括民族主义意识形态在内的桎梏，"当他们把圆圈扩展开，就是你该/自己游出去之时"（SI，93），主动寻求边缘化的做法体现了艺术家对艺术自主性的珍视。当乔伊斯离开时，"倾盆大雨降下它的银幕环绕着他直直的步履"（SI，94），大雨蕴含着新生，"寓意天神降下的怒火"[①]，"直直的步履"则暗示了一种对抗性，凸显了个人主义价值观念。

几位导师的建议明显具有一致性：都是通过逃离路线来实现个人的创作道路，同时要求诗人告别过去，寻求新生。这些声音形成一条清晰可见的主线，贯穿于诗集。与此同时，强烈的自省和忏悔也从未消失。从鬼魂的出场次序来看，虽然乔伊斯在最后的出场使超越成为一种具有终极意义的价值观（也是后文斯威尼出现的先声），但是组诗在整体格局上并没有按照更具逻辑性的从忏悔到超越的顺序来进行铺叙，诗人的愧疚与对超越的渴望在大部分时间同时存在，通过两者在共时层面的交锋，社会原则和艺术原则这一对矛盾在个体身上语境化了，对立的声音同时存在，并同时占有主体，暗示了主体的自我分裂。

《斯特森岛》展现了希尼的精神困境，不过也正是这种困境中孕育着新生。这里我们可以看到但丁和艾略特的影响。希尼认为，《神曲》是危急关头但丁对自我的超越，"从维吉尔到但丁，再从但丁到艾略特，这些大师使人从自我的圈套和陷阱中找到释放，在一个危机的时刻，一个既不能朝前走，也不能转身离去的时刻"（FK，38）。此时，炼狱式的体验成了沉降灵魂、促成新生的有

---

① Elmer Andrews: *The Poetry of Seamus Heaney*, New York: St. Martin's Press, 1988, p.172.

效方式。在《神曲·炼狱篇》第二十六歌末句，诗人阿诺·丹尼埃尔在同但丁进行谈话后将自己藏在熊熊的炼狱之火中，以便自己能走向至善，艾略特也将炼火视为新生契机"除非在炼火中得到新生/在炼火里你必须舞蹈似的移动"，在《小吉丁》中，艾略特将二战的战火直接嫁接到地狱式的场景中，"鸽子喷吐着炽烈的恐怖的火焰/划破夜空，/飞掠而下"，德国轰炸机的毁灭之火与圣灵降临节的炼火合二为一，炼火让人痛苦地意识到自己的罪孽，因而具有涤罪的力量，危机可以转变为精神与艺术的转折点，希尼曾赞赏过《四个四重奏》中的这种包孕"新生"的瞬间。(FK，38)

希尼召唤新生，他将天主教的朝圣看作一次炼狱旅行，"斯特森岛，它本身就是炼狱……它包含了一个黑暗的夜晚和一个明亮的清晨，一次与世界的分离和回归。"① 斯特森岛的朝圣暴露了诗人紧张的道德焦虑，激烈的炼狱之火的意象转化为内在强烈的自我矛盾和自我审视。按照宗教思想，灵魂越想要得到圣灵垂青，就越要排除这种欲望。希尼的炼狱之旅在世俗层面进行，并不存在高高在上的圣灵，但其辩证逻辑是相似的——危急时刻的"新生"。黑暗可以象征心灵的自我净化状态，就像夜晚孕育光明，它能使爱从时空中解放出来。因此从整体结构来看，第二部分炼狱中的矛盾纠缠的自我分裂为第三部分更彻底的超越进行了蓄势。

不过《斯特森岛》真正蕴含的超越潜力并不在分裂的转义上，它直接蕴含于分裂的结构中，或者说蕴含于但丁之中。希尼说："我最欣赏《神曲》的地方在于那种地方性的强度，鬼魂个体的激烈与深情，个性与价值观被感性地焊接在一起的方式，以及在敌友阵营之间的那种'个人现实主义'所具有的张力。但丁将自己置于一个历史空间中，却能跳出这个空间在更具超越性的视野中审视它。"② 《神曲》中与鬼魂对话的那种带有神秘元素的叙事结构直接为希尼沿用。通过《斯特森岛》中最重要的鬼魂——但丁，诗人的自我分裂找到了其灵魂的楔形。正如上文所说的，《斯特森岛》否弃了天主教教义和朝圣的意义，尽管《神曲》中浓郁的宗教导向以及劝世精神与斯特森岛上几乎所有鬼

---

① Seamus Heaney："Envies and Identifications: Dante and the Modern Poet"，*Irish University Review*，Spring，1985，p.18.
② Ibid.，p.19.

魂的提议背道而驰，但这并不妨碍希尼从中抽取一个相对无损的但丁的自我形态。但丁本身具有自我分裂、矛盾的、双重的隐喻意义，他身上包含了一种对立性以及两者之间的协调，他对现世的关注使其神学世界观出现差异与矛盾，《神曲》中的神学世界与现世人生的对立与对接展现了神与人的分立与融合。希尼认可了但丁的张力，并把它按自己的模式总结为两个矛盾的方面："对集体的共同的历史经验保持忠诚，以及对浮现的个人自我意识的认可。"① 这种张力不停留于现实环境层面，而深入作家内心的意识活动。忏悔与新生、传统与叛逆、社会与艺术都可以看作是在意识层面集体力量与个人力量的角力的衍生物。《斯特森岛》就是受这种张力启发而完成的，希尼认为，"通过与鬼魂的相遇，可以戏剧化这种张力"。但丁在地狱中面对鬼魂，交织着痛苦、悔恨、怀旧，同时也重建着希望、法则和永恒，他不仅作为"走出自我狭隘圈套"的诗人典范而受到希尼的重视，同时，在他矛盾分裂的形象上，希尼还看到了自我的镜像。

希尼的写作总是包含着一种二元对立的分歧，他习惯于从一个事物的两个方面去看待事物。他认为："意识能够捕捉到两种不同的、矛盾的现实，并找到一条协调它们的路径。"② 这在《斯特森岛》中尤其明显，受到宗教迫害、为政治流血的同胞的鬼魂，与爱尔兰文学史上的艺术大师的鬼魂分别代表了两种现实——现实政治世界与艺术世界，他们既是现实中的人，同时又承载着诗人矛盾意识的一部分。鬼魂们不同命运、状态接连呈现，观察的视点随着场所的变化也发生改变，主题侧重在一组组对立间运动，体现了自我意识分裂、纠结的状态。集体/个人、灵魂/肉体、生/死、宗教/世俗、天主教/新教、爱尔兰/英国、男性/女性，爱尔兰文化中的种种矛盾弥漫于斯特森岛，这一组组对立结构彼此没有明确的界限，它们处于一种动态的互相交织与影响的过程中。

对立性关系是希尼在创作中始终涉及、并且有意保存的结构，在《山楂灯笼》的《终点》一诗中，诗人写道："提起两个桶要比一个容易得多/我在两者之间长大。"（HL，5）柯克兰对希尼的这种思维方式曾有微词，他认为，在希

---

① Seamus Heaney: "Envies and Identifications: Dante and the Modern Poet", *Irish University Review*, Spring, 1985, p.19.
② Ibid., p.5.

尼的写作中，始终有一种"过于图示化，甚至带有怀疑主义色彩的二元思维"的倾向。① 其实，希尼从未滑入非此即彼的二元模式，而是利用对立结构来获得处于中间形态（in between）的理想自我的可能性。简单的二元对立模式，事实上是生产两个极端中心的过程，希尼重视的是共存，反映在他的诗歌里，他始终对民族主义表达保持着警惕，但与此同时，尽管个人的主体意识时时表现出对历史话语的质询态度，主体却从来没有完全跳出历史的进程，如他诗中所说，他在"两者之间"。

在希尼的诗学中，这种对立性结构是必要的。对立、边界、限制可以帮助主体确立自身。它保证了异质性的存在，自我既是异质性的入口，又由异质性所组成。而分裂是"走出自我的固定圈套"的必然要求，是希尼意义上的"纠正"（redress）的先决条件。这里的自我指审美意义上，它在诗歌文本中被创造出来，向力场中的各种不同的影响力敞开，并被改变，这就是倾听与新生的过程。在希尼看来，这是诗歌的天然的职责。他在散文中多次提到诗歌的超越与救赎功能，诗歌不仅是向形而上世界的转变工具，而且它本身就代表超越。当情感变为"一种烦恼"的时候，'一种更高的意识'以诗歌本身的形式表现出来，这是一个理想，诗人为了在令人窒息的条件下生存而转向这个理想"。（GT，xxii）为了避免向偏狭的思想屈服，诗歌——作为一种超越性、流动性的介质——要占据、栖居于二元对立之间。作为诗歌超越精神的支持者，希尼早就指出过"真正的忏悔，是弃绝那种作为自我放纵的装饰的诗歌"，从这个角度看，斯特森岛上诗人的忏悔，并不是真正的忏悔，它只是一种"声音"，一种"占位符号"。另外，在斯特森岛中，忏悔与超越，意味着试图给予不同经验以平等的价值和尊重。因为没有哪一个立场具有对真理和权力绝对的垄断性，并且任何一个立场都对他者肩负着伦理上的责任。从厘清开始，才有真正超越的可能。

海伦·文德勒认为，斯特森岛上的所有鬼魂，无论是希尼的亲人、朋友，还是作家，每一个都是诗人的"另一个自我形态"，他们与被迫害的鬼魂归属于同一个共同体并且拥有相似的童年回忆。她提出，如果诗人变成了教士、士兵、教士会怎样？她从经验的角度，将鬼魂们生前的经历看作希尼可能经历的

---

① Neil Corcoran：*Seamus Heaney*，London：Faber & Faber，p.230.

"第二种命运",这种带有平行空间色彩的说法实际上是看到了鬼魂们对希尼的"自传意义"。①如果从意识这个制高点出发,鬼魂与诗人的关系要更进一步,他们充当了一种介质,提醒着诗人多种声音的存在,而这些声音与诗人本身不断分裂和变动的自我意识不无关系。每一个鬼魂都代表了一种立场,通过他们,希尼也在不断反思、重写自己的文化身份。在这里,二元化的思维方式已被摒弃,我们看到的是对不同处境中个体声音的努力呈现,以及意识的流动,仿佛每一个鬼魂都承载着自我的分裂的意识的碎片。与但丁这个自我形态相比,鬼魂是脱离于诗人个体之外的,他们具有各自独立的声音和意识,它既意味着一个统一的声音已经丧失,又是对种种现实处境的广泛回应。鬼魂是自我意识的分离和对象化,但其反过来在与"我"对话,从而修正了"我"的主观性。希尼认为,为了发展出一个"新层次的意识",必须"从个人的感情中脱离出来"。(GT,xxii)这实际上是将个人的情感客体化,因此诗集中死于宗派迫害的鬼魂们的叙事普遍冷静、平淡,即使是最尖锐的希尼表弟麦卡特尼也持这种态度。鬼魂饱受创伤、枯槁(如绝食者)、流血(如商店老板)的外表作为直观的现象,被不加情感渲染地呈现,从而形成了美学化后的距离感。诗人采用了旁观者的视点,以直陈的方式描绘他们的面目。面对鬼魂,他选择了一种"协助性的在场",而不是"专横的压力"。(GT,102)在聆听和接受的过程中,希尼似乎在告诉读者自我的声音是微不足道的。

《斯特森岛》中的犹疑、自责、缄默容易给人造成这样一种印象:似乎希尼有意通过再现他人来完成自我,佩姬·奥布莱恩认为这代表了希尼早期的明晰的自信以及简单明了的叙事已经坍塌,并且在其中迷失了自我,"似乎只有通过他人的内化的声音,诗人才能想象自己完整的、复调性的声音"。② 但从诗人创作的角度来看,其中存在一种双向交换,分裂的意识是诗人早已有之的,就像在第九章,诗人遇见了绝食抗议致死的旧邻后,看到了镜子中不完整(half-composed)的"我"的脸,这既暗示了自我的消解,也暗示了自我的生成,但不管朝向哪个方向,自我都是不完整的。通过鬼魂这一介质,自我意识

---

① Helen Vendler: *Seamus Heaney*, Cambridge, Mass.: Harvard University Press, 2000, p.93.
② Peggy O'Brien: *Writing Lough Derg: From William Carleton to Seamus Heaney*, Syracuse: Syracuse University Press, 2006, p.120.

被异质化，与他人的意识融合在一起，然后再以更强的振幅反馈自身，自我的半径在这一过程中不断扩大。

对希尼来说，主体性不是实体化的，也不是伦理化的，它需要脱离时空的限制，在审美想象的领域中展开命运、身份、历史的反思。在《斯特森岛》中，希尼是试图通过自我形态的反复审视和锤炼达到这一点的。主体逐渐被文本间性化，通过与来往的鬼魂经验的交流，变得复杂而扩大，跳脱了单一性的维度。我们看到，意识在自身内部来往交错，与鬼魂的所有对话都是自我的交流。因此出现在读者面前的，不是客观的主人公是什么样的人物，而是主人公是如何认识自己、对自身产生作用的。《斯特森岛》最好地体现了一种经过希尼认可的诗学：诗首先是一种精神状态，然后才是一种世界状态。它是对精神的定位，是内心的指向。《斯特森岛》总体上空灵、多元的风格，其最深的根基就在这里。

## 三、逃离与返源

到了第三部分《斯威尼的复活》，诗人的自我形态有了最极致的表达。通过斯威尼这一人物，诗人逐渐远离了之前痛苦纠结的忏悔，而形成一种内在精神的英雄性，这是对乔伊斯所主张的自由道路的直接回应。早在1972年，希尼开始着手翻译中世纪爱尔兰诗歌 *Buile Suibhne*，直到1983年，也就是《斯特森岛》出版的前一年，才将它以《迷途的斯威尼》（*Sweeney Astray*）之名出版。斯威尼是传说中的公元7世纪爱尔兰乌尔斯特的国王，他性格暴烈，抵触基督教。他曾先后几次冒犯基督教传教士圣罗南，他将基督教诗篇丢入水中，杀死圣罗南的随从，并向圣罗南投掷铁矛。最终他触怒了后者并受到了诅咒。斯威尼在莫伊拉战争（the Battle of Moira，637年）中战败发疯，变身为一只鸟，以吃豆瓣菜、喝露水为生，他在爱尔兰上空飞翔，在树间痛苦、尖锐又伤感地吟唱。因此，斯威尼既是痛苦的、被驱逐的国王，代表了本土宗教的演变进程以及与基督教的冲突，又是一个吟游诗人，在自然中感受快乐，充满对故土的留恋。希尼在《迷途的斯威尼》的引言中提到斯威尼的形象是"一个无家可归的、有罪的艺术家"，他通过游唱来平息自己，代表了"想象力的自由与政治、宗教和家庭责任之间的冲突"（SA，viii），在他身上，希尼进一步找到了与自己符合的内在精神结构。他说：

> 斯威尼患有某种精神分裂症，一方面他为他在拉萨金地区的日子哀歌，另一方面他又受自由创造的想象力鼓舞。或许这是一个存在，一个寓言，让我通向自身感情，我找不到其他的文字来代替它，它将梦、可能性与神秘的元素投入我个人感情的涡流：是一种客观对应物。①

在《斯威尼的复活》中，诗人的声音与鸟人斯威尼的声音重合起来，难以区分，因此有评论家通过名字的巧合将他们组成"双声叠韵"的斯威尼·希尼（Sweeney Heaney）。② 斯威尼是希尼改写得最为成功的形象之一，某种程度上，他继承了《斯特森岛》第二部分中忏悔的声音，牺牲人形，化而为鸟，本身就是灵魂沉降到极致的表现。灵魂在下降中最终获得上升，灵魂越是下降，它就越想要上升，"鸟人"斯威尼就是在完成蓄势、进行超越的前一刻开始的，它是经过前一部分后，诗人自我排贬与自我遗忘的结果，又意味着要将此过程继续下去。在中世纪的传说中，斯威尼在经历了大半生的飞行和忏悔之后，最终应验了圣罗南的诅咒，被一个嫉妒他的放牧人用铁矛所伤，在教堂中死去，在死前他最终接受了基督教的神恩，灵魂上了天堂。希尼对斯威尼的先后两次重写都没有把这一结局写进去，他在更大程度上恢复了斯威尼的自由精神和原始的生命力。

从现实的角度看，希尼向斯威尼的转变，表明一个拥有现代性体验的自我被破坏，而进入具有原始色彩的早期爱尔兰世界，希尼自出生即浸浴其中的爱尔兰天主教文化也开始受到"宗教禁欲的俘虏和破坏者"斯威尼的冲击。历史空间的置换与自我形态转化可以用辛波斯卡（Wisława Szymborska）的短诗《自切》（"Autotomy"）来进行有趣的对应："在危险中，海参将自己一分为二。/它把一个自己丢给饥饿的世界/而另一个自己则逃之夭夭。"③ 希尼同海参一样，

---

① Seamus Heaney: "Unhappy and at Home, interview with Seamus Heaney by Seamus Deane", *The Crane Bag*, No.1, 1977, p.70.
② Michael Hulse: "Sweeney Heaney: Seamus Heaney's Station Island", *Quadrant*, 30, 1986, pp.72-75.
③ Wisława Szymborska: *View with a Grain of Sand: Selected Poems*, Stanislaw Barailczak, Clare Cavanagh, trans., San Diego: Harcourt Brace, 1995, p.82.

在矛盾处境中逃向现实空间的对立面，通过"被吞噬"和"逃逸"获得对自我的再认识。

在组诗《斯特森岛》的最后，乔伊斯告诫希尼要坚持自己的信条，寻找游离的意义，与乔伊斯承接，《斯威尼的复活》第一首诗即确立了"切线"路线，它只有四行："要握紧笔杆。/开始第一步/从规定的线/迈向边缘。"（SI，97）诗人与斯威尼，写诗与流放，从一开始就确立了难以区分的形态，"迈向边缘"既是流放的地理位移，又是艺术本身企求自我疏离的心理状态。切线路径以及与之伴随的超越的全部内涵都凝聚在"飞行"这个动作上，诗中的飞翔常常代表阶段性的提升或者伴随哲理意义的升华：在《第一次飞行》（"The First Flight"）中，斯威尼栖息于枝头，受到搅扰而被迫迁徙，从别人口中的"吃战场残留物的人"，到最后"掌握天空新的高度"；在最后一首诗《在路上》（"On the Road"）中，斯威尼/希尼像在斯特森岛上一样驾车行驶在路上，过程中听到了上帝与人的对话，突然飞翔起来（"I was up and away/like a human soul"）。值得注意的是，飞翔这个集优雅与神秘于一体的动作转化为艺术结构，开发了《斯威尼的复活》的超越空间。飞翔是对诗歌自身的隐喻。它既是保留，又是创造，它不可或缺又需要极大的勇气，正如米沃什在诺贝尔文学奖演讲词中所说的，"对现实的拥抱如果要达到把它的一切善与恶、绝望与希望的古老纠结都保存下来的程度，则可能只有距离才能做到，只有飞升至现实上空才能做得到——但这样一来，又会像是道德背叛"[1]。从希尼到斯威尼，从文明到蛮荒，这是从意识中生出的反意识动力。在飞翔中，自我的位置是符号化的，它既有凌驾于空中的质询作用，又代表融入更广阔背景的动态过程。

与第二部分诗人在"圣帕特里克的炼狱"中游走保持一致，第三部分中斯威尼的飞翔同样确立了以身体位移来表征精神旅程的方式。斯威尼代表了希尼的精神困境，但是与前一阶段的地狱迷宫相比，他传达了更广阔的生存困境，宗教、理性、自然、身份、自由等涉及基本存在的问题都投射于这个"变成鸟的小国王"身上。经过了前一阶段痛苦纠结的蓄势，这一阶段希尼摆脱"自我的陷阱"的超越目标更明确，如上文所述，它外化为飞行的身体语言；而内化

---

[1] 切斯瓦夫·米沃什：《诗的见证》，黄灿然译，桂林：广西师范大学出版社，2011年，第174页。

于诗歌中提到的一个关键词——"解旋"(unwind)。

在组诗的同题诗《斯威尼的复活》中，诗人说，"我的脑袋沉重得像一个浸透的麻线团，/但是它开始/解旋了"。(SI, 98)浸透的麻线团是接收了所有声音的大脑，是典型的炼狱中的诗人的象征。"解旋"是组诗中的重要意象，它带有强烈的主观感受性，意味着释放和遗忘。它与飞行属于同一种音调。接下来的第三首诗即叫《解旋》("Unwinding")，诗中写道，长久堆积于身体角落（耳道中、指甲盖里）的东西开始被清理，被忘却，解旋既是清扫的过程，又包含着新的契机："从那里一切将开始"，"麻线退绕，松散地展开/倒退穿过那些我曾经/认知一切的区域"(SI, 99)。"退绕"与"展开"释放了堆积的记忆和经验的压力，更重要的是，它回归到那些"未认知的区域"，暗示自我对话语的"退绕"。诗人似乎想要回到一个纯粹的体验世界，那里没有经验的先见或话语的窠臼，没有民族主义的暴力和宗派的禁忌。遗忘不仅是为了抛弃，更是为了获得一种新的状态，这类似诗人在下一本诗集《山楂灯笼》中反复提及的"澄清"状态：消除混乱，恢复诗性的、自由的隐喻，去除语言符号的工具性，将它还原到本真状态，从中寻找世界的原初意义的显现。"澄清"本身代表诗歌视角了对世俗纷争的超越，它揭示的是诗歌语言的理想状态。在《斯威尼的复活》中，这一理想被落实于(诗化的)地理上，希尼将自我形态通过审美中介转换到爱尔兰的地理空间中。

在"解旋"的冲动下，一个原始的世界慢慢呈现出来，自然与野性获得了与宗教、理性、秩序等的对抗性意义。与平面展开的《斯特森岛》组诗不同，《斯威尼的复活》组诗具有叙事诗的线性逻辑。在《第一个王国》("The First Kindom")一诗中，诗人呈现了一个人与自然亲密无间的和谐画面，来作为最原初的共同体，但出于一贯的对乌托邦空想的警惕和反讽，希尼没有将其描述为极乐世界，而是同样遍布洪水、饥荒、杀戮等灾难。在第四首诗《山毛榉树上》("In the Beech")中，诗人栖息在桦树枝头，确立了文明世界与原始社会的分野，一边是水泥公路，另一边是牛群、草、树和溪流。他在树上眺望，看到高空作业的工人在建造烟囱，坦克的行进引起了树的震动，直升飞机在低空似乎近在咫尺，隐藏着暴力与威胁的社会现实物象侵入了诗人的童年领地，而自然和童年领地正是希尼返源性的符码。在《警觉》("Alerted")中，野性进入无意识领域，无征兆的"荡妇的一声浪叫"（the bark of the vixen in heat）像一道神启突入世界，让诗人似乎听到了来自内心黑暗深处的野性力量，而这是由哥白尼式的理性主义所无法解释的。到了《书记员》（"The Scribes"）一诗，诗人进一步质疑历史的诞生过程。"书记员们"致力于将神话改编为历史和宗教，将口头传统变为书面知识体系，然而，在他们看似从容的程序化工作中，却泄露出危险和愤懑的因子："在字母的尾部/他们释放短视的怒气/憎恨的火苗被种下/在那未曲卷的字母的蕨头中。"（SI，111）这种书写直接与城市宗派主义的政治动乱中的民族主义书写对应起来；同时它也暗示了文明的缺陷，字母变成了老于世故的伪装，书写离开了其自然文明的根基而被理性、禁忌、规则所挟持。这里希尼借用了一种反启蒙的浪漫主义立场，通过返源冲动来对抗理性对世界的全面扩张，为的是将理性主义与物质主义传统所引发的"认知"消除，而达到"解旋"的效果。

"返回"这一概念本身包含浪漫主义的逻辑。它"标志着无穷无尽的梦想，因为人的返回建立在人类生命的宏大节奏上"。①"返回"与神话源头连接，能给人以安慰，这一跨越数千年之久的梦想能够包容人类文明史中大大小小的缺失。也就是在这个层面上，叶芝的古代凯尔特英雄主义诗歌才能沿着原乡路线去找寻爱尔兰民族的失落的共同体。但希尼的"返回"并不是为了在神话层面恢复爱尔兰民族的传统和根源，而是颇有点相反的意味。他早就在诗集的第一部分的一首诗中泄露他的意图——陌生化（making strange），诗人说，"走出那些可依赖的东西"（SI，32），这暗示了自己决心走出传统的认知。希尼始终保持着对历史客观性的忠诚，但是为了避免经验成为"套话"，被权威话语体系裹挟，他将这种客观性寄存于历史的边缘地带。出于对历史规划性的不信任，他选择异教的斯威尼来展现"局部的小史"，以个人的反抗和超越来肃清历史、宗教和书面语中的标准程序。因此，斯威尼的返源虽然具有浪漫主义的气质，但其实是个驱邪仪式，为的是对后天的话语程序进行严格的审视和"解旋"。

解旋以澄清为目标，因此希尼想象之中的原始世界已经不再具有实体性或者所谓的"地方色彩"。飞翔不仅是指向超越的诗歌对自身的隐喻，同时在客

---

① 加斯东·巴什拉：《空间的诗学》，张逸婧译，上海：上海译文出版社，2009年，第107页。

观上造成了去中心化的效果。通过飞行,诗歌中不断插入带有童年色彩的幻景,那些似真非真的地方没有地名,因此连绵成一片未曾分裂的混沌之地,并将斯威尼推向无休止的追寻状态。地理概念的缺失在希尼诗歌中并不多见。希尼的诗歌中,土地是被人感知的物质实存,往往以其实在性和可接触特征成为希尼建构身份的基底。谢默斯·迪恩认为,希尼必须将身份"锁进一个地名中,这样他才能包住所有的历史和地理",① 最典型的就是他在《摩斯巴恩》中提到的那块"标志着世界中心的石头"(omphalos)。但在《斯威尼的复活》中,情况发生了变化,早期诗歌里那种丧失土地和家园的恐惧不见了。通过飞行,诗人有意无意地解除对土地的依赖,过去这样做也许意味着灵感的丧失,而也可以理解为他借助斯威尼的形象,向形而上的艺术领域的逃逸。通过这种地理概念的不定性,诗歌似乎在告诉读者,重要的不是所谓的"地方性",而是锻造超越性的灵魂。

希尼早期从地理概念中寻找身份与土地的同一性,是为了逃离体系化的身份认同,但是希尼对土地的依赖中,始终保留了一份"拥抱"的内涵,就像希尼自己说的,"对诗人来说,拥抱土地太紧是危险的",它与民族主义、反殖民主义这些民族层面上的表达是相关的。唯有流亡的同义词——飞离——才能彻底摆脱这一土地—身份体系,从而达到澄清的状态。在鸟人斯威尼的世界中,物名与地名这些指称层面的东西变得不那么重要,诗人转而开始从大量的动物、植物意象中寻找往日的"完全感"和"实在性"。在上一部分斯特森岛的炼狱旅行中,鬼魂的建议中同样反复出现动物的意象:泉中之鱼(a trout kept in a spring)、土中之蛆(earthworms of the earth)、大海中闪着微光的小鳗鲡(elver-gleams in the dark of the whole sea),这种世界+动物的组合形式催生了一种牢固的意义关系,本身就形成了隐喻。在这个意义关系中,动物象征性地做到了人类在现代语境中不能做到的事——融入世界。主客体的对立产生了现代性的身份悖论,面对这一困境,自我想要接触更广阔世界的最好方式,也许是通过某种直觉性的途径,而不是通过作为文明工具的理性认知途径。斯威尼的世界正是直觉性的世界,化而为鸟使他获得了更多的野性力量,他试图在

---

① Seamus Deane: "The Famous Seamus", *New Yorker*, March 20, 2000, p.64.

《斯威尼的复活》中恢复发达的感受能力——"当我靠近那些卵石和浆果/闻到野蒜的气息,/恢复了对霜的听觉/和林中鸟鸣的意义"。(SI, 102)在《斯特森岛》中,森林、树叶、蔷薇、荆棘发出的沙沙声,芦苇的低吟,共同指向同一个领域,希尼称之为"所有声音的王国"(all realms of whisper),声音暗示了一种超越可见现实的纯粹感知体系。在斯威尼的世界中,声音王国加入了更多动植物的声音,而且显然自然语言比人类语言更出色。文字没有声音的魔力,书面语无法有效地抵达情感。想象力美妙地与乡间的植物、动物和天气纠缠在一起,这一切都伴随着声音而存在。

这不仅仅是出于审美与想象力的考虑,也不仅仅是"直觉性"的表征。这些音调是作为同人类文字、书面语相对抗的力量出现的。在斯威尼/希尼这里,"抄写员们"制造的狭隘历史观、权威性的话语系统、宗教的禁欲教条共同禁锢了诗歌的自由精神,也将自然存在变为一种形而上学的表达。艺术家对世界的呈现应该超越所有预设的价值和对确定性意义的期盼。虽然这是个困难的目标,但希尼确实以自然之音抵抗了后天强加给语言的种种"再现"任务,力图还原语言在"话语"之前的本真存在性,他直接对人类文字"消音",而吸收自然之声,用希尼自己的话来说,这是以精神的创造性反抗宗教的禁欲和历史的暴政,诗"不仅要讲述精神必须忍受的东西,还要展示必须如何忍受,通过将人性的源泉与顽固不化和非人道的东西对立起来,通过将心灵的积极努力与自然和历史暴力的荒芜对立起来,用'欢欣'回应来自岩石的自然之音"(RP, 163)。

在希尼的诗学中,语音总是背负着特殊的伦理使命,在他的早期诗歌中,爱尔兰方言、古凯尔特语这些民间口语传统的表征被重视,他们作为希尼"喉音"的特色指向文化身份的终极性价值本体,爱尔兰土语代表了英语霸权世界中未磨灭的爱尔兰文化生命源头。但到了《斯特森岛》,正如乔伊斯所说,"英语是属于我们的。你是在死火上瞎扒拉,/在你这个年龄却净重复些老式的抱怨"(OG, 268)。将希尼寻找爱尔兰民族传统的实践放置于一个更广阔的诗学空间审视,从中可以看出希尼敏锐的自省和自我解域。事实上,无论在希尼创作的哪个阶段,都可以看出他对话语的逃离,但再强大的诗歌的自律意识也无法让他走出已经内化于自我意识之中的社会历史限制。从源头上来看,就像马龙(Christopher T. Malone)说的,无论希尼多么想审视意识形态,这一意识形态使用的词汇也是他处理公共空间时唯一能用的词汇。① 这并不代表希尼因此要放弃乡土和身份意识,而是更强烈地内化于他对超越的渴望之中。对语言的自反性意识让他开始渴望最初的、纯粹的词语。《斯威尼的复活》中,诗人自我向疯斯威尼的转换,可以看作是新一轮的尝试,半人半鸟的形象代表了希尼变化中的中间形态,处于自然—社会、原始—文明、口语(鸟叫)—书面语(人声)的对立之中,也成为诗歌从人类语言向更高的自然语言过渡的载体。

也就是在这个意义上,森林、树木的意象才如此重要。森林意象经过原始性的转喻,已经成为人类心灵的经典隐喻。这里它又变成了野性的栖居地,与使人孱弱的天主教形成对比。借助爱尔兰的自然诗传统,希尼从熟悉的物名指涉系统中抽身,进入到树林古老、神秘、充满生机的直觉性关联中。在散文《树上的神:早期爱尔兰的自然诗》中,希尼曾指出:

> 诗歌总是比其宣示的意义更深。字里行间的秘密,结合在一起的元素,往往是一种难以捉摸的、古老的、制造者和听众都只能半懂不懂的精神力量……树上还有另一个神,也许是难以捉摸的,但仍然是本土的,在教义上不如修道院的神明确,但更能直觉性地理解。凯尔特人的另一个世界的力量在那里徘徊……神灵仍然被笼罩在石头和树木的活的母体中,存在于自然世界。(P, 186)

"树上的神"代表了诗歌的灵感,他们"更能直觉性地理解",希尼从早期诗歌的起源,就借助古代德鲁伊教派与橡树林的神秘关联,将丛林看作是诗人群体的源头:"诗性想象与丛林未开化的生活联系起来,与奥辛而不是圣帕特里克联系起来"②,奥辛与圣帕特里克的对立也就是斯威尼与圣罗南之间的对立,借助斯威尼,希尼逃逸进入了一个比早期基督教爱尔兰更幽深的诗学世界。《在路上》一诗的最后,诗人最终飞越过了"小教堂的山形墙"(SI, 120 - 121),走

---

① Christopher T. Malone:"Writing Home: Spatial Allegories in the poetry of Seamus Heaney and Paul Muldoon", *ELH*, Vol.67, No.4, 2000, p.1100.
② 奥辛(Oisin),古代爱尔兰英雄故事中的人物,吟游诗人,传说在其死前,圣帕特里克劝他皈依基督教,但被拒绝。

出了"教堂庭院围墙的裂隙",最终通过高耸的岩洞口,进入了最深处的密室,那里的岩壁上,雕刻着一只饮水的鹿,岩洞的壁画意象代表了原始艺术的典型,也是人类精神超越时空限制所能达到的端点。斯威尼最后将个人的超越落实到诗性与艺术本质上,共同指向人类精神的根源。甚至可以说,诗人最后超越成为了诗歌本身。

在《斯特森岛》出版的一年后,希尼在和柯克兰的访谈中谈道:"我已经得到了很多关注,我现在的冲动是撤退而不是走向台前,我不知道这是一种不负责任还是有益的生存方式,这些问题是我对自身所无法知晓的。"[1] 在《斯威尼的复活》中,树是诗人轻盈的倾听位置(airy listening post),希尼借由斯威尼撤回树中,撤离了现代爱尔兰空间,获得了质询的可能。更重要的是,撤退意味着从纷繁的外部规定中出走,是对精神的回归。

如果说组诗《斯特森岛》通过现实中他人的命运来超越个体的单一视角,那么《斯威尼的复活》是通过非现实场景来完成自我的扩展的。斯威尼的重生与超越运用了神话的元素,是一种非现实的前记忆。在这里,主体性的灵魂有了主导功能,在诗人变身斯威尼飞行于爱尔兰丛林的过程中,现实条件不再起决定作用,如巴什拉(Gaston Bachelard)所说:"随着诗歌,想象力来到边缘地带,正是在那里,非现实功能前来诱惑或惊扰(常常是唤醒)沉睡于习惯动作中的存在。"[2] 希尼将《斯特森岛》称为"转变之书"(book of changes),他后期的诗歌开始越来越重视灵魂的转向,而不是停留在身份与艺术的中间区域永久徘徊。从中,我们至少可以看到希尼三个方面的追求:1. 从对立选择中走出来,转而关心民族文化中不可剥夺的"自然性"这个永恒命题;2. 倾听和分辨众多声音,从中找到超越自我主观辖区的突破点;3. 关心人类灵魂的自由本质,并将它与诗歌精神融合。这就是《斯威尼的复活》所打开的诗性空间。

将组诗《斯特森岛》与《斯威尼的复活》相比,诗集第一部分的抒情诗并不引人注意。它与希尼之前的诗歌类似,主要描写了乡村日常生活中的场景。不过两首组诗中的很多经验都能在第一部分中找到伏笔。正如上文提到的,

---

[1] Neil Corcoran: *The poetry of Seamus Heaney: A Critical Study*, London: Faber & Faber, 1998, p.262.
[2] 加斯东·巴什拉:《空间的诗学》,张逸婧译,上海:上海译文出版社,2009年,第22页。

《远离一切》("Away from It All")表达了离开文明而返回原始存在的主题，《陌生化》指出了要远离可以依靠的东西，《野鸭》揭示了发声的原理，另外，在多首诗中出现的暮光意象(twilight)恰恰是希尼所珍视的中间形态的象征。可以说，第一部分与《斯特森岛》和《斯威尼的复活》之间有一种谜底与谜面的关系，虽然这三个部分的组织形式和主题各不相同，但这层关系保持了三个部分精神指向的一致性。

与两首组诗相比，第一部分的现实感最强。在相对受限的表达区域中，仍然保持了一种对现实的穿透力。与早期的抒情诗相比，第一部分最大的特色在于其神秘感，而这种神秘感是由声音赋予的，乡间充满了诗人的幻视和幻听，在一种梦游症般的语调中，石头、原野、风似乎都在发声，并传达着某种信息。这个被泛神论化的世界中，希尼身边的日常事物也开始发声，在《伯伦的艾斯林》中，登山时岩石发出的"咔嚓"声仿佛是对人良心的布道(SI, 47)；在组诗《置物架上的生命》("Shelf Life")中，一片来自乔伊斯圆形石堡的花岗石碎片就如乔伊斯本人一般"参差不齐、惩戒、兴奋"(jaggy, punitive, exciting)(SI, 21)，它召唤诗人"到我这儿来"，并对诗人说"抓住每一天"；一个圆锡盘告诉诗人"灵魂是由微光组成的"(Glimmerings are what the soul's composed of)(SI, 23)。埃尔默·安德鲁(Elmer Andrew)认为，希尼对日常事物中藏匿着的鬼魂(Ghost life)非常敏感，它们隐匿于日常意象中，并在某个"顿悟"(epiphany)的时刻以其特殊性来昭显自身。诗人在与它们的直接接触中，往往能够感受到它们直觉上的可靠性。[①] 将日常事物与深邃的记忆、历史、文化建立联系一向是希尼诗歌的特色，但这里的声音具有一种更内在、更严厉的特质。一切都像那块来自德尔菲的石头所唤起的祷告："我希望能够摆脱流血的有害影响，控制我的舌头，敬畏傲慢，敬畏上帝，知道他在我无遮拦的嘴中说话"(SI, 24)，这些自我督导是指向诗人自身的，而不单纯与外部的空间历史联系。希尼在这些诗歌中的自我形态仍然是反省的、自我指涉的。

声音的无意识流动在《在路上》一诗中达到极致，诗人发现"处于一个失语地带"，然后，他听到了仿佛从远古传来的祖先的声音，这些声音从小木屋

---

① Elmer Andrews: *The Poetry of Seamus Heaney*, New York: St. Martin's Press, 1988, p.195.

和三角墙中传出，在吹拂过树篱的微风中传动。它们从病榻上脸色像桦木般惨白的病人喉头飘出，在铁床架上飘动。它们从天空中的乌云中飘出，而在石头的小舌和山楂树的柔软的肺部驻足。除此以外，还可以听到电缆在唱歌，可以听到小树枝被折断的声音和山雀在空中猛然转向的声音，这些声音的流溢中有一种挥之不去的忧郁。在这些声音中"你可以听到一切在进行"（SI，52），意味着诗人完全处于一种接受者的状态，倾听是他进入敞开的世界的途径，来自四面八方的声音使诗人跌入一个交流的场域中，这是消除主观遮蔽状态的手段。更重要的是，从这些声音中，诗人得到了启示："当你感到累了或是恐惧，你的声音滑向它们最初的地方，在那里发出你的影子曾经发出的那些。"（SI，52）在失语地带，诗人要力图恢复文字的经验，声音以其连绵性将过去、现在和未来联系在一起，而诗人的责任就是从中挖掘出新的经验，保持其创造力，在对过去的领悟中更新自我，并向未来的可能性开放。

《斯特森岛》的三部分之间透露出了自我形态转化的隐秘联系，从自我指涉，到自我贬斥、自我分裂，再到一种逃逸性的自我置换，时间、地理概念的疆界一步步消解。在边缘的游走中，通过体验其他时代的感情方式和思想方式，他获得对自我身份的全新意识。个人脱离短暂的时间性，其中包含了艾略特"非个人化"的倾向——将个人的痛苦或欢乐转换为更丰富、更新奇和更具普遍性的东西。恰恰是在爱尔兰民族主义愤懑的旋律中，希尼达到了对个人化的声音的再度确认。《斯特森岛》中贯穿了诗人游离的声音，这本身是诗歌自身的要求。通过三个环节，诗歌的意义一步一步得到了廓清。希尼之前曾将诗歌看作是占卜以及文化向自身的回复，这使他的早期诗歌总是在试图使过去与现在发生有意义的联系，他笔下具有代表性的挖掘意象和沼泽意象，其目的之一是开发民族经验的普遍性价值，这让他享有民族诗人声誉的同时，也让他感到了巨大的伦理压力并发现诗学本身的困境。因此，在《斯特森岛》中，早期那种以历史和文化的起源来解说、定义现在的尝试得到了审视，自我形态以适应更广阔的空间为目标，其解体性大于建构性，不啻是一种解脱与释放，在这种高度精神化的表达中，结局似乎永不可抵达，而过程才具有意义。

# 第四章　希尼与东欧诗人

希尼的诗歌始终在沉重的民族现实和诗歌自律的问题间徘徊，这是他反复提及的主要诗学问题。在持续动荡骚乱的北爱尔兰，面对"忧伤的背景音乐"和人们"爱国的怒火"，希尼曾反复强调艺术家需要"既有社会责任又有创作自由"。这种"双重性格地生存"的要求促使希尼开始关注东欧诗人群体。

英国诗歌受制于其地理形势所表现出来的封闭性，以及长期作为殖民帝国的主导性地位而缺乏伤痛记忆的文本特征，向来保持着一种内向、自足的精神状态，而缺乏对历史、暴力的书写和思考。正如希尼所说，英国传统文化对其始终是一种"阳极"的影响，这显然不适合于各方面来说都处于边缘位置的北爱尔兰。而在欧洲的另一边，当北爱尔兰经历暴力冲突与杀戮时，相似的历史正在波兰、苏联上演，甚至更为痛切。波兰诗人兹比格涅夫·赫伯特（Zbigniew Herbert）说："欧洲文化进入一个善与恶和真与假界限分明的标准已消失的阶段；与此同时，人变成强势集体运动的玩物，这些运动擅长于颠倒价值，于是乎从今天到明天，黑就变成白，犯罪变成值得称赞的行为，明显的谎言变成必须遵守的教条……这类环境，使得对世事的任何看法都变得不确定。"[①] 战后创伤、极权政治、信仰危机等给这些国家的未来投上了浓重的阴影，而严格的审查制度又进一步地加深了艺术家们的危机感。因此，在类似的历史际遇中，希尼与东欧诗人适时地相逢了。

---

[①] 切斯瓦夫·米沃什：《诗的见证》，黄灿然译，桂林：广西师范大学出版社，2011年，第123页。

透过相似的历史磨难和政治困境，希尼在东欧诗人身上挖掘了一种相近的文化品质。从70年代开始，在希尼的几篇重要的诗学文章中，都有东欧诗人的影子，其中他多次提到并对他创作影响较大的有波兰诗人切斯拉夫·米沃什(Czeslaw Milosz)、兹比格涅夫·赫伯特，俄罗斯诗人奥西普·曼德尔施塔姆(Osip Mandelstam)、约瑟夫·布罗茨基(Joseph Brodsky)等。在希尼看来，"在他们的处境中，有一些东西使其对成长经历主要在爱尔兰的读者具有吸引力。他们所处的不同世界有一个共同的不稳定方面，他们面临的挑战之一是如何在'时代'和'道德和艺术自尊'的领域内双重地生存。这是一个挑战，几十年来，对于任何一个生活在北爱尔兰历史的可怕而屈辱的现实中的人，都能立即认识到这种挑战"(GT, xx)。

　　从希尼的散文来看，艺术与现实之间的诗学问题常常是围绕这批优秀诗人展开讨论的，而东欧诗人们具体的诗歌实践也常常为希尼的创作提供参考，他们的诗歌选择成为了希尼珍贵的材料。事实上，由于身份和环境方面的相似，这些诗人共同为希尼折射出了一个"自我的镜像"，比如在《暴露》("Exposure")一诗中，希尼描绘了一个被囚禁的人影："想象一个英雄/在某座泥泞的院子/他的才华就像一颗石弹/朝着绝望飞旋而去"(N, 72)，这个人影被普遍认为是被囚的诗人曼德尔施塔姆，希尼极为推崇曼德尔施塔姆，在此，他又想象着他英雄的、苦难的身影，并颇具浪漫主义情怀地感叹，自己错失了"那一生只有一次的凶兆/彗星那搏动的玫瑰"(N, 73)。在希尼之后的创作生涯中，在他的很多文章中，都可以看出曼德尔施塔姆给予他的力量，尤其是他面对厄运的勇气以及对诗歌的信念，一直激励着希尼，也让希尼在困境中获得了自我审视的途径。希尼在诗中每每以"内心流亡者"自居，其中既有乔伊斯的影子，又有米沃什等东欧诗人的影子。流亡是希尼出于现实紧张而产生的艺术自觉，通过对东欧诗人群体的关注，希尼获得了一种自我关注的力量，一种自我反映的途径，或者用文德勒评论希尼的话来说，"作家最真实的道德关注必定是意识的扩大，先在他自身，然后也许是读者"①。柯克兰认为，希尼对苏联和东欧诗歌

---

① 海伦·文德勒：《在见证的迫切性与愉悦的迫切性之间徘徊》，黄灿然译，《世界文学》1996年第2期，第49页。

的兴趣，特别是对曼德尔施塔姆的兴趣，实际上是"自我描述"，通过对他们的论述，他达到了对自身身份和处境的新的认识。①

希尼对东欧诗人的评论，主要围绕诗歌主题层面展开，而在诗歌语言上着力不多。② 他们回答了希尼创作中的一些困惑：一个诗人何以合适地生存和写作？在一个受难的时代，诗歌的意义究竟何在？诗人应该如何把握诗歌艺术中的历史因素？诗人又该如何处理个体与历史之间的矛盾？可以说，在这些问题上，东欧诗人的诗学立场和诗歌实践为希尼提供了重要的参考。

## 一、见证与愉悦

如上所说，希尼作品中最重要的诗学问题——历史现实与诗歌艺术自律的矛盾关系，这一问题很多情况下是围绕这群卓越的诗人所展开的。

在一次采访中，当被问及诗人所面对的"政治的压力"与"现实的逼近"，并被问道："诗怎样才能呈现其见证的力量？"希尼的回答是，诗歌最根本的责任是"回答世界"，"诗人在根本上是要对世界作出回答，对世界做出反应……这就会使他成为一个负责任的诗人，用他的整个生命对他的周遭作出回答"。③ 接着，他又以直白诚恳的语气说道，这种回答也许是欢乐的，也许是愤怒的，也许"它让你对着平静的流水快乐地呐喊"，也许"对所看到的暴行愤怒地叫喊"。这种"回答世界"的责任可以在希尼对米沃什的阅读中看见踪迹。他在评价米沃什时说："米沃什将因其在一个相对主义时代保持个人责任这个理念之活力而为人们所记忆。他的诗歌承认主体的不稳定，并一再揭示人类的意识，指出它是互相争夺的话语的场所，然而他不会允许用这些承认来否定绝不在精神上和道德上退缩这一古老训令。"④ 我们来看米沃什在 1968 年写下的《咒语》（"Incantation"）：

---

① Neil Corcoran: *The Poetry of Seamus Heaney: A Critical Study*, London: Faber & faber, 1998, pp.209-213.
② 持相同观点的有贾斯廷·奎恩（Justin Quinn），参见 Bernard O'Donoghue, ed.: *The Cambridge Companion to Seamus Heaney*, Cambridge: Cambridge University Press, 2009, p.102.
③ 贝岭：《面对面的注视——与谢默斯·希尼对话》，《读书》2001 年第 4 期。
④ 谢默斯·希尼：《希尼三十年文选》，黄灿然译，杭州：浙江文艺出版社，2018 年，第 546 页。

人类的理性美丽而不可战胜。
没有栅栏,没有铁丝网,没有化成纸浆的书,
和流放的判决能压倒它。
它用语言创立了全人类的观念,
引导我们的手,我们用大写字母写下
真理和正义,谎言和压迫用小写字母。
它把应该放在上面的事物放在上面,
是绝望的敌人和希望的朋友。
它不分犹太人和希腊人,或奴隶和主人,
把世界的产业交给我们去管理。
它从痛苦辞语的粗俗噪声中
解救出朴素而明晰的语句。
它说太阳下面都是新的事物,
张开过去冻结的拳头。
美丽而又年轻的是菲罗-索菲亚
和诗歌,她的服务于善的助手。
昨天自然才迟迟祝贺她们的诞生,
这消息被独角兽和一个回声带到群山。
她们的友谊美好,她们的时间没有终结。
她们的敌人把自己交给了毁灭。①

迥异于现代主义对对象和意象的重视以及精心排布的审美性,这首诗歌简单、质朴、直白,甚至多少有些粗砺,因此也就形成了一种不可辩驳的坚定性。对应于混乱矛盾的社会环境,诗人迫切地感受到需要一种清晰的表达,要"用大写字母写下/真理和正义",要"不分犹太人和希腊人,或奴隶和主人"地解放受压迫阶层。米沃什本人非常认可这首"不纯粹"的诗以及自己在其中掷地有声的音调。尽管他并没有否认艺术的审美性,但一定要为诗歌引入政

---

① 切·米沃什:《切·米沃什诗选》,张曙光译,石家庄:河北教育出版社,2002年,第142页。

治、哲学、宗教、科学等各种现实维度。希尼后来在散文中回忆了这些"惊心动魄的诗句"带给他的初次震撼，他说："他们的诗歌不仅证明了诗人拒绝丧失掉他的文化记忆，而且也由此验证了诗歌自身作为必需的人类行为的持续效力。"① 事实上，在经历了二战之后，对许多波兰诗人来说，"道德高于审美已是一种必然的趋势"②，诗人们普遍强调诗歌和公共世界的直接联结。希尼曾引用赫伯特的表述："诗人现在的任务是'从历史的灾难中至少抢救出两个词，没有这两个词，所有的诗歌都是意义和表象的空洞游戏，即：正义和真理'。"(GT, xviii)

希尼诗句中也有类似充满政治力量的诗句，尤其在他的早期作品中。比如在组诗《演唱学校》中的《1969年夏》("Summer 1969")："'回去吧，'一个人说，'试着去接触人民。'/另一个召唤洛尔迦从他的山上回来。"(OG, 140)表达了避免艺术与公众的分离的观念；在《克雷格德龙骑兵》中，希尼讽刺、挖苦了北爱新教徒对北爱军队的屠杀行为等。他的诗集《北方》最突出地表达了他对公共的责任和见证历史的力量，而且事实上，《北方》也成为了他倾向最强烈的诗集之一。

赫伯特的《敲击物》("A Knocker")则提供了另一个关于"见证历史"的例子：

> 有些人在他们的
> 脑中种植花园
> 小径从他们的头发通往
> 阳光灿烂的白色城市
> ············
> 我的想象力
> 是一块木板

---

① 西默斯·希尼：《希尼诗文集》，吴德安等译，北京：作家出版社，2001年，第272页。
② Jerzy Jarniewicz: "The Way Via Warsaw: Seamus Heaney and Post-War Polish Poets", in *Seamus Heaney: Poet, Critic, Translator*, Ashby Bland Crowder, Jason David Hall, eds., London: Palgrave Macmillan, 2007, p.104.

我唯一的工具

　　是一根木棍


　　我敲击那木板

　　它回答说

　　是的——是的

　　不——不


　　对于其他东西，树的绿钟

　　水的蓝钟

　　我有一个从不设防的花园

　　拿来的敲击物

　　我狠击那块木板

　　它用道德家的

　　枯燥之诗怂恿我

　　是的——是的

　　不——不①

　　赫伯特将抒情诗的写作比作好像诗人在"脑中种植花园"，需要美丽的用词、精心修饰的结构和意象的衬托。而与此相反的是诗人认可的简洁直白的创作方式，如同敲击的过程，仅有"一根木棍"和"一块木板"，回答只有简单明了的"是的——是的/不——不"，没有任何含混和模糊。赫伯特赞赏这种"道德家的/枯燥之诗"，但是，希尼指出了其在写这首诗的过程中形式与内容的悖论。虽然赫伯特要弃绝一切夸饰的辞藻，但他的写作中却提到花园、钟、树这样一些并不"枯燥"的意象，如希尼所说："这首抒情诗是关于敲击物的，而它却宣称抒情诗是不可接受的。"（GT，100）希尼不禁发出疑问：抒情诗的

---

① Zbigniew Herbert, *Selected Poems*, trans. C. Milosz & P. D. Scott, Harmondsworth: Penguin, 1968, p.28.

"自我否定应该走到赫伯特的《敲击物》中表现的那个地步吗？"（GT，99）至少，从诗歌本身的形式来看，它显然不是一首能"自我否定"的诗。伦理性的"敲击物"在丰富的诗性文本面前并不能贯彻其指令。而这一文本内部的分裂本身就说明了诗人在不同场域作战时身份的断裂。

希尼长久受困于现实与诗歌的矛盾，这使得他时刻保持着一种审慎的态度，不断对自己的作品做出观察与调整。希尼这首写于早期的《半岛》（"The Peninsula"），是不同于"见证"的、关于诗歌艺术的另一种表征：

> 当你无话可说的时候，就开车吧
> 绕着半岛开上一天。
> 天空很高，像在跑道上、
> 土地没有标记，所以你无法到达
> 只是经过，尽管总是沿着陆地的边缘。
> 黄昏时分，地平线吸尽了海和山，
> 耕地吞没了粉刷好的山墙
> 而你又隐没在黑暗中。现在回忆一下
> 闪亮的海滩和显出轮廓的木头，
> 那块把海浪撞成碎片的岩石，
> 长腿鸟儿单腿直立，
> 岛屿在雾中时隐时现，
> 开车回家，仍然无话可说
> 除了现在你将解开所有风景的密码
> 通过这一法则：事物在其自身的形状中寻求清晰，
> 水和大地都在它们清晰的极处。（OG，21）

"半岛"似乎弃绝了人类的一切痕迹。诗人在澄净的自然之中，"无话可说"，也"无法到达"，眼前只是地平线、海滩，以及长腿鸟。文德勒在分析这首诗时说："也许所有人类共通的一点就是感知力……你并没有办法通过这首诗知道诗人是男或女、老或少、天主教徒或新教徒、北爱尔兰或南方、城市居民或乡村农民。"① 这个纯感官的世界仅仅保存了诗性之美。在诗的最后，诗人说："事物在其自身的形状中寻求清晰，水和大地都在它们清晰的极处"，这是一种拒绝他人的言说与介入的"自我展开"。这让人联想到曼德尔施塔姆关于"空间实质上从自身中展现"的观念，它们都体现了语言生产过程中对现实对文本符号的"移权"。作为阿克梅派的重要代表人物，曼德尔施塔姆的诗被称为一种"有机体的诗歌"，这是因为在他的诗中充分重视词的本质的、活生生的存在，"爱事物的存在更甚于事物本身，爱你自己的存在更甚于你自己"②。希尼认为，对曼德尔施塔姆来说，"诗人的责任在于让诗在他体内的语言中形成，就像晶体在化学溶液中形成一样"（GT，xix）。曼德尔施塔姆强调作诗仅凭灵感而非任何外力作用，通过对词语自觉的重视，让客观物质世界在艺术中溶解，在诗歌内部形成一种确切的稳定性。

希尼将曼德尔施塔姆的文章《关于但丁的对话》（"A Conversation about Dante"）称为"有着特别有生命力和说服力，在这部令人惶恐有着巨大天才的作品中饱含着欢欣，是我所知道的对诗歌想象力所产生的力量的最大赞美"（GT，95）。曼德尔施塔姆在文中表述的是，诗必须是自治的，《曼德尔施塔姆批评与书信文集》（*The Collected Critical Prose and Letters*，1991）的英文编者说："这篇文章（《关于但丁的对话》）是他对诗艺、语文学，以及……诗作为宇宙中的一个自治力量的再一次表述。"③ 在他对但丁的论述中，有两个形式主义化的观点对希尼产生了深刻影响，一是他认为《神曲》是一种"几何学本能"（stereometric instinct）的产物，类似于蜜蜂合作筑巢，不服从任何外在力量，完全依靠内部的法则："蜜蜂具有几何测量学的惊人本能……随着建造蜂巢的过程，它们的合作规模越来越大，并且越来越复杂，可以说，空间实际上是自己出现的。"④ 二是他发掘了《神曲》在声韵上的地方特色，如《炼狱篇》第32节具有"特殊的唇音的音乐"，"abbo"、"gabbo"、"babbo"、"Tebe"、

---

① Helen Vendler：*Seamus Heaney*，Cambridge，Mass：Havard University Press，2000，p.27.
② 奥斯普·曼德尔施塔姆：《曼德尔施塔姆随笔选》，黄灿然等译，广州：花城出版社，2010年，第13页。
③ Osip Mandelstam：*The Collected Critical Prose and Letters*，J. G. Harris ed.，London：The Harvill Press，1991，p.678.
④ Ibid.，p.428.

"zebe"、"plebe"等构成了"听觉上的绚烂的色彩"。① 特殊的语音效果如同对儿童发声方式的模仿,具有天真的明快:

> 唇音形成了某种"编了号的低音",又加入了像"zz"和"dz"这样的齿音……突然之间,也没什么明确的理由,一只斯拉夫的鸭子开始嘎嘎叫了起来:Osteric,Tambernic,cric(东西碎裂的拟声词),还有冰爆破的声音……吃东西声和说话声的联系也被揭示出来了……在此吃东西和说话发出的声音几乎是完全一样的。②

由于在讽喻、俗语和"内心流亡"诸多方面的示范作用,但丁对于希尼是榜样性的存在。而曼德尔施塔姆以一种几乎是生理学的观点看待但丁,将其放到了直觉和感官的层次,诗歌的创作成了一个语音和形式运动的过程。从效果上来说,诗歌可能具有公共性,但在起源上却是生理的和直接的,就像洛威尔(Robert Lowell)说的:"写诗是一个事件,而不是对事件的记录。"希尼称赞曼德尔施塔姆"将但丁从万神殿带回了人的味蕾之中"。③ 诗歌最终是个人化的、愉悦的:从架构上来说,就像蜜蜂筑巢,法则是从内部生发出来的,从声调上来说,更是诉诸人的生理本能。

所以,当希尼说"舌头的管辖"时,除了说诗人的舌头往往是"被"外在的话语空间管辖的,以及诗对公共世界的"纠正"作用这两层意思之外。他要表达的第三层意思是,诗歌"管辖"的力量来自其内部无目的的纯粹性,按曼德尔施塔姆的话说,就是"语言自己"在发出声音,而诗人不过是媒介。在这方面,他还和美国自白派诗人发生了共鸣:诗歌是身体的一部分,它就像体液一般溢出。"此时此刻,想象力被浪漫的表现主义所控制,在自身创造力的洪流中不知所措。"④ 其中"历史"的人为介入被取消了。当他说诗是"人类意识

---

① Osip Mandelstam: *The Collected Critical Prose and Letters*, J. G. Harris ed., London: The Harvill Press, 1991, p.430.

② Ibid., pp.430-431.

③ Seamus Heaney: "*Envies and Identifications: Dante and the Modern Poet*", Irish University Review, Spring, 1985, p.16.

④ Ibid., p.13.

的范畴"时，这种意识几乎可以被看成是人类的无意识，诗人的作用是将其无蔽地显现出来——希尼在《翻译的影响》("The Impact of Translation")中说："不懂俄语的读者在翻译中感受一首俄语诗时，和说母语者的感受一定截然不同，这几乎是自明的，因为语音和感觉就存在于人的本性之中。"(GT，38-39)

诗歌来自语言的游戏快感，希尼说："诗人的第一个任务……就是学会如何把他或她的手指交错在一起以正确地发出一声口哨声，这是最源始的创作行为，这也许是微不足道的成就，但是只要你有想尝试把这件事做好的记忆，就会记得最初发出这一声以彰显你自己时的那种满足感和信心……口/耳领域等同于塑形/触觉领域里的泥饼，生命里最大的快乐之一就是我给你看我做的泥饼，你也给我看你做的泥饼。在这个转义里，这本小小的杂志可以被理解为只是鹰哨的回声，或者泥饼的陈列馆。许多诗人的生涯都始终于这样的诗篇，它们从本质上无外乎是充满了天真喜悦的呼喊：'听！我能做到，看我做得多好！我还能再做一遍！看到没？'"(GT，154)希尼称赞写《荒原》(*The Waste Land*，1922)时的艾略特是口语的、亲切的，一切都来得自然："他的诗再现了一种迷幻和昏睡的感觉，一种充溢着创造性的表现主义场景……让人联想到《神曲》中维吉尔和但丁遇到的那些场景……就像艾略特的诗在它自己制造的阴森洪水中前进一样。"(GT，98)而到了《四个四重奏》时，却变成了拉丁化的、帝国的、古典主义的语言。很显然，希尼这里的观点带有浪漫主义有机论的痕迹。

曼德尔施塔姆曾用"体面"(decency)来指称布尔乔亚的一丝不苟却又平板无味的生活，认为这种体面是诗的天敌。与之类似的是，希尼在《斯特森岛》与乔伊斯的鬼魂见面时，乔伊斯叫他："无论干什么都要自己拿主意。/主要要写作/为兴趣而写……别那么一本正经(don't be so earnest)。"(OG，93)奥多诺霍指出，希尼将诗歌创作视为对自我的开掘和昭示，因此极为重视不受外在世界干涉的表达的自然性，体现在措辞的粗粝、对过度文饰的轻视，对很难用现代英语表达的方言的重视，以及对简明的韵律效果的喜爱等。[①] 从最深层动机

---

① Bernard O'Donoghue: *Seamus Heaney and the Language of Poetry*, New York: Harvester Wheatsheaf, 1994, p.150.

来说，或者至少在内心的"筹划"之中，诗意味着不受束缚的游戏性。

曼德尔施塔姆对希尼的意义在于，他创造性地将形式感、口语和对政治的敏感结合在了一起，体现了诗歌复杂的、多方面的维度。除此之外，他毫不迟疑地坚持了诗的自治性，并将之作为前提。这种自治性对希尼来说有特别的意义，不同于现代主义对诗的符号身份的强调，希尼从曼德尔施塔姆那里获得的是对抒情性愉悦的确证。这一要求从《自我的赫利孔山》中的"为了凝视自己，为了让黑暗发出回声"开始，一直贯穿在他整个的创作生涯中。但和一般的认识不一样，这绝不意味着希尼"为艺术而艺术"，而是说，只有坚持诗的自治性，它才能够有效地介入世界。"从来没有一首诗阻挡过一辆坦克"，但如果诗能够"有那么一刻消除了混乱"，促使我们反思自身，它的目的便达到了。希尼引用了耶稣一言不发地用手指在地面写字而解救通奸妇女的故事，说："（诗）就像在沙中写字，在它面前原告和被告皆无话可说，并获得新生。"于是，它"证明了我们的独一性"（GT，107）。要注意的是，虽然说的是诗的自治，希尼却是在和外部世界的关联中为诗定位的。这种外部关联性使诗成为了开放的、充满活力的载体。就像他所服膺的波兰女诗人安娜·斯沃（Anna Swir）的宣言——"诗人就成了捕捉世界声音的天线，成了表达他自己的潜意识和集体潜意识的媒介"（GT，107）。和曼德尔施塔姆一样，恰恰因为他的诗毋庸置疑的外部"见证"性，其内部的"愉悦"性才需要作为对比被一再显现出来，这里是完全不存在诗歌自给自足的封闭性的。也就是说，那种试图排除外部，从内部寻求诗的同一性的做法，和希尼是无关的。

无论是东欧诗人还是希尼，面对诗歌的艺术与现实问题，都无法保持一个明确的"一贯"的立场。在艺术的立场与现实的立场之间，诗人们的选择往往处于一种变动不居的波动中。毋庸置疑，他们都在试图寻求平衡，唯有平衡才能消融力量，但是，正如希尼评价米沃什时所说的那样——平衡的指针会"不断地在现实原则与快乐原则之间颤抖"[①]。

---

[①] 谢默斯·希尼：《希尼三十年文选》，黄灿然译，杭州：浙江文艺出版社，2018年，第543页。

## 二、个人与历史

诗人的诗学观点很难保持一个静止的状态，而诗人在其诗歌实践中所展现的种种关于个人、历史的思考，却往往呈现出一种连续性。在20世纪爱尔兰和东欧诗人那里，诗歌中埋藏的"个人经验"和"历史图谱"是深入诗歌内部的一个环节，或者说是比"见证与愉悦"更深的地质学岩层，它体现了诗歌在个体表征和历史压力之间的角色转换。尤其在一个受难的时代，对待个体与历史的态度，往往决定了诗歌的意义和价值。在这一点上，东欧诗人同样为希尼提供了自己的看法，而寻找他们与希尼在这一问题上的联系和区别，也许是一种更细致、更稳定的考察。

米沃什在谈到波兰诗歌时，曾说要"寻找一条界线"，"在界限外只有一个无声地带，它是个人和历史的独特融合发生的地方，如此一来诗歌便不再是疏离的"。① 在希尼《世纪和千年的米沃什》("Secular and Millennial Milosz")一文中，希尼热烈地肯定了米沃什对其观念的实践："几十年以来，他的个人生活与他的时代保持着完美的结合。"(FK，444)希尼认为，米沃什的诗歌中不仅反映了20世纪的历史，而且也浓缩了千年之中所有关键的历史阶段，折射出一段漫长的文明，这种略带夸张的评价体现了希尼自身对诗歌实践的一种努力——将历史现实浓缩于个体经验之中。这是一个"总体性的梦"，国家历史、个人生活、社会意识以及诗歌艺术似乎在此交融，互相折射并形成一个整体。这构筑了希尼诗学的一个基础，因为只有在这种整体的融汇中，那些反复在希尼诗歌中出现的日常事物和乡村生活才能进入到它们所包含的深邃的历史和宇宙内涵之中，才能像希尼所希冀的那样——"让历史复活"。希尼对米沃什的评价也贯彻了他评价卡文纳时所说的："重建个人经验的权威性。"(GT，14)他正是在让日常生活融入历史的决心中，开始其真正的诗歌创作的。事实上，个人对历史的融入隐含了一种深远的道德自觉性。其中涉及了个体的选择与承担。个体对于民族的重要性，希尼在《文明地图册》("Atlas of Civilization")

---

① 切斯瓦夫·米沃什：《诗的见证》，黄灿然译，桂林：广西师范大学出版社，2011年，第130页。

中就表达过,他借诗人赫伯特的诗说:"如果城市陷落但有一个人逃脱/他就会在流亡的道路上把城市在心里带着/他就将成为这个城市。"(GT,69)虽然希尼和米沃什的诗歌中都有一种将个体融入历史的努力,但是两者眼中历史的形态却并不相同。

早期的米沃什曾经写下一些带有强烈道德感的诗歌,其中最著名的有写于1950年的《被亏待的人》("You Who Wronged"):"你亏待了一个单纯的人/……/不要以为安全,诗人们会记住的/你杀死了一个人,但另一个会诞生/文字将被记录,你的行为,日期。"① 其中充斥的道德优越感令人惊讶,他将诗人视为历史的书写者,大有舍我其谁的气势。当时代的紧张气氛渐渐得到缓解以后,波兰诗人们开始越来越将政治与历史看作为一种负担。米沃什在后来也愈发感到历史的重压和禁锢,他反对诗歌被现实所"禁锢"(captrivity)。在一封致纽约书评编辑的公开信中,米沃什将历史称为"诅咒":"历史,社会。如果一个文学评论家被它吸引,那是他的选择;但是如果他对另一个维度(another dimension)保持迟钝,那他可能会失去正确反映文学的机会。也许一些西方学者希望看见一些历史暴力变革之类的主题,但是我……将历史看作一种诅咒,并且选择文学从社会压力中释放,恢复其自身应有的自治、自尊以及独立。而诗人的声音应该比历史的噪声更具有纯洁性和自发性。"② 在米沃什的观念中,历史愈发被分化出来,与他所说的、带有形而上学色彩的"永恒时刻"(the eternal moment)形成对照,成为一种短暂的、瞬变的噪声,与世界的嘈杂相连。而在希尼看来,即使存在米沃什所说的那个"永恒的时刻",那么那些历史的"偶然性"似乎也无法对它形成干预和破坏。他将历史连带其所有的偶然性作为永恒的一个方面来看待。他们之间的分歧可从希尼的一首诗《远离一切》中窥见一斑。这首诗描述的是,正值黄昏(It was twilight, twilight, twilight),诗人与朋友们在餐厅吃海鲜——一只"有着铰链式细腿的"龙虾,此时餐厅里的欢乐气氛与室外可见的恶劣天气形成了鲜明对比:海风倾泻在窗

---

① Czesław Milosz: *New and Collected Poems: 1931-2001*, trans. R. Lourie, London: Allen Lane, 2001, p.103.
② Stanislaw Baranczak: *Breathing Under Water and Other East European Essays*, Cambridge, MA.: Harvard University Press, 1990, pp.177-178.

户上(the sea wind spitting on the big window),循环的洋流拍击着岸边。而当餐厅里人们用餐完毕,开始激烈地对某个问题发生争论时,窗外的海浪仍在一遍遍重复拍打着岸边。循环往复的海浪就像人们重复的争论,诗人此时引了一句米沃什的诗句来描述自己的状态:"我被拉伸/在一个沉思的静止不动的点/和一个积极介入历史的指令之间。"(SI, 17)这里诗人借米沃什描绘了一个停滞的时刻。但是,无论是海上疾风,还是人们嘈杂的辩论,这一切在诗人的精心安排下,始终被前面那句诗行所笼罩:"It was twilight, twilight, twilight",在这节奏鲜明的韵律中,伴随着海浪有规律的敲击,黄昏这个无常意象获得了终极性,一个永恒的场景随之建立起来,而其他所有的纷扰,似乎都不能干扰、破坏这个无休止的节奏……而最神奇的在于,诗人在此时的静止、停滞状态,也似乎被融入到了一个无限的时空中去,"静止沉思"与"介入历史"的对立与选择在一个永恒绵延的背景下显得是那么地不合时宜,它们因而也就失效了,被消融了。

通过对词语的重复使用,希尼演化出了"黄昏"场景中可能所蕴藏着的真理与权威。揭示日常事物中蕴含的诗意一直是希尼诗歌的特点之一。希尼所反映的历史现实往往是在他童年回忆或日常生活中所亲历的场景,日常事物往往作为过去的证据或者生活的象征而存在,以此勾勒出一个具体的物质世界。诗人在与它们的直接接触中,往往能够感受到它们直觉上的可靠性,与外界纷扰的民族主义话语或意识形态体系形成鲜明对比。日常事物中藏匿着未知的鬼魂,就像他柜子上的老熨斗("Old Smoothing Iron")、铁钉条("Iron Spike")一样。这种对物体世界的勘探让人很容易联想到波兰诗人笔下的"物体诗"(reistic poems)。[1] 而希尼在文集《舌头的管辖》中也曾提到过赫伯特的那首著名的物体诗《鹅卵石》("Pebble"):

它有不会让人想起任何东西的气味

不会吓跑任何东西,不会引起欲望

---

[1] 物体诗是波兰诗歌评论家创造的一种特殊的诗歌类型名称。这种诗歌主要描述日常生活中的物体,常见于诗人赫伯特、比亚罗谢夫斯基(Miron Bialoszewski)、辛波斯卡等人的作品中。

> 热情也好，冷酷也好
>
> 都公正、充满尊严
>
> 当我把它拿在手里时
>
> 感到了一种沉重的悔恨
>
> 它高贵的身体
>
> 被一种虚假的温暖所渗透
>
> ——鹅卵石是无法被驯服的
>
> 到最后它们会看着我们
>
> 用平静、清晰的眼睛①

鹅卵石是合理且充满尊严的，它有局限，但自成一体，不可被驯服。这里传达了一种经验：世事百态是不确定、难以预料的，但物体却代表了一种稳定的真实，有自身的逻辑，不屈服于任何意义；不会随着恐惧、爱或恨的反应而改变自身。于是我们看到，在面对道德危机和混乱的世界时，希尼和赫伯特似乎采取了类似的解决方案——在物的世界中寻求庇护。

米沃什评价说："赫伯特告诉我们，与根基摇摇欲坠的人类领域相反，物体具有仅仅存在而已的美德——它们可以被看见、被触摸、被描述……物体是他与历史相遇的一个因素。历史以一种缺席的方式存在于一个物体中：它以一个减号，以物体对它的漠不关心，来使我们意识到它。"② 在一种古典的冷静和天真状态中，鹅卵石折射出深邃的背景，使人能够在无限时空与微小个体之间穿梭往返。如果与希尼的诗作对比的话，可以看到，记忆、历史、文化常常直接与日常事物建立联系，如他的《砂石纪念品》（"Sandstone Keepsake"）：

> 它是一种白垩质赤褐色的
>
> 坚硬的葫芦状，沉积岩
>
> 如此可靠，密实又稳定

---

① Zbigniew Herbert：*The Collected Poems: 1956-1998*，Alissa Valles, trans., New York: Harper Collins, 2007, p.152.
② 切斯瓦夫·米沃什：《诗的见证》，黄灿然译，桂林：广西师范大学出版社，2011年，第124页。

我经常握住它，把它从一个手扔到另一个手。

放到水下，它颜色更红

当我挖出它的时候，有一丝挫伤的感觉，

那时我正涉过伊尼绍文岛的碎石滩

在港口对面，一盏又一盏灯

悄无声息地出现在拘留营

周围。一块来自弗莱格森的石头，

是不是地狱燃烧的河床上的血？

咸水和黄昏的霜（OG，217）

河滩对面是英国人造于1971年的拘留营，诗人对着砂石联想到了地狱河底流出的血。一个充满人类斗争和痛苦的空间，提供了砂石这个"物"的背景。这块砂石的背后是更大的时间和空间维度的人性、历史和文化。赫伯特在谈到自然事物给他带来的启示时曾说："物体的世界、自然的世界能够给我提供支持，像一个起始点，让我能够创造出符合我们经验世界的图像。"[①] 这句话同样适用于希尼的诗歌创作。从这些平常之物身上，诗人获得了进入经验世界的交流通道，由此才能"越过地平线，停泊在某处"（RP，4）。也正是这个原因，赫伯特和希尼诗歌中对自然事物的描写，常常看似是无名的天真状态，却隐藏着一股收敛的严肃的力量。在赫伯特的诗歌中，物体的可依赖性中往往蕴藏着重建人类精神的可能性。而希尼的语言更呈现一种岩石本身的粗糙感："白垩质赤褐色"（chalky russet）、"坚硬的"（solidified）、上面还带有"挫伤的感觉"（hint of contusion），隐含了民族对于这海滩的创伤记忆。这种具体细微的描绘与赫伯特对小卵石的形而上的总体性描绘（"完美"、"高贵"、"平静"）区别开来，前者指向一个具体的、有形的世界，而后者则指向一个精神上完满的、远离于人类现实嘈杂的永恒领域。

可以说，在与东欧诗人的精神交往中，希尼的诗学风格逐渐清晰起来，就

---

① Jerzy Jarniewicz: "*The Way Via Warsaw: Seamus Heaney and Post-War Polish Poets*", in *Seamus Heaney: Poet, Critic, Translator*, Ashby Bland Crowder, Jason David Hall, eds., London: Palgrave Macmillan, 2007, p.116.

像海伦·文德勒说的那样，希尼的中后期诗歌虽然不乏通向虚拟世界的沉思，却最终仍要还原到现象世界之中，正是在对可见之物的意向性沉思之中，希尼写出了既亲切具体，又有内在精神深度的诗歌。或者说，这里有一种胡塞尔(Edmund Husserl)式的明澈，精神世界对物质有一种给予性，这并不意味着思维是脱离现象世界的抽象概念，而是说，精神世界本身就是直觉性的，现象即本质，本质即现象。现象世界无法和精神世界分离，而总是在与主体的关联性中获得理解，"如果我们把自己限定在那些显示其自身的东西上（无论是在直接的知觉还是科学实验中），并且把注意力更加具体地集中在我们的日常生活中（由于过于熟识）倾向于忽略的东西，也就是在现象上，我们会不可避免地引向主体性……而作为显现着的对象，它必须在与主体的相关性中被理解"。① 从诗集《幻视》(*Seeing Things*，1991)开始，希尼"主要目标转向将水晶的、虚拟的、缺失的领域变为物质实体——使其在隐喻中可见并变得平凡清晰"②。在希尼悼念父亲的组诗《方形》中有一首以《轻》("Lightenings")为题。在诗中有一所父亲亲手设计的房子，"简单、大、直、平凡"，这座房子也给了希尼诗歌创作的启示。正如组诗的标题"方形"一样，他追求一种内在的秩序，"一个严格而正确的典范"，还有就是"质朴无华"的风格。将根基扎进土地之中的房子才足够地坚固、稳重，和父亲一样，希尼也信奉这种来自大地的世俗力量。而父亲的死亡就像揭去了屋顶，诗人借此展开了一种向上的视野，也是死后的世界的描述。但飞越之后，诗人看到的不是上帝的造物之光，而是"冬日的光"，它显得惨白、空洞，又毫无生气。在这样的光映照之下，是"一个乞丐颤抖的黑色剪影"，并没有人的活动和实体存在，影子是虚无的象征，甚至消解了灵魂的存在。他说：

> 在规定的生命航程之后，还有什么？
> 没有高尚，没有未知。
> 从远方向外凝视，孤独一人。(OG，358)

---

① 丹·扎哈维：《胡塞尔现象学》，李忠伟译，上海：上海译文出版社，2007年，第49页。
② Helen Vendler: *Seamus Heaney*, Cambridge, Mass: Havard University Press, 2000, p.114.

在诗的第二节,希尼"再给它盖上屋顶。钉上板条",回到生命的韵律之中,于是对应地,出现了一系列人的活动,即诗中详细的建造房屋的过程和动作描写,似乎也在默默地回应着父亲的告诫:"不要因为迟疑而进入/语言,也不要在语言之中迟疑。"(OG,359)正如通过双手的劳作建筑房屋,精神世界的建立也是这样的劳作,它不允许"减轻痛苦、丢弃负担",只有在屋顶下直面现实,在无尽的操劳和历练之中,才能实现内在的超越。

# 第五章　翻译的诱惑
——希尼与爱尔兰语境中的后殖民翻译

经过后殖民理论的洗礼后,"翻译"的内涵发生了重大的变化,不再被视为译文对原作的模仿,而是一个充满权力关系和文化冲突的"政治"场所。在后殖民视域中,由于帝国/殖民地之间的紧张关系,翻译行为一方面成为帝国将殖民地的地方性材料整合到其"先进"文化体系的手段,另一方面,也是殖民地作家构造"反殖"话语,将各种民族文化的原则(如民族主义、浪漫主义、民粹主义)注入到翻译文本之中,以达到对帝国文化霸权的抵抗的行为的手段。但是,正如斯皮瓦克(Gayatri C. Spivak)认识到的,即使在获得独立之后,前殖民地也不会天然地在意识上获得独立性,殖民的事实可以在历史上终结,但是帝国的认知方式作为一种稳固的知识体系却仍然牢固地存在于哪怕是反殖的行为之中:"新的国家仍然受控于后殖民主体的范例性知识,只是老殖民地衍生出的规则性逻辑的倒转而已:世俗主义、民主、社会主义、民族身份、资本主义的发展等。"① 因此,对前殖民地翻译实践的考察,不应该局限于是否译者在表面上采取了一种倒转性的立场这样的皮相问题,而应深入追究是否有外在于帝国的规范性知识的真正的"新"的东西产生。也只有如此,对于译者所采用的翻译策略的讨论,才能超越技术的层面而达到"政治"的意识。也就是说,翻译文本不仅是帝国/殖民的二元关系的例证,而更应成为通向对"殖

---

① Gayatri Chakravorty Spivak: *Outside in the Teaching Machine*, New York: Routledge, 2009, p.54.

之后"的,超越于简单二元论之上的未来知识的展望。

希尼身处英/爱文学的交界处,在应对英国在文化上显著的强势时,他把自己很大一部分精力放到了翻译实践上面。从但丁到古爱尔兰史诗,从古希腊戏剧到古英语史诗,希尼本人翻译了大量经典文本,所涉及的语言、文化、政治语境的复杂多样性让人印象深刻。值得注意的是,他的翻译绝非价值中立的客观行为,例证是他并不总是从原文翻译,技术上的可信性原则在他那里必须服从于怎样翻译才能达到民族主体真正意义上的"去殖民化"(decolonization)这一特殊的政治目标。就此而言,通过考察爱尔兰语境中的希尼的翻译实践,我们可以在象征层面上获得对弱势民族在当今世界中进行自我理解的一种方式的知识。

## 一、翻译:隐喻性与转喻性

罗曼·雅各布森(Roman Jakobson)在其《语言的两个方面与两种失语症紊乱》("Two Aspects of Language and Two Types of Aphasic Disturbances")中,通过记录失语症患者两种主要的语言行为混乱,[①] 创造性地分析了语言的两种基本维度,即选择和组合。在选择中发挥作用的是替代原则:"在可供选择的材料中做出一个选择意味着用一个词替代另一个的可能性,一方面和前者对等,另一方面又有所区别,实际上,替代和选择是同一行为的两个方面。"[②] 可以说,在这一维度里我们注意到的是语言的相似性。而组合依据的则是完全不同的原则,即词语的邻近性:"任何单一符号都是由构造性的成分符号所组装成,而且/或者只会在成分符号与其他成分符号的组合中才能形成。这也意味着任何语言单位都同时既为更简单的单位提供语境,并且/或者在更复杂的单位中找到自己的语境。因此,对语言单位任何实际上的集群行为都会将它们结合到更高级的单位,组合和构造是同一行为的两个方面。"[③] 较之选择维度,

---

① 即"相似性混乱"和"邻近性混乱"。
② Roman Jakobson: "Two Aspects of Language and Two Types of Aphasic Disturbances," Vol.2, *Selected Writings*, The Hague: Mouton, 1971, p.243.
③ Ibid.

组合维度需要在处于毗连性句法位置、承担不同功能、相互缀联形成叙述语境的词汇间进行构造，无疑应对的是更加复杂的语言情况。从修辞的角度，雅各布森将选择维度称为隐喻，组合维度称为转喻，他认为这也是人类最基本的两种思维模式："对于所有的语言行为和一般意义上的人类行为都有着首要的意义和后果。"①

雅各布森的理论在语言学和文学研究之中均有重要的影响，在此仅关注其对翻译问题的启发性。玛利亚·提莫志克（Maria Tymoczko）指出，长期以来，翻译被视为"隐喻"的过程，重在选择和替换，用一种语言中的词语替换另一种语言中的词语，进而扩大到用一种语言中的语法结构替换另一种语言中的语法结构，用一套文化标识替换另一套文化标识。如果借用那个著名的忒修斯之船的谜题的话，就可以这样问，如果忒修斯之船上的木板由于腐烂而一块接一块地被换成了新木板，当全部木板都被换掉之后，那这条船还是原来的船吗？② 一旦将翻译过程视为隐喻性的，那么这就是船板被替换的过程，通过对原文语言的"解码"和在译文语言中的"编码"，翻译达到了跨越语际界线的"对应"。

隐喻理论受到的指责是，它将翻译视为一种在字面上寻求替代品的机械劳动，翻译脱离了产生这一行为的具体语境，假设了一种"自然"的元语言的存在，成为了所谓"客观"的工作，变得抽象化和词典化，严格地说，在未来的世界中，这种选择/替代的过程完全可以由一个足够精密的计算机程序完成。当我们意识到隐喻性翻译的不足后，转喻性翻译就进入了我们的视野中，作为语言行为中的连接和组合维度，转喻性翻译不会满足于用一块看上去极为相似的新木板代替旧木板就万事大吉，而一定要问在制作一条新船的过程中，用的木板是什么质料，怎样替换，替换的过程是什么。在此，翻译的连接/构造功能被突出出来，亦即，翻译要建立新的相邻性，创造出多样化的语境而不是单一化的客观语言，在翻译的转喻过程中，语言和现实、生活发生了多方面的连接——换言之，翻译变得"历史化"了，和"国家间的斗争、人口的生养和屠

---

① Roman Jakobson："Two Aspects of Language and Two Types of Aphasic Disturbances", Vol.2, *Selected Writings*, The Hague: Mouton, 1971, p.256.
② Maria Tymoczko: *Translation in a Postcolonial Context: Early Irish Literature in English Translation*. Manchester: St. Jerome Publishing, 1999, pp.279-280.

杀，或者政府的建立和颠覆"①息息相关。如此一来，翻译就不可能是技术性和词典化的，它在文学的、社会的、经济的以及意识形态多个语境中得到了重新的塑造。我们可以将其视为翻译的文化转向，因为它不仅是细节上的修补，更是观念上的彻底更新。这一转向突出了译文的创造性，译文不再是原文的替补，不再是次一等的对原文的辅助（在隐喻性翻译之中，译文永远是无法阅读原文的人的无奈的选择），而能创造出新的纹理、新的构造。原文和译文之间最本质的差异——原创的和派生的——被抹杀了，因为在转喻性翻译之中，双方都同等地被看成是创造性的。尼南贾纳（Tejaswini Niranjana）也在其论述中说明了翻译不仅仅是在字词上寻找对等之物，在原文面前，译文也有创造/再造的自由："在我的笔下，翻译一指与某些经典的再现和实在观相互支撑的翻译问题系；二指由后结构主义对这一问题的批判所开启的问题系，这便使得翻译总是成为'增益'（more），或德里达所谓的添补（supplement）。添补有两重含义，既指补缺，也指'额外'添加。德里达是这样解释的：'能指的过剩，其添补性，乃是一个有限性的产物，也就是说，一个必须得到添补的缺漏的产物'。"②

在转喻性翻译中，原文和译文的区别模糊了，甚至可以说被抹杀了，原文本不再被"整体"性地移植，而是按照接收方文化被重新编码，它的某些特殊的部分或词语被突出出来，而另一些部分则被有意忽略了。如果仍然用忒修斯之船谜题的话，我们可以说，那条船在"转喻"过程中被重新设计、重新施工和重新建造过了，无论如何，它都不再是"原先"的那条船了。无论是对译者还是读者，这都形成了巨大的挑战，因为隐喻性翻译仅仅需要考虑字词的对应和替换问题，但是转喻性翻译考虑的却是整个结构和语境的调整，要建立新的毗连关系，形成新的构造，这些都需要多重的文化选择和政治意识之间的斡旋来决定，不是简单的字词替换能够承担的，因此任何翻译教程都不可能制定出转喻性翻译的规则。原文和译文的这种创造力层面的对等性使双方的关系变得异常复杂，也让翻译成为了一个话语斗争的场所。

---

① 特里·伊格尔顿：《现象学，阐释学，接受理论——当代西方文艺理论》，王逢振译，南京：江苏教育出版社，2006年，第63页。
② 特贾斯维莉·尼南贾纳：《为翻译定位》，袁伟译，袁伟等编《语言与翻译的政治》，北京：中央编译出版社，2001年，第122页。

隐喻性翻译是带有范例性质的标准化过程，原文具有不可动摇的经典地位，形成单一化的价值标准，"作为替换性的翻译生成了一种关于翻译的话语，它是二元论的、绝对化的，要么这样/要么那样、对/错"①，这一建立在对错的二元区分之上的标准化翻译程序最终可能导致文化霸权的建立。正如佐哈(Itamar Evan-Zohar)指出的，我们不可能将翻译抽象地想象为两个平等文化之间亲密和自由的信息交换，实际上，翻译中存在着文化的层级(hierarchies)，不平等是更常见的情况。②柄谷行人在考察索绪尔关于语言规则的理论时也说到这点："柏拉图所说的理念是超越了各种语言差异的一般存在的概念。索绪尔知道在两种语言的比较翻译时，总是(即使是双语者)必须站在其中的某一立场上。这种非对称性绝无消解的可能。"③

在翻译由隐喻性装置转向转喻性装置这一视域之下，作为个案的爱尔兰语境中的翻译的复杂性和深刻性值得我们重视。整个爱尔兰的现代史就是在和英帝国殖民话语的抗争中展开的，爱尔兰是英国的第一个殖民地，也是最早获得独立的殖民地。马克思曾预见到爱尔兰是英帝国最薄弱的一个点，一旦英国失去爱尔兰，那么整个帝国都将瓦解。列宁在1914年说道，爱尔兰反对英帝国的斗争"比起在亚非的同样量级的革命具有百倍重要的意义"④。爱尔兰与英国的特殊关系，其斗争的直接性，都使其在世界性的去殖民化进程中具有举足轻重的地位。爱尔兰的特殊性在于：1. 它有长达七个世纪的殖民历史，这让一种"纯粹"的爱尔兰历史或语言实际上是不存在的，在某种意义上，英国和爱尔兰有着特别的亲缘性，殖民就是爱尔兰本身历史的一部分；2. 一方面，因为其反殖民的历史，爱尔兰可以被辨认为后殖民国家，但是另一方面，它又是一个欧洲国家，具有强烈而主动的欧洲化的冲动，相较于其他较为"典型"的后殖民国家(如印度和埃及)，其作为后殖民国家的身份较为含混和复杂；3. 爱尔兰有长久的移民史，尤其在1845—1852年间的爱尔兰大饥荒之后，大量人口迁

---

① Maria Tymoczko: *Translation in a Postcolonial Context: Early Irish Literature in English Translation*, Manchester: St. Jerome Publishing, 1999, p.283.
② Itamar Evan-Zohar: *Papers in Historical Poetics*, Tel Aviv: Porter Institute for Poetics and Semiotics, 1978, p.49.
③ 柄谷行人：《作为隐喻的建筑》，应杰译，北京：中央编译出版社，2011年，第121页。
④ See Declan Kiberd: *Inventing Ireland*, Cambridge, Mass.: Harvard University Press, 1996.

徙到国外,被迫承受文化上的流散,并面对重建文化身份的问题。在这个意义上,爱尔兰成为了"现代性的坩埚"(the crucible of modernity),文化的碎裂和混杂在这里不是理论,而是社会的现实,它必须为自己的民族传统和语言找到一条新路。

爱尔兰作家和翻译家托马斯·金塞拉(Thomas Kinsella)谈到爱尔兰的文化困境时说:"爱尔兰在其二元传统中的一个发现是,帝国虽然已经过去,但殖民仍在。"① 尤其是爱尔兰文艺复兴运动中的翻译多由社会、政治、意识形态和诗学驱动,出于商业目的的翻译不多见,因此纯然从隐喻性层面谈翻译是不可想象的。在爱尔兰,英国的存在不仅是政治性的,而且是通过文化霸权来体现的。对于英国殖民者来说,通过将爱尔兰的古代文本"翻译"进标准英语之中,对之进行整理和编辑,将混乱和不连贯的爱尔兰古代文学转化为可供现代学术理解和研究的文献,从无序状态转化为英国知识系统的一部分,这是占据爱尔兰民族记忆的有效方式。通过这种方式,"英国的"爱尔兰文学这一"知识"被创制出来了。提莫志克说:

> 在大部分情况下,我们会认为在翻译发生之前,译者必须有相关的两种语言和文化的知识。然而,正如我们在古爱尔兰文学翻译中看到的那样,后殖民语境中翻译往往是一个充满了探索和理解的过程。并不是知识先于翻译,而是翻译先于知识。更进一步地说,翻译创造了知识,而不是知识创造了翻译……知识和权力是紧密联系在一起的,在爱尔兰和其他地方的殖民主义之所以发生,并不仅仅依靠暴力的力量,同样也依靠知识,最明显的两个英国的知识符号是大英博物馆和英国地形测量局。权力和知识纠结在一起,界定现象,创造视野,建构出更多的东西。在所有这些不同的领域中,翻译都是知识塑形的场所。因此,正如殖民和后殖民的那些例子所清楚显示的,翻译是一个斗争的场所,而绝非自由的信息交换。用翻译制造或者累积出知识是殖民规划的一个部分,一种全景式监视的反

---

① Thomas Kinsella: *The Dual Tradition: An Essay on Poetry and Politics in Ireland*, Manchester: Carcanet, 1995, p.111.

映，在极致的情况下会变成情报部门，变成侦查一个地区的方式，一种询问被调查者的方式。甚至可以说，变成一种间谍活动。①

可以看到，后殖民语境中的翻译往往是一种充满权力意欲的文化政治行为。殖民者会乐于提倡一种通过隐喻性装置的翻译，这是因为他们掌握了话语权，现有的语言"规范"和"标准"是按照他们的"知识"建构的。因此不假思索的技术性、隐喻性的翻译绝不可能是平等的、"对称"的，而只会助长一种单语化的文化霸权的行径。当被殖民者进行翻译时，他们的处境其实较之殖民者艰难得多，因为本土文化资源中并不存在一个先天的翻译"规范"在那里等着他们使用。但是当英国殖民者将凯尔特文学"翻译"成另外一种东西时，爱尔兰的本土译者也同样受到翻译的诱惑而试图将同样的材料"译回"自身之中。

翻译天然是跨文化的，交流的，在与异质文化的对比之中树立自己，是翻译行为本身就蕴含的前景。劳伦斯·韦努蒂(Lawrence Venuti)认为："翻译是一种占据了策略性位置的文化实践，这一点尤其被近来的国际发展所凸显的……(翻译)在创建民族身份时具有重大的效力，能发挥重要的地缘政治作用。"② 在浪漫主义者看来，民族身份的建构需要文化行为的参与，语言和文学在现代民族主义兴起过程中所起的作用极为重大，因此，对爱尔兰本土文学的不断翻译、阐释和重组的过程，就是使之"再现"(represent)为真正的现代性力量，并在某种程度上形成现代政治民族主义的基石。正如19世纪时赫尔德为了德国民族的自立将民间文学树立为民族共同体的建构基础，采集民谣和童话看似文化和学术行为，实则是在民间的感性生活传统中寻找现代民族国家的精神资源。从历史上看，从19世纪开始，爱尔兰语境中的翻译同样是重新发掘和转换某种文化传统，以支撑政治民族主义的建构性行为。例如，在1890—1916年间大量的对爱尔兰早期英雄故事的翻译，就不是抽象的文化行为，而是和给民族英雄沃尔夫·通(Wolfe Tone)建立纪念馆、爱尔兰语言周的示威游行，以及民

---

① Maria Tymoczko：*Translation in a Postcolonial Context: Early Irish Literature in English Translation*, Manchester：St. Jerome Publishing, 1999, p.294.
② Lawrence Venuti：*Rethinking Translation: Discourse, Subjectivity, Ideology*, London：Routledge, 1992, p.13.

族主义杂志《活动图片》(*Tableaux Vivants*)的出版等政治活动息息相关。在民族国家这一现代性原则的笼罩下，传统的爱尔兰语文化和异国文化均被"翻译"成现代爱尔兰的民族性意涵的承载者。原文成为第二位的，甚至被贬低为注释性的存在，翻译以被殖民者一方的政治性行为的形式被呈现出来，在爱尔兰充满爱国热情的民族主义者的表述中，这一行为被称为"吞吃"（cannibalizion）：

> 自从盖尔联盟出版了我们的古代文学之后我们就成为了文学的贪食者，我们已经用惊人的胃口吞吃了我们的祖先……现在就让我们去吞吃别的民族生产出的硕果吧，让我们看看靠着这样的给养，我们的民族文学将会如何开枝散叶。①

然而我们进一步要问的是，如果殖民地译者的翻译实践仅仅被视为政治民族主义的文化依据的话，那么真的有不同于殖民者隐喻性装置的"不同"的东西被创造出来吗？如果说帝国的隐喻机制将爱尔兰古代传统"翻译"成类似萨义德的"东方学"的——静态的、被动的，等着来自帝国的阐释者去发现和研究——的存在的话，那么，文化民族主义同样在做一种单语性的翻译。他们用一种和帝国意识形态不同的，但本质上仍是排他和霸权的话语力量来对原文本进行释义，将其象征性地转化为本土民族国家和现代社会的建构力量。这是一种乌托邦式的冲动，我们必须说，当他们浪漫地将古代和外国的文本材料改变为关于爱尔兰的现代性主题的母题构成——诸如纯洁的民族性、斗争、英雄等——的时候，这样的翻译也并不是真正转喻性的，因为它只是从相反的方向做了和殖民者同样的事——将原材料组合到一个可以理解和把握的整体性叙事中。尽管翻译的操作者由殖民者挪到了被殖民者一方，尽管这一挪动必然导致在词典化翻译中遮蔽的政治性被突出出来，但是现实的、复杂具体的历史进程仍然让位于一种单一整体观念的建构，避免不了被抽象化和符号化的命运。在此，翻译仍然沉溺在意义的幻象之中，究其实质而言仍是隐喻性的。这与其说

---

① Philip O'Leary: *The Prose Literature of the Gaelic Revival*, 1881–1921: *Ideology and Innovation*, Pennsylvania: Pennsylvania State University Press, 2005, p.363.

是殖民主义价值观的反面,不如说是该价值观的模拟和再造。于是下一步的问题是,一种(真正的)转喻性翻译如何在后殖民语境中生产出来?

因此在后殖民视域中,爱尔兰译者面临的任务并不是用现代性原则将传统再造出来,因为那只是颠倒的隐喻行为而已,而是要揭示整体性话语(无论是帝国的还是民族主义者的)的缝隙和裂痕,并将传统与现代,本土与外来者连接在一起,创造出一种真正的多向性和可沟通性。可以说,转喻性翻译的兴起不仅意味着殖民主义价值观的颠覆,而且是这一价值观的彻底更新。帝国和殖民地之间的权力不均衡状况被意识到,翻译不再是一种文化对另一种文化的不假思索的单向度命名的过程,而是要达到话语的交叠、渗透和互相阐释,具有交叠、共生的灵活关系,即不同"规则"的共生。本雅明曾用"容器"意象比喻翻译并非复制原文意义的"相似"过程,而是使统一意义成为碎片的"接续"过程:"一件容器的碎片若要重新拼在一起,就必须在极小的细节上相互接续,尽管不必相互相像。同样,译文不是要模仿原文的意义,而是要周到细腻地融会原文的意指方式,从而使原文和译文成为一种更大语言的可辨认的碎片,恰如容器的碎片是容器的组成部分一样。正是由于这个理由,翻译在很大程度上必须克制想要交流的愿望,克制想要传达意义的愿望,这样,原文只有在使翻译者及其译文摆脱了对所要传达的意义进行组合和表达的努力时才对翻译是重要的。"[1] 保罗·德·曼(Paul de Man)在谈论本雅明的这一比喻时说:"本雅明说的是:'容器的碎片,是为了在一起被连接(articulated)起来'——而绝非在一起被黏合(glued)起来,这有着不合时宜的总体固化性质——'必须在极小的细节上相互接续'——而绝不是相互契合。在这一差异中我们得到的是接续(folgen)而不是契合(gleichen)。在此我们得到的是转喻,一个连续的模式,在其中事物相互接续,而不是在隐喻性的统一模式中将事物通过相似性形成一个整体……这样就不会通向那种如果用'契合'这个词必然导致的可确证的隐喻化的整体性。"[2] 从元语言层面说,转喻过程将双方都吸收进了一个更大

---

[1] 瓦尔特·本雅明:《翻译者的任务》,陈永国、马海良编《本雅明文选》,北京:中国社会科学出版社,1999年,第287页,译文据原文有改动。

[2] Paul de Man: "Conclusions: Walter Benjamin's 'The Task of the Translator'", in *The Resistance to Theory*, Minneapolis: University of Minnesota Press, 1986, pp.90-91.

的、总是处在不断的交往和平衡的运动状态的结构之中,这一结构的发展预示着未来的新的关系的可能性。也许只有在这个意义上,我们才能理解本雅明所说的译文是原文的"来世生命"(afterlife):"正如生命的各种显示与生命的现象紧密关联而对生命没有意义一样,译文缘出于原文——与其说源自其生命,毋宁说源自其来世的生命。因为译文比之原文而晚到,又由于重要的世界文学作品在其发源的时代都没有发现它们选中的译者,所以,它们的翻译便标志着它们持续生命的阶段。"①

## 二、帝国的内部他者:翻译的爱尔兰语境

在现代民族主义意识发生过程中,普遍出现了用方言取代神圣语言(拉丁文、阿拉伯语、汉语等),用根据自己民族的语音创造的书写系统取代之前精英化的书写系统的倾向。正如本尼迪克特·安德森指出的,古代世界中超越民族的价值共同体的形成是和神圣语言结合在一起的:"所有伟大而具有古典传统的共同体,都借助某种和超越尘世的权力秩序相联结的神圣语言为中介,把自己设想为位居宇宙的中心。"② 神圣语言基本上是书面文字,并不关心各个民族会怎样拼读这些文字,就像中世纪时拉丁文有各种各样的发音方式。现代之后欧洲各个民族国家兴起了俗语运动,其目的是将国家从超民族的古典共同体中分化出来:"在西欧,最早用俗语写作并对此赋予理论上之意义的是但丁。其后,在法国、英国、西班牙等也发生了这种尝试。现代民族国家的母体形成是与基于各自的俗语而创出书写语言的过程相并行的。但丁、笛卡尔、路德、塞万提斯等所书写的语言分别成就了各国的语言。"③ 在西欧民族国家形成的过程中,但丁选择的托斯卡纳方言,或者路德选择的萨克森官话,通过印刷术得以迅速地传播,"那些口操种类繁多的各式法语、英语或西班牙语,原本可能

---

① 瓦尔特·本雅明:《本雅明文选》,陈永国、马海良编,北京:中国社会科学出版社,1999年,第281页。
② 本尼迪克特·安德森:《想象的共同体:民族主义的起源与散布》,吴叡人译,上海:上海人民出版社,2005年,第12页。
③ 柄谷行人:《书写语言与民族主义》,陈燕谷译,《学人(第九辑)》,南京:江苏文艺出版社,1996年,第195页。

难以或根本无法彼此交谈的人们,通过印刷字体和纸张的中介,变得能够相互理解……他们也逐渐感觉到只有那些数以十万计或百万计的人们属于这个特殊的语言领域。"① 然而,将俗语改造为民族认同的重要资源不可能仅仅是文学和语言学的问题,而是涉及国家制度性的实践和规定,因为语言运动从根本上说是民族主义运动的有机部分。霍布斯鲍姆(Eric Hobsbawm)就指出:"语言的民族主义,是书写和阅读的人所创造的,不是说话的人所创造的。而那些可从中发现其民族基本性格为何的'民族语言',往往是人为的。因为,它们必须由地方性或区域性方言——由无文字的实际口语所组成——的拼图玩具中,将这些方言加以编汇、标准化、均质化和现代化,以供当代人和文学之用。"② 所以,民族共同语言的形成几乎没有共同规律可循,因为其过程并非自然的和基于语言"内部"的,而是随时随地都会因外力的支配而改变的,正如安德森从居住在不同国家的土耳其族群的语言行为中所观察到的那样,本来在相同拼音系统内可以沟通的族群,却由于外在政治力量的有意识控制变得四分五裂。

爱尔兰的民族语言运动较为特殊,因为现代以来的爱尔兰从来没有成功推行过作为共通语的民族语言系统。爱尔兰语在欧洲是仅次于古希腊语和拉丁语的第三个最早出现的书面语系统。但1367年英格兰殖民者通过的"基尔肯尼法案"(Statutes of Kilkenny)力图压制爱尔兰人的语言和习惯,使爱尔兰盎格鲁化。1601年反抗运动失败后的数百年中,爱尔兰岛上的居民按语言可划分为信奉天主教说爱尔兰语的农民和信奉新教说英语的贵族和中产阶级。爱尔兰大饥荒打击了使用爱尔兰语的下层民众,饥荒使爱尔兰人口削减三分之一,大量民族语言使用者要么死亡要么移居海外,到了19世纪80年代,爱尔兰只有百分之一的人能讲爱尔兰语。1876年在都柏林成立了"保护爱尔兰语言协会",后发展为"盖尔联盟"(Gaelic league),由后来成为爱尔兰共和国第一任总统的道格拉斯·海德担任主席,联盟将爱尔兰语的复兴视为民族主义运动中最为

---

① 本尼迪克特·安德森:《想象的共同体:民族主义的起源与散布》,吴叡人译,上海:上海人民出版社,2005年,第43页。
② 艾瑞克·霍布斯鲍姆:《帝国的年代 1875—1914》,贾士蘅译,南京:江苏人民出版社,1999年,第183页。

急迫的事业，以此来割断与英国殖民者在文化上的联系。总体来说，爱尔兰的民族语言复兴运动从未取得像希伯来语复兴那样的胜利，尽管规定中小学必修爱尔兰语，在出版物和公共标识上也会同时使用英语和爱尔兰语，但是现代的爱尔兰语基本只是书面语系统，缺乏规范化的国语标准音，这影响了爱尔兰语的推广，大多数人对语言采取实用主义的态度，他们的第一语言还是带爱尔兰口音的英语。

于是我们也就不难理解翻译在爱尔兰民族语言运动中的重要性，现代爱尔兰无论是知识分子阶层还是普通民众都缺乏直接阅读爱尔兰语原文的能力，因此保存、重建和重新解释爱尔兰民族文化以形成民族国家主体这些现代性工作都需要借助其在意识形态上的对手——英国——的语言。这个吊诡的处境本身就是现代以来英/爱复杂的双边关系的一个缩影，它诱惑爱尔兰译者在别人的主题里写作，使自我和他人同时失去边界。我们看到，爱尔兰现代的翻译实践基本上形成了两个传统：

1. 学者化翻译传统。以19世纪末期的斯托克斯(Whitley Stokes)和奥拉伊利(Cecile O'Rahilly)等人为代表，大多是将古代的爱尔兰文本翻译为英文。由于学者化翻译基本不考虑商业和传播的问题，所以大都采取"直译"的方法，将原文预设为本源性和不可动摇的，而改动现有的英语语法和句法来服从原文。学者化翻译是几乎不可读的，不仅因为其破坏了现有的英语习惯用法，而且充满了大量诘屈聱牙的转借词、生造词和语义扭曲现象。如在斯托克斯翻译的一篇爱尔兰古代神话中，英雄达格德(Dagdae)到福摩利安人(Fomorians)的营帐中谈判，以迟滞敌人的行动。其中一段情节的爱尔兰语原文是：

Gabois iersin a leig ⌐ba himaircithe go tallfad lanomain ina lige foro laur na leghi. It e didiu míríonn fordurauhotar inde, lethau tindei ⌐cethromthu bloinge. Is ann adbert in Dagdae："Fo bioath indso ma rosaigh a broth an rosaig a blas". Antan immorro noberid an leg laun ina beolu, is adn adbered："Nis-collet a micuirne," ol in sruith.

斯托克斯译为：

Then the Dagdae took his ladle, and it was big enough for a man and woman to lie on the middle of it. These then are the bits that were in it, halves of salted swine and a quarter of lard. Then said Dagdae: "Good food is, if its broth attains what its taste attains." But when he used to put the ladle full into his mouth, then he would say: "Its ... do not spoil it," says the old man. (达格德拿起了勺子，勺子大得足够让一个男人和一个女人躺上去。里面已经有了一些食物，半扇的盐渍猪，还有四分之一的猪油。于是达格德说："真是不错的食物，如果肉汤有它尝起来那样好的话。"但是就像老辈人说的，如果他像平常那样把满满一勺食物放进嘴里的话，他一定会说："……别糟蹋东西。")①

提莫志克分析这段话时指出，斯托克斯译文中的"These then are the bits that were in it, halves of salted swine and a quarter of lard"和"Good food is"都不是标准英语的用法，而是沿袭了爱尔兰语的句法结构。尤其是用"the ladle full"翻译"an leg laun"是模仿了爱尔兰语将褒义形容词后置的习惯，但是英语中并没有这样的用法。②

爱尔兰民族主义者鼓吹学者化翻译，认为它们记录了爱尔兰文化的精神实质，将其无可争辩的古代特征和庄严感保留了下来。③ 学者化翻译虽然在技术上属于"直译"，但本质上是意义化的，在斯托克斯和奥拉伊利的翻译中，英语按照爱尔兰语的语法习惯被锤炼变形，反复提醒着读者原文的不容置疑。译文标识着原文的存在，但是并不能代替它，毋宁说只能指示它。这一策略完全是殖民主义翻译的颠倒，因为爱尔兰原文本预设的神圣性，对之做出任何调适和改动都是不允许的。在很多情况下，英语译文基本的目的是注释和解释原文，只是辅助性质的工具，毫无独立性可言；而原文则具有单方面的支配作

---

① Whitley Stokes: "The Second Battle of Moytura", *Revue Celtique* 12, 1891, pp. 84-87.
② Maria Tymoczko: *Translation in a Postcolonial Context: Early Irish Literature in English Translation*, Manchester: St. Jerome Publishing, 1999, p. 125.
③ 当翻译行为被爱尔兰民族主义者目的化之后，文学就不再是翻译的第一选择，因为很显然法律文本和编年史更具古风和庄严感，而且较之文学，能更好地从政治法律角度证明爱尔兰自治的合理性。学者化翻译大多是非文学的。

用，将爱尔兰语的句法和其他语言特征注入到英语之中。可以说这里暗含的仍然是原文本的神圣的不可译，仅仅因为大多数人已经无法读懂原文，所以才被迫"翻译"。毫无疑问，这一将译文转化为某种既定的意义框架内部的做法是隐喻性的，甚至可以说是对翻译本身的压抑。

2. 文学化翻译。爱尔兰文学化翻译的始作俑者是18世纪的苏格兰诗人麦克佛森（James Macpherson），他通过"翻译"古盖尔语诗歌和骑士故事，再造了古盖尔语的文化遗产。麦克佛森在18世纪中期先后发表了史诗《芬格尔》（*Fingal*）和《帖莫拉》（*Temora*），这两部史诗的叙事者都是传说中的古爱尔兰诗人莪相（Ossian），麦克佛森宣称自己找到了神话中的莪相的遗作，并亲自将之译为英语，两部作品后来结集成为著名的《莪相的诗歌》（*The Works of Ossian*）。麦克佛森"发现"了比英格兰历史更为悠久的古凯尔特人的文化遗产，这对弱势民族的共同体想象起到了不可估量的作用。虽然后来的事实证明所谓的"翻译"大多不过是他根据一些古代诗歌片段自己连缀而成的伪作。但是《莪相的诗歌》仍然迅速地被翻译成欧洲各国语言，启发了赫尔德和歌德，成为日后的浪漫主义运动的有力推手。吕微认为："通过发掘蕴藏在民间的文学传统，一个想象中的文化共同体就被虚构出来，至于这个现代共同体在历史上是否以种族和国家的形态存在过并不是最重要的，而这正是现代民族主义的实质问题。"[①] 麦克佛森的例子说明，不仅共同体是被"建构"的，"民间的文学传统"本身也可以是被"发明"出来的。

这里格外值得重视的是麦克佛森的"（伪）翻译"策略。麦克库洛什（John Arnott MacCulloch）认为："他（麦克佛森）的天才在于制造出人人爱读的史诗……几乎没有人能像他那样写出千万人都会去读的史诗，尤其是读者中还包括夏多布里昂、歌德、拿破仑、拜伦和柯勒律治，这些人都深深敬佩和爱戴他的诗歌……如果他的诗歌不是这样伟大的话——虽然并不那么凯尔特——就很难想象能那样深地影响到所有的欧洲文学。"[②] 麦克库洛什抓住了麦克佛森翻译的实质，它们虽然并非"凯尔特"的，但却是"千万人都会去读的史诗"。麦

---

① 吕微：《现代性论争中的民间文学》，《文学评论》2000 第 2 期，第 131 页。
② John Arnott MacCulloch: *The Religion of the Ancient Celts*, Edinburgh: T&T Clarks, 1911, pp.155-156.

克佛森借用了"莪相"（盲人和游吟诗人）这个凯尔特文化中富于魅力的名字作为诗集的作者，功能性地将大量古代文本汇集到一起，成为了使凯尔特身份确立的分类方式。更重要的是，麦克佛森把自己搜集到的古代诗歌片段设置为"史诗"的残片，说服读者那些遗失的原作其实就是史诗，并且基于这一理解建构了古凯尔特人诗歌的"史诗"性。于是那些古代爱尔兰和苏格兰的传说、民谣和故事（大部分是散文体而非诗体）就被连缀起来，被转化、"翻译"进了英语读者在正统教育中熟悉的"史诗"传统之中。麦克佛森的"翻译"获得了毫无疑义的成功，他生产的文本既是民族化的、地方的，又内置于殖民者的话语体系内部，按照殖民者的既定意义系统进行了组织和翻译，对于他来说，原始文本散碎、混乱和不连贯，几乎是不可理解的，但是通过"史诗"这一意义系统的整合后，却魔术般变成了规范化和富于意义的，从而在全欧洲范围内获得了广泛的回响。

麦克佛森的翻译实践为爱尔兰的文学化翻译提供了模板，在他之后的爱尔兰作家兼译者们，如弗格森（Samuel Ferguson）、奥格雷迪和格雷戈里夫人在翻译爱尔兰传统文本时，大多会使用"归化"策略，创造出在英语文学中可理解的、流畅的文本，形成了英语中的爱尔兰文学传统。例如奥格雷迪翻译过古爱尔兰民间故事《牛袭库利》（*Táin Bó Cúailng*）①，在他的笔下，英雄库胡林与偷牛的康诺特人的战斗被简化成为汤姆·索耶式的少年冒险传奇。他在译本中将乌尔斯特人称为"武士"（knight）和"朝臣"（courtiers），他们按照"骑士"（chivalry）的要求获得荣誉，这些都是按照中世纪的罗曼司（romance）传统比附爱尔兰文学的结果。原文中的一个关键词是"ces"，在爱尔兰语中具有特殊的意涵，指英雄间歇性地处于不能战斗的状态，如同临产的妇女一样衰弱，是乌尔斯特特殊文化观念的产物，但在奥格雷迪的译本中省略了这些语境，变成了乌尔斯特人中了魔法毒雾，丧失了意识。此外，原文中的幽冥世界被称为"síd"，在爱尔兰语中意为"平和"，是一个遍布着坟茔的丘陵地带，与人世在一个特殊的时空点交汇，而奥格雷迪将它译为在罗曼司故事中耳熟能详的"仙宫"（fairy palace）。通过和麦克佛森相似的方法，爱尔兰的原材料被驯服为中

---

① 这部作品原文是散文，但是一直被"翻译"为史诗。

世纪欧洲罗曼司系列中的一部分。在这样的翻译中,殖民者的价值在翻译之前就被确认,本土材料被吸收到这一价值之中,完成了殖民标准的内化。与之相比,格雷戈里夫人对同一文本的翻译有更强的民族主义意味,在她的笔下,库胡林与偷牛者的战斗被充分地英雄化了,成为了一场真正的"战争"(war),她使用未经翻译的爱尔兰词汇来表达民族文化的特殊性,如库胡林的武器是 Gae Bulg。即便如此,格雷戈里夫人仍然在用意义框架对素材进行隐喻性处理:那些特殊的爱尔兰词汇在流畅的英文文本中起到的是增加异国风味的作用;当涉及爱尔兰原文材料中一些粗野、不雅,具有性暗示的材料时,格雷戈里夫人会按照一种维多利亚式的高雅趣味加以删除或改写;而原文中英雄那些多余的变形行为也被有意识地省略。对于格雷戈里夫人这样的民族主义者来说,重建爱尔兰过去的工作必定按照英雄主义的路径前行,粗野混乱的爱尔兰材料按照文明的方向被校正,成为了现代民族国家的文化依据。在政治上,奥格雷迪是联合主义者,而格雷戈里夫人是独立运动积极的参与者,但在归化和流畅的翻译风格上,两个人并无本质区别。劳伦斯·韦努蒂谈到翻译的流畅策略时说:"流畅策略抹杀了外国文本在语言和文化上的差异性:对统治了目标语言文化的透明话语进行了改写,不可避免地造成了按照另一种目标语言的价值、信仰和社会再现方式进行编码。"[1] 从这个层面来说,尽管爱尔兰的文学化翻译和学术化翻译表面上使用了截然不同的两种翻译策略("异化"和"归化"),但都是通过既定的话语框架来事先确定什么样的翻译是有意义的,什么是无意义的。

在文学化翻译中,我们能够清楚地看到爱尔兰译者的困境,当他们采取民族主义立场时,会发现民族主义并不能提供真正独立自律的东西,而是始终需要其否定方面,也即殖民话语来定义。这就形成了殖民/反殖民二元稳固结构,结构无论如何颠来倒去,都是西方理性主义主体/他者二元思维的复制而已。以民族主义为旗帜的反殖民运动"在客观上传播了欧洲殖民者的结构体系,并在被殖民国家的内部复制殖民主义逻辑"[2]。从历史上看,爱尔兰文学从某种程度上说是内在于英国文学之中,并形成了英/爱文学的共通传统。借助英语的

---

[1] Lawrence Venuti: *Rethinking Translation: Discourse, Subjectivity, Ideology*, pp.12-13.
[2] 王旭峰:《历史化与阿里夫·德里克的后殖民理论研究》,《外国文学》2007 年第 5 期,第 105 页。

国际化地位和英国文学成熟的表达范式，爱尔兰作家的作品即使表达的是民族主义的内容，也可以获得流行性和国际声望，正是在此意义上，爱尔兰成为了英国的"内部他者"。这方面，叶芝是个明显的例子，叶芝是爱尔兰文艺复兴运动的精神领袖，他重新记录和解释了大量的爱尔兰古代神话，但是这些乡土素材到最后仍然服务于他高度现代主义的、欧洲化的趣味，如他在诗剧《在贝勒海滩上》（"On Baile's Strand"）中把库胡林形象改编塑造成尼采式的意志英雄又在《迪尔德丽》（"Deirdre"）中将路加德（Lugaid）和德布佛海尔（Derbforgaill）的古代传说改写成了现代人的精神奥德赛。可以看到，爱尔兰语境中的翻译包含了大量的自我映射，被殖民者的民族主体和殖民者主体紧紧缠绕在一起，不可能作截然的区分，这是一种萨义德在《东方学》中未曾涉及的后殖民境遇。

与其他国家相比，爱尔兰没有一条较为明晰的去殖民道路，其过程较为纠结复杂。但这恰恰也是爱尔兰文学的创造性所在，由于爱尔兰在英国文化中奇妙的"内部他者"地位，因此寻求一种完全对抗性的、本质主义的话语几乎是不可能的。在爱尔兰，翻译要真正成为"后殖民"的，所需要摆脱的不仅仅是帝国的殖民意识形态或者爱尔兰的民族主义观念，而是存在于这些价值系统背后的隐喻性装置，即一定要把文学实践纳入到某个既定的话语体系之中的做法。在这方面，"文学化翻译"显示出了自身的优势，因为自麦克佛森以降，到叶芝、奥格雷迪、格雷戈里夫人、金塞拉和希尼，翻译实践在爱尔兰就始终和改编、创作的实践紧密结合在一起，形成了所谓"伪翻译"（pseudo-translation）传统，即用原文的外衣隐藏自己的创作冲动，而是否忠实传达了"原意"对爱尔兰的作家兼译者来说并不是太大的问题。这就为一种基于"接续"而非"契合"的，在各个话语体系之间流动而不固定下来的转喻性翻译提供了一个可能的入口。也正是在这些背景和理论前提的考虑之上，我们可以获得进入希尼的翻译文本的出发点。

## 三、希尼的翻译实践：从隐喻中解救翻译

希尼整个的文学创作过程都伴随着翻译，早在1979年的诗集《野外工作》中他就选了但丁《神曲·炼狱篇》中的片段作为《贝格湖滨的沙滩》的题词，

同样在这本诗集里他翻译了《神曲·地狱篇》的第 32、33 诗章，命名为《乌格里诺》("Ugolino")。他之后的诗集中大多会有译作，翻译的来源较为广泛，从但丁、维吉尔、贺拉斯到里尔克(Rainer Maria Rilke)、索内斯库(Marin Sorescu)等。其中较为重要的译作是 1983 年翻译的古爱尔兰传说《迷途的斯威尼》(*Sweeney Astray*，1983)，1990 年的《在特洛伊治愈：索福克勒斯〈菲罗克忒忒斯〉的一个译本》(*The Cure at Troy: A Version of Sophocles' Philoctetes*，1990)和 1999 年的译作《贝奥武甫：一个新的诗体翻译》(*Beowulf: A New Verse Translation*，1999)。希尼的译作《贝奥武甫：一个新的诗体翻译》获得了怀特布莱德图书奖(Whitbread Award)，并跻身于 2000 年度美国最畅销书籍榜单，是《贝奥武甫》迄今为止的所有译本中最为成功的。希尼的翻译实践同样属于爱尔兰的"伪翻译"传统，他并不服从原文，译本中包含了大量的改写、扭曲和充满个人风格的方言词和自造词语，甚至可以在不通希腊文的情况下毫无顾忌地翻译古希腊悲剧；而《贝奥武甫：一个新的诗体翻译》的译文也因为译者身份的过于突出被批评家戏称为"希尼武甫"(Heaneywulf)。[①] 在题材选择和翻译形式上，这些译作都和他的诗歌创作相互印证，可以说是他创作的一部分。

从前文可知，爱尔兰的文学化翻译大多采用"流畅"原则，这使其无论是否持民族主义立场，都预先被隐喻性地纳入到了英国文学意义框架之中，成为英国文学的镜像，这可以说是爱尔兰作家"内在"于英国的宿命。虽然"无论是诗歌还是散文，希尼都花费了大量笔墨在爱尔兰双重的语言遗产，分裂的文化传统和双向的文学忠诚上"[②]，但这种双重遗产其实是可以连接为一个整体，从而获得超越性的解决的。在《贝奥武甫》的翻译中，读者就可以感受到希尼对英/爱文学共同体意识的强化。他在序言中承认，他发现自己刚出道时的诗歌就已经无意识地采用了英式的头韵、四重音，以及句子中间的停顿，英诗的语言传统早已在冥冥中制约和推动着他。比如，他的首部诗集的第一首诗《挖

---

① Howell Chickering, "Beowulf and 'Heaneywulf'": *The Kenyon Review*, New Series, Vol.24, No.1, Winter, 2002.
② Thomas McGuire: "Violence and Vernacular in Seamus Heaney's Beowulf", *New Hibernia Review*, Vol.10, No.1, Spring, 2006.

掘》中的句子"The spade sinks into gravelly ground：/My father digging. I look down"（铁锨正深深切入多石的土地：/我的父亲正在挖掘。我往窗下看。）(OG, 3)中，s、g和d的头韵效果就很强烈，每句均有四个重音，起到了将被逗号分开的两个句子连接起来的作用。(B, xxxiii)他受英国诗人霍普金斯(Gerard Manley Hopkins)影响很深，将其作品称为"从古英语的巨石上剥落下来的碎片"，其诗歌滞重的辅音声调以及头韵的使用显示了古英语调子在现代的回声。希尼自己的诗，如《十月之思》（"October Thought"），便创造了霍普金斯式的沉郁调子：

> Starling thatch-watches, and sudden swallow
> Straight breaks to mud-nest, home-rest rafter
> Up past dry dust-drunk cobwebs, like laughter
> Ghosting the roof of bog-oak, turf-sod and rods of willow
> （椋鸟在茅草屋顶张望，燕子突然飞来
> 直冲向泥巢，那根安家于其上的椽子
> 起身走过布满尘埃的干燥蛛网，像笑声
> 回荡在泥炭、草皮和柳树秆覆盖的屋顶上）(P, 44)

在这首诗里，希尼以自己的声音回应了霍普金斯式的"曲折的头韵音乐，报道式的声音和跳跃的辅音"(P, 44)，他有意识地创造了古英语风格的复合词(mud-nest, home-rest, bog-oak, turf-sod)。因此，希尼说："从一开始，我的一部分就在书写盎格鲁—撒克逊语言。"(B, xxxiii)

希尼的诗在某种程度上仍然被辨认为英/爱文学共同体的一个组成部分，具有华兹华斯或叶芝式的自我发明和超越性。如《安娜莪瑞什》就想象性地建构了英语和爱尔兰语无缝连接的统一体。无论是个体的差别意识，还是新教、天主教的纷争，包括中产阶级和农民之间的鸿沟，都在统一的多元民族意识中被象征性地整合，希尼浪漫地想象一个超越英/爱分裂的语言的史前时代，从劈开的岩石中流溢出来"巨石糖果山"——一个前政治、前堕落、前语言的"凯尔特/不列颠安乐乡"。这一举措其实是将爱尔兰摆脱狭隘民族主义的出路寄希望于引进一种超验性的多元神话视角和价值原则,即对文化身份起源上的混杂性的确认:亦即只有在"民族身份的世界性"这一高度上,爱尔兰民族意识最终的精神解放才能出现。这一思路在爱尔兰的文学谱系中早已存在,如乔伊斯在《爱尔兰:圣哲之岛》("Ireland, Island of Saints and Sages")中将爱尔兰比作一匹布:"以不同的材料编织而成,包含有日耳曼人的攻击性格、罗马律法、中产阶级传统及古叙利亚宗教。"① 希尼通过英国文学获得自我意识,以空灵的、精神性的"巨石糖果山"来取代爱尔兰历史与现实中的差异和分裂,固然会为人类的有限经验创造一个普遍性的、超时间的"起源"。但是创造精神性、概念性起源的代价却是将纷纭复杂的历史和物质事实化约为抽象的、境界式的某种"意义"的呈现。这一形而上学的方法,虽然让陷入族群纷争中的诗人避免了沉沦到被乔伊斯比喻为"瘫痪"(paralysis)的个别性现实中,但却以英/爱文学的"共同体"取代了作为他者或者"异"存在的爱尔兰,使爱尔兰和英国处于同一层次,就意味着化"爱尔兰"为"英国"。如果借用斯皮瓦克的概念的话,即爱尔兰的"特异性"(singularity)的取消。不妨说,这一思想与英国殖民文化有着同构的关系。

因此关键的问题是,希尼能否自我突破,化解这一英/爱文化同构的整合性前提。如若不然的话,我们越是称道爱尔兰作家的独创性,就越只能证明英国文学的普遍性示范作用。这一问题之所以重要,是因为作为叶芝之后最重要的爱尔兰诗人,希尼对身份政治的探询和反思不仅是他个人精神领域的问题,而且对虽然早已从帝国获得独立但仍然纠缠于身份的整一原则的爱尔兰来说,如何摆脱镜像,摆脱整一性的"身份诗学"(the poetics of identity),开发出具有差别性和个体性的全新身份意识也是一个极为迫切的问题。我们先以希尼的译作《贝奥武甫:一个新的诗体翻译》为例看这个问题。

希尼在谈到《贝奥武甫》在英国文学中的地位时说:

> 第一次接触史诗的读者,当他们面对那些陌生的名字和突然缺失的参

---

① Ellsworth Mason, Richard Ellmann, eds.: *The Critical Writings of James Joyce*, Ithaca: Cornell University Press, 1989, pp.165 - 166.

照系时，所感到的不仅仅是困惑。一个对《伊利亚特》或《奥德赛》或《埃涅阿斯纪》感到陌生的讲英语的人至少应该听说过特洛伊和海伦，或者佩涅洛佩和库克罗普斯，或者狄多和金枝的故事。这些史诗也许是用希腊文和拉丁文写成的，然而古典的遗产已然在英语中如此彻底地被镌刻于圣殿之上，进入了文化记忆之中，以至于它们展现的世界比起用英语写成的本土史诗更为人熟知，虽然本土史诗的成文年代要晚得多。阿喀琉斯的名字让人感到意味无穷，而不是希尔德；伊塔卡岛会在我们的头脑中唤起特定的记忆，而不是鹿厅；库迈的西比尔让人浮想联翩，而不是佘力公主。（B，xi-xii）

托尔金（John Ronald Reuel Tolkien）认为，在《贝奥武甫》中，我们看到的是英雄伟大一生中的两个时刻：崛起和沉没，成功和死亡。这与于七八世纪时英国向基督教的归化有关，异教世界的沉沦给了游吟诗人特别的视野，古日耳曼英雄陡然变得古老、遥远和黑暗了，他们是异教、高贵和悲哀的。这一悲观主义成为了史诗叙述的基调，贝奥武甫年轻时的胜利不可避免地被遗忘，他自己也逐渐衰朽，被取代和推翻。[①] 芬利（Alison Finlay）评论希尼的译本时则说："《贝奥武甫》从来就不是文化主流意识的一部分，就像海伦·菲利普说的：'即使在其原本的历史语境中，《贝奥武甫》对自身和读者的英国身份也只有极其间接的表述，随后，在后盎格鲁—撒克逊的数个世纪中，它也未能成功地在英国文学意识中建立自己。'希尼开发了这一'异'的特性，用自己地方性的、不标准的语言遗产的资源将其进一步非主流化。他尊重，甚至赞美《贝奥武甫》中古老、异质的成分——盎格鲁—撒克逊人描绘了这种栖居于身体的'骨屋'中的精神——但是又以对自己所处的时代和自身文化背景特质的关注为其注入了新鲜的生命。"[②] 即使对英国读者来说，《贝奥武甫》仍然是边缘化的存在。希尼并不是为《贝奥武甫》在文学史中的地位鸣不平，相反，他看重

---

① J.R.R. Tolkien：" Beowulf：The Monsters and the Critics"，*Proceedings of the British Academy* 22，1936，p.245.

② Alison Finlay："Putting a Bawn into Beowulf"，*Seamus Heaney: Poet，Critic，Translator*，Ashby Bland Crowder&Jason David Hall，eds.，New York：Palgrave Macmillan，1992，p.152.

的正是这一边缘的意义,甚至可以说,这是希尼下决心翻译这部古英语史诗的根本动因:《贝奥武甫》既是英国的又不是英国的,它是前现代的,独特和奇怪的东西,充满了过时的斯堪的纳维亚武士血亲复仇观念和枝蔓芜杂的无主题叙事。而"英国文学"的传统基本是从乔叟、斯宾塞和莎士比亚那里形成的,并且随着帝国的建立和殖民扩张成为规范性的经典,概而言之是现代性的产物,与此同时,《贝奥武甫》却由于包含了过多和现代文学不相容的东西无法被吸收到这一传统中去。

《贝奥武甫》的古老和异己性使之置身于惯常的英国文学的视野之外,比如说,史诗包含大量的插曲和离题,丹麦人和弗里斯兰人之间不断的仇杀看上去完全和主题无关;当贝奥武甫死后,史诗却并没有结束,而是荡开去描述了高特(Geat)和瑞典之间的征伐。这些离题以前被认为缺乏文学价值,只是供学术研究的散乱材料。也就是说,它在英国乃至西方文学的正统中(以荷马史诗为起源的),是没有"参照系"的存在,故而不经意地被赶到文化记忆的角落去了。然而,希尼却在"英国文学"之外重新发现了《贝奥武甫》,当他在译本序言里说"《贝奥武甫》是我声音权利的一部分"时,他并非简单地说自己受到的英国文学教育,更重要的是,史诗本身还包含了不符合古典标准的内容,包括其方言和习语,而这些方言和习语正是我的"声音权利"的一部分。希尼提到,当他发现了"whiskey"这个词的爱尔兰语词源时,他感到自己看见了"尚未分裂语言的王国,在这里,一个人的语言世界不仅仅是种族或文化优先性或官方律令的标记,而且是进入更深的语言的通道。"(B, xvv)

希尼接受诺顿英国文学文集的编辑请其翻译《贝奥武甫》的委托后,长期无成就的工作曾令其试图放弃,直到他发现了"thole",这个词为他打开了一条路,让他寻找"作品的整体音乐性的调子"。《贝奥武甫》中"polian"(忍受)这个词,词首发音是/th/,其现代形式是"thole"或者"tholian",这个词语在英国早已成为废语,但是在希尼的家乡北爱尔兰,他的亲人仍然会用这个词来表达自己的感情:"在我成长的乡下,年长和没什么文化的人仍然会用这个词。'他们得学会忍耐(thole)啊',当我的姑母说到经受了意外丧失亲人打击的那些家庭时,她会这样说。突然之间,'thole'这个词通过学术化编辑,出现在了官方的文本世界中,就像一个小小的传呼机,唤起了我对姑母使用的语言的记忆，这种语言不再是自我封闭的家族所拥有的东西，而是历史的遗产。"他说：

> 那是一种熟悉的本地的声音，属于我父亲的那些亲戚们的声音，我曾在一首诗(《贝格湖滨的沙滩》)中把他们称之为(语带双关地)"大嗓门的下等人(Scullions)"。之所以说是"大嗓门"，因为当他们说话时，所发出的词语都在不经意中带有强烈的清晰感，音节单位是如此地独立和明晰，如同放在餐具架子上的大盘子一样。像"我今天收割了玉米"这样一句简单的话，在下等人的口中说来都带着强烈的自豪感，他们有一种类似美洲土著人发音时的严肃感，就像在宣读判决而不是在闲谈。当我问自己想要《贝奥武甫》在译文里发出什么样的声音时，我意识到它应该能够被我的亲戚说出来。(B, xxvii)

类似于"thole"这样充满乌尔斯特地方风味的翻译在《贝奥武甫》译本中不下一打，以至于不得不使用较多的注释。① 在 1999 年的演讲《金链的拖拽》("The Drag of the Golden Chain")中，希尼辩解说："使译者处在接近(但是永远不会到达)满足的状态中的东西是：使用母语来阅读它的冲动和要让它在另一种语言中获得公正的认知的责任感之间形成的张力……没有比在新译本中使用脚注更能显现这种张力的了。"② 但是，希尼这样做的目的并非在英国文学的无意识中寻找潜藏的爱尔兰因子，如果这样做的话，那就是从英国文学的"深层"的隐喻机制中去寻找所谓"爱尔兰性"的自豪感，仍然是并无多少新意的二元论做法。希尼说："我以前倾向于认为英语和爱尔兰语是对立的语言，是非此/即彼(either/or)而不是亦此/亦彼(both/and)，这一态度阻碍了一种更自信和更有创造性地解决整个困难问题的方法的发展。"(B, xxiv)但是，他说的"亦此/亦彼"绝不是一种简单的后殖民视域中的"混杂性"(hybridity)的例

---

① Howell Chickering："Beowulf and 'Heaneywulf'"；*The Kenyon Review*，New Series，Vol.24，No.1，2002，p.173. Chickering 总结《贝奥武甫》中的方言词有"hirpling"、"keshes"、"tholed"、"wean"、"hoked"、"stook"、"brehon"、"ession"、"reavers"、"bothies"、"graith"、"bawn"等。
② Seamus Heaney："The Drag of the Golden Chain"，*Times Literary Supplement*，November 12，1999，p.16.

证，因为《贝奥武甫》绝不是英语和爱尔兰语的混合，"thole"也并非爱尔兰语。这里的问题不是在英国文学的深层找到什么爱尔兰性，而是指出"thole"就是被"英国文学"这个隐喻机制所排除掉的东西，"英国文学"正是通过这样的排除才实现了层级化和规范化，"英国文学"也正是这样建立起来的。因此，希尼既不拥护英国文学也不拥护爱尔兰文学，同时也不仅仅是拥护两种文学机制的混合这么简单，他只是拒绝了"英国文学"或者"爱尔兰文学"这样线性化的叙事，"thole"恰恰是在这样线性的、整合的文学史中被当成过时的东西而丢掉的。这和他说《贝奥武甫》作为一个整体无法进入英国文学史的意识之中完全是同样的意思。对于《贝奥武甫》来说，任何官方的、教条化、片面的标准化理解都不可能与其本身的丰富性相融。

如上所述，希尼关注的《贝奥武甫》，理由在于其并非英国文学中已经定型了的东西：在内容上，这部被称为英国文学的起源的史诗讲的却是丹麦人、高特人和瑞典人的故事，是彻底的异邦人的诗歌，而当时的不列颠岛不过是个地理名词；在叙事上，它采用的散漫的、插叙式的叙事方式在现代文学中已经逐渐地被排除掉了；在语言上，该史诗使用的是早已被主流文化意识边缘化的诺散伯利亚方言（Northumbrian）："古英语的方言共有四种……早期的古英语作品是用诺散伯利亚方言创作的，例如史诗《贝奥武甫》就是如此。由于斯堪的纳维亚人对英国北部的侵略和破坏，英国的文化中心由诺散伯利亚迁移到墨尔西亚，到了公元九世纪，又迁至西撒克逊魏塞克斯首府温切斯特……温切斯特成为全英国的政治、文化和语言中心，西撒克逊方言成为全英国的标准文学语言。"[①] 在史诗成书的年代，英语还没有成为标准化的民族语言。布莱森（Bill Bryson）说："在15世纪的时候，英格兰一个地区的人听不懂另一个地区的人讲话……从伦敦出发不过区区50英里，他们说的话就无法被别的讲英语的人听懂。"[②] 但在诺曼征服之后，古英语的四种方言都沦为次要地位，当时占据语言上层的是诺曼法语和拉丁语。那时的西中部的方言最接近古英语，但是英国民族的标准语却是从和诺曼语渊源最深的东中部方言发展出来的，"乔叟和

---

① 李赋宁：《英语史》，北京：商务印书馆，1991年，第36—37页。
② Bill Bryson, *Mother Tongue: The Story of English Language*, New York: Penguin Group, 2009, p.51.

其他优秀作家也用东中部方言"①。

柄谷行人说:"语言学家无法把那些过去没有书面语的众多民族和部落的语言作为自己的研究对象。某种语言作为文字被使用这一事情本身意味着它曾经作为一定的文明、国家而实际存在过。果真如此,那么,嘴上说口语,却只能在具有一定水准的国家形态之民族的书写语言中抽取出口语来。而且在这种情况下,谁也无法确认书写语言一定就是口语的摹写,我们可能忽视了口语本身受到书写语言制约的这个事实。"② 那么,当希尼说"大嗓门的下等人"仍然在使用"thole"这个词时,他指出了当以东中部方言发展出的标准语为基础的文学史确立之后,被主流文化意识压抑掉的方言口语仍然实践性地存在着。

在这方面,我们可以引述维特根斯坦(Ludwig Wittgenstein)的对语言实践性的论述作为参照。维特根斯坦曾用我们总是从数数中了解数学而不是先有了数学的概念再去数数的比喻来说明这个问题:"计算是一种我们从计算中了解的现象。正如语言是我们从自己的语言中了解的现象。"③ 因此,对语言来说,规则只能是实践之中的规则:"'我怎样能够遵从一条规则?'——如果这不是在问原因,那么它就是在问我这样来遵从规则的道理何在。如果我把道理都说完了,我就被逼到了墙角,亮出了我的底牌。我就会说:'反正我就这么做。'"④ 这就意味着,任何固化了的语言规则都并非自然而然的东西的,不过是后天体制设定的认识论装置而已。柄谷行人说:

> 比如文法就被当作语言的规则……文法原本是作为学习外语以及古典语言的方法而被发现的,文法不是规则,而是规则性。如果没有文法,则外国人的语言习得会没有效率,但自己说的"语言"既不需要"文法",也不可能有文法。因此,在近代的民族主义之前,人们做梦也不会想到自己

---

① 李赋宁:《英语史》,北京:商务印书馆,1991年,第7页。
② 柄谷行人:《日本现代文学的起源》,赵京华译,北京:生活・读书・新知三联书店,2003年,第197页。
③ 路德维希・维特根斯坦:《论数学的基础》,《维特根斯坦全集》第7卷,徐友渔等译,石家庄:河北教育出版社,2003年,第151页。
④ 路德维希・维特根斯坦:《哲学研究》,陈嘉映译,上海:上海人民出版社,2001年,第129页。

所说的俗语还有文法。①

希尼曾回忆自己在爱尔兰乡村旅馆的一段心路历程，当他看到穿着耐克运动衣，唱着流行歌曲的乡下少年时，不由痛感资本全球化之下的地方生活的毁灭，但是随后他听到了这些少年的粗野刺耳的口音，又顿觉释然："我听到的是对喉音的生命的坚韧性的保障，在地方层面上，这是不可驯服和生机勃勃的。"② 这促使他写下了诗作《喉音的缪斯》（"The Guttural Muse"），将少年的声音和丁鲷鱼吐出的泡泡相联系："以前他被叫作'医生鱼'，因为他的黏液/据说能治愈其他鱼的伤口。"（OG, 163）少年的口音有治愈的效果，这次相遇使他相信哪怕自己用英语写作，作为"他者"的"异"的身份是无法被抹杀掉的。对希尼而言，《贝奥武甫》既不是一部庙堂之上的确证英国文学的悠久合理性的经典作品，也不是通向已然消逝的远古记忆的与现今生活无涉的文化遗产（这一点怎么强调都不过分）。和爱尔兰文学翻译传统中的学者化翻译不同——那只是用爱尔兰文本的"原文"的隐喻神圣性替换英国文学的隐喻神圣性——希尼并非简单地要语言回到古拙朴素的状态，而是恢复其作为俗语的"异"的实践性。

## 四、"异"的"痕迹"

希尼对这一实践性的表述在后殖民语境中并非孤立的个案，在全世界范围内，当作为支配地位的标准语不断扩展之时，用自己本民族的特殊发音方式对标准语进行训读，被认为是一种抵抗的方法。例如，美国黑人女学者贝尔·胡克斯（Bell Hooks）在其《语言，斗争之场》中谈到黑人的方言实践时说："在西方的形而上学二元对立的思想中，理念总是比语言更为重要。为了愈合心灵和肉体的分裂，被边缘化被压迫的人们试图在语言中复原我们自身、复原我们的经验。我们寻求一处发展亲近关系的空间，在标准英语中无法找到，所以我们创造了断裂的、破碎的、不羁的方言土语。当我需要说的话不仅是镜子

---

① 柄谷行人：《作为隐喻的建筑》，应杰译，北京：中央编译出版社，2011年，第116页。
② Seamus Heaney: "The Guttural Muse", *The Visit of Seamus Heaney to Rhodes University in honour of Malvern van Wyk Smith*, Grahamstown: Rhodes University, 2002, p.25.

般地反应主流的现实,以及或是针对它而发的时候,我便讲黑人方言。那里,在那个地方,我们让英语做我们想让它做的事。我们拿来压迫者的语言,然后让它反戈一击反对它自己。我们使我们的话成为反通识的言语,在语言中解放我们自己。"① 胡克斯在自己的课堂上让学生使用方言,并在为学术刊物撰稿时加进黑人方言。不过,胡克斯有意识地批判和排斥英语,希望在黑人方言中复原"自身",这仍然具有二元对立的前提,她将方言里包含的地方性和情感性的东西置于普遍化的律令制度之上,这是典型的浪漫主义式的美学思考。

如果说胡克斯把语言视为"斗争之场"的话,希尼是与之不同的。他的《贝奥武甫:一个新的诗体翻译》体现出了高度的灵活性,他没有选择排斥英语,译本也没有刻意凸显方言的身份,而是使用了标准语和方言词汇混合的语体。为了不至于产生民族主义的联想,他尽量避免让某个词带上本质化的色彩,而是做差异性的处理。仍是以"thole"为例,希尼发现了这个词,但是并未将之作为爱尔兰特性的表征做符号化的处理,在他的译本中"polian"和"thole"没有一一对应的关系:史诗第 3 行"He knew what they had tholed"中的"tholed"翻译的是名词"fyren-dearfe",是"痛苦的灾难"的意思;而"polian"出现在第 832 行时,希尼将之译为"undergo"。如果使用德里达的概念的话,那么,这里存在着的不是某种"要素"的形而上学在场(presence),不是结构化了的语言的固定性,而是在时间中的即时化(temporalization)效应,语言是存活在语言实践之中的,其本身具有可以不断擦抹和变化的"痕迹"(trace)的任意性,这种"痕迹"是最活跃、最不确定的因素,存在于各个要素之间的"差异"(difference)之中,不是任何先在的隐喻系统能够禁锢得了的。

使用标准语和方言词汇混合的语体另外一层深意是,二者本来就不是截然分开的,这里的"混合"并非两种不同质地的东西突然融合在了一起,而是它们之间转喻性地相互联系和转化,如果说这里有后殖民意义上的"混杂性"的话,也应该从这个角度来理解。希尼在不同的场合多次提到但丁的俗语写作,并以其为楷模。和一般的看法相反,但丁并没有用俗语来反对拉丁语,而是认

---

① 贝尔·胡克斯:《语言,斗争之场》,袁伟等编《语言与翻译的政治》,北京:中央编译出版社,2001 年,第 115 页。

识到两者是相互"翻译"的关系。正如柄谷行人说的:"他(但丁)是在意大利地方多种 idiome(方言)中选择了一种。然而,他的书写语言后来成为规范的书面语,不是因为他选择了标准的 idiome,而是因为他以翻译拉丁语的方式得以形成的……其实原来的拉丁语本身也一样,仅为意大利地方的 idiome 中的一种之拉丁语,后来成为'可以用于艺术和学问的语言',乃是通过翻译希腊语文献而形成的,其中有希腊人本身的参与。"①

我们视为俗语文本的《神曲》如果离开了对拉丁语的"翻译"是不可能得到正确理解的,正如拉丁语本身就包含了对希腊语的"翻译"一样,这种流动和转化形成了抵抗任何隐喻性"在场"的"转喻"关系。当希尼意识到此种"亦此/亦彼"的状况时,他的作品力图将之文本化,形成语言上的精巧和复合的风格。如他的《贝奥武甫:一个新的诗体翻译》中的一段:

'First and foremost, let the almighty Father

But the Heavenly Shepherd

can work His wonders always and everywhere.

Not long since, it seemed I would never

be granted the slightest solace or relief

from any of my burdens; the best of houses

glittered and reeked and ran with blood.

This one worry outweighed all others -

a constant distress to counsellors entrusted

with defending the people's forts from assault

by monsters and demons. But now a man,

with the Lord's assistance, has accomplished something

none of us could manage before now

for all our efforts. …'

---

① 柄谷行人:《日本现代文学的起源》,赵京华译,北京:生活·读书·新知三联书店,2003 年,第 205—206 页。

("然而上帝英明,光荣之统帅

总是奇迹接着奇迹。

不久前,我还陷在绝望之中,

找不到任何摆脱困境的良方;

眼睁睁看着这殿堂之冠变了颜色,

被血腥的屠杀主宰。噩运

笼罩了每一个侍臣,勇士们

坐以待毙,不知如何保卫

这万国的营垒,抵抗异域的妖魔。

如今,通过上帝的伟力,

一位壮士立下奇功,实现了

我们绝对不敢设想的宏图……")(B, 63)

此段罗瑟迦(Hrothgar)看到葛篓代(Grendel)被撕下的手臂后说的话既有现代书面语的流利简洁,又有颇具古风的连词的繁复叠用("glittered and reeked and ran with blood"),大量多音节词的使用很好地抓住了古英语史诗的特征;与此同时,却又带有明显的宫廷用语风格,如"solace"、"relief"、"assault"、"assistance"等,这种庄严性无疑是"翻译"拉丁语的结果。本雅明将各种语言之间的关系比喻为打碎的容器,原文和译文在一起共同被识别为更大的"纯语言"的碎片。① 保罗·德曼对此的发微是:对于纯粹语言来说,所有的语言都是碎片,彼此没有共同之处。翻译是碎片的碎片,而不是整体的碎片,是对碎片的打碎。容器不断被打破但是永远得不到重建。这是象征和象征符号之间的鸿沟,是碎片化的象征符号对于象征任务的不能胜任,这也意味着修辞作为转义系统对于意义传达的不可靠性,意义所向往的目标是永远不能到达的。翻译揭示了原文的不稳定,这种不稳定来自意义以及转义和转义之间的张力,在转义的模式中,纯语言更多出现在翻译中而不是原文中。翻译让原文运动,让

---

① Walter Benjamin: *Selected Writings*, Volume 1: 1913 – 1926, Marcus Bullock & Michael W. Jennings, eds., Boston: The Belknap Press of Harvard University Press, 2004, p.257.

它非经典化、碎片化。因此，"除非作为一种永恒的断裂栖居于所有的语言之中，尤其是母语之中，纯语言是不存在的"①。

正如斯皮瓦克在《翻译的政治》中说的，翻译不是"同义词、句法和地方特色的问题"，翻译的诱惑在于"使用一种属于很多别的人的语言"，翻译"负责模仿自我之中的他者的痕迹"，"在自我的最深处，译者从对记忆之前的他者的痕迹之中获得了僭越的许可"。② 希尼的译文形成了如此相互缠绕又相互颠覆的矛盾共生系统，是因为他翻译的目的并非要导致"自我认同"式的身份稳定性，而总是通向自我失去边界的地方。只有这样，才能追溯到那作为"异"的"他者"的"痕迹"。这可以让我们联想到德里达用"différance"（延异）取代"différence"（差异）的举措，一个微不足道的字母的改变形成了"翻译"的流动性："a 进入了词 différence，代替了 e，使得 différence 变为词 différance，这一简单的改变也就改变了意义的方向，使得这个词既保留了以前那词的'差异'的意思，又引进了'拖延、迂回、扩散'的意思。痕迹就是如此出现和消失，如此改变了语言的能指和所指，改变了文本运动的方向。"③ 其结果是对层出不穷的差异和距离的揭示，以及对任何话语的霸权规划的抵制："痕迹始终在变化和迁延着，永远不是展现中的自身。在呈现自身中它消除自身，在自身发出声响里淹没它自身，就像 différance 中的字母 a 书写它自己，雕刻它的金字塔。"④

英国学者一直试图将佶屈聱牙的《贝奥武甫》做英国化的处理，使之内化到英国文学的主体意识之中，似乎古斯堪的纳维亚的部族仇杀，可以自明性地成为英国文学的源头。在这个过程中，《贝奥武甫》蛮荒的异教性被忽略甚至基督教化。⑤

---

① Paul de Man: "Conclusions: Walter Benjamin's 'The Task of the Translator'", in *The Resistance to Theory*, pp.91 - 92.
② Gayatri Chakravorty Spivak: *Outside in the Teaching Machine*, New York: Routledge, 2009, pp.179 - 180.
③ 江风扬:《德里达的书写语言学》,《人文艺术》第 4 辑, 贵阳: 贵州人民出版社, 2003 年, 第 279 页。
④ 同上注。
⑤ 自 1805 年特纳(Sharon Turner)首次将史诗中的几个章节译成了现代英语之后，约有一百多个英语译本。参见史敬轩:《火烧屠龙王——〈贝奥武甫〉传播归化语境寻疑》,《外国文学评论》2012 年第 1 期。另见 Chauncey B. Tinker: *The Translations of Beowulf: A Critical Bibliography*, Whitefish: Kessinger Publishing LLC, 1903.

希尼试图将这种自明性的身份同一"问题"化,并从中寻求差异和错位。正是在对区别于英国文学的话语规则的"异"的伦理性的开掘上,希尼充分地展示了他的创造力。就像前面的论述已指出的那样,希尼彻底拒绝了"英国文学"、"爱尔兰文学"这样自我封闭的本质化叙事。进一步说,如果《贝奥武甫》被视为具有不论什么意义上的"起源"性质的话,他要破除的恰恰是关于起源的形而上学。他的译本在语言上有刻意的参差、驳杂乃至矛盾的风格,"从方言和古语的词汇和形式中来建立诗的语言,并在特殊的意义上使用它们"。① 我们再来看他对《贝奥武甫》第974—979行的翻译:

> And now he won't be long for this world.
> He has done his worst but the wound will end him.
> He is hasped and trooped and hirpling with pain,
> limping and looped in it. Like a man outlawed
> for wickedness, he must await
> the mighty judgment of God in majesty.
> (如今他在世上已经命不长久。
> 他已经恶贯满盈,伤势会要了他的命。
> 痛苦会牢牢抓住他,让他寸步难行,
> 垂死挣扎,却无法脱身。就像一个犯了重罪的人
> 必须等待威严的上帝的审判。)(B, 65)

第一句"And now he won't be long for this world"是现代英语中的一句口语,突兀地破坏了前后文的庄严效果;在第四句中,"limping and looped"押了头韵,因此第三句中"hasped"和"hirpling"的头韵就显得较为多余,可视为希尼自己的即兴发挥;同时,"hirpling"(跛行)是个晦涩的方言词,通常情况会用的词是"hobbling"。齐克林(Howell Chickering)在研究了希尼的译本

---

① 如希尼译本中有这样的句子:"Behaviour that is admired/is the path to power among people everywhere(受人敬重的行为,让人无论到哪儿都能成就)。"完全是报刊上的烂俗风格。

后认为：1.希尼的译文有着前人不具备的晓畅感，风格类似于人和人在不正式场合的随意交谈时，这符合口传故事的特点，具有易读性。但是当上下文是正式口吻的时候，这种突然的口语化会显得很不协调；2.希尼译文中有许多类似报刊风格的套话，很难想象一个诗人的笔下出现这些平淡无奇的句子；3.许多口语刻意使用了乌尔斯特方言。① 可以看到，希尼的修辞在不同的语域中跳跃，其手法类似于修辞中的突降，这种强烈的不一致破坏了冷静平衡的调子。这些矛盾的涌现，说明那个纯而又纯的英国文学的"起源"本身就是个伪命题。

希尼通过自己的翻译实践表明的是，当他用尽全力向"起源"处回溯的时候，他没有发现真正的"源"，而只是现代英语、古英语、爱尔兰语、方言、拉丁语"之间"相互交错，相互"翻译"形成的差异性的"痕迹"，如同考古学的地层一样层层堆积起来。这让我想起弗洛伊德（Sigmund Freud）那个著名的书写簿的比喻，人的无意识就像个蜡板做成的书写簿。蒙上白纸在上面写字，当取走白纸之后，蜡板上就留下了"痕迹"。② 叶秀山认为："纸膜上的字是有意识的、清晰的；蜡板上的痕迹是模糊的，其意义被埋葬在无意识里。人不断在纸膜上写，纸膜上的字每写一次都很清楚，但蜡板上的痕迹却越来越难辨认……但'隐'去的恰恰不是'无意识'的区域，而是'有意识'的区域。"③ 如果按照一般的理解，似乎"无意识"是"意识"的深层和"起源"，但弗洛伊德却告诉我们在无意识中并不是什么根基性的"内在"，无意识也不是用来说明意识的。它实际上不过是在"意识"的体制（主体）建立起来之前的模糊、非同质性的复数存在而已，本身没有什么方向和意义。那种把无意识看成具有"真实"的起源性的意义的做法，不过是后天的隐喻性体制所创造的神话——"只有当抽象思想的语言表达发展以后，也就是在语言表达的具体方式与内在过程相连接后，内在的感受才显现出来"④。换言之，恰恰是意识后天

---

① Howell Chickering: "Beowulf and 'Heaneywulf'": *The kenyon Review*, New Series, Vol.24, No.1, Winter, 2002, p.168.
② 转引自江风扬：《德里达的书写语言学》，《人文艺术》第4辑，贵阳：贵州人民出版社，2003年，第276页。
③ 叶秀山：《意义世界的埋葬——评隐晦哲学家德里达》，《中国社会科学》1989年第3期，第104页。
④ 西格蒙德·弗洛伊德：《图腾与禁忌》，文良文化译，北京：中央编译出版社，2005年，第70页。

地、反向地规定了无意识的"意义",而对无意识的重新认识,正是为了动摇这一把无意识纳入其解释程序的意识的合法性。

对希尼来说,如果这部作为"起源"的史诗是英国文学的原始"无意识"的话,那么在其中我们找不到任何可以产生整合性意义的因素,也无法为之强行添加虚假的身份同一性。当他说自己在乡下亲戚("大嗓门的下等人")的口音里听到了《贝奥武甫》的调子时,意味着翻译是在于让史诗的"特异性"不湮灭在文学传统、民族主义、地方主义、身份认同等确定了的、一成不变的同一性叙事中。

希尼通过其翻译在某种程度上恢复了早期文学的自然性构造,也就是尚未被现代文学体制(英/爱文学传统)和殖民主义、民族主义话语合法化的东西。在《贝奥武甫》中,鹿厅的毁灭是一个重要的象征,作为权势和话语的代表,鹿厅在甫建立时就种下了毁灭的基因〔"大厅高高耸立,/张开宽阔的山墙,它在等待/战争的火焰、恐怖的焚烧。"(B,7)〕,但从某种意义上说,这并非完全是悲剧性的,而是蕴含着尼采式的激情,当主体建筑的坚固城堡灰飞烟灭之际,"他者"的"痕迹"却在这种不确定和稍纵即逝的"转喻"性关系之中潜滋暗长。

# 第六章 翻译在"讽喻"和"历史"之间

## 一、翻译的讽喻结构

在《德国悲剧的起源》中,本雅明研究了17世纪巴罗克悲剧,从中抽取出了讽喻(allegory)的概念。① 他认为,巴罗克悲剧中充满了衰颓的意象,对末日审判之后的天国的确认变成了在"现代性"的时间掌控之下一切都转瞬即逝的恐惧,一切整合性的意义都崩毁了,只剩下了分裂和崩毁:"在寓言(讽喻)中,观察者所面对的是历史僵死的面容,是石化的原初的景象。关于历史的一切,从一开始就是不合时宜的、悲哀的、失败的,都在那面容上,或在骷髅头上表现出来。"② 与代表名实相符、和谐、固定和总体性的"象征"文学不同,讽喻是分裂、不对称和离心的,在字面意义之外隐藏着别的意义,而所谓的别的意义,又绝不会是某种固定的东西,而只是世俗的、物质性的碎片。本雅明写道:"巴罗克的神化是辩证的。它是在极端之间的运动中完成的。在这个离心和辩证的过程中,古典主义的和谐的内向性不发生任何作用。"③ 我们看到,本雅明意义上的讽喻至少有两个特点值得我们重视:

1. 讽喻有寓言的倾向,即从一般中寻求特殊,这看上去取消了事物的个别

---

① allegory 一般译为"寓言",但本雅明使用该词强调了文本形式和文本意义之间的悖谬,因此译为"讽喻"似更为恰当。
② 瓦尔特·本雅明:《德国悲剧的起源》,陈永国译,北京:文化艺术出版社,2001年,第136页。
③ 同上书,第131页。

性，但是此处的"一般"并非作为恒定不变的"本质"的"一般"，而是由作者自行决定的。即某个例子既可以表示这个"一般"，也可以表示那个"一般"。三岛宪一认为，本雅明意义上的讽喻"以意义的多样性和人为性为前提"，例如，在16世纪的表现命运女神福尔图娜的三幅造像作品中，一幅表现时间对人的束缚，一幅表现对机会丧失的悔恨，最后一幅则展示了和平机会的不能丧失。① 同样是福尔图娜，但当其在三幅图像中分别和不同的事物发生关系时，就显示出了完全不同的意思。

2. 在本雅明看来，讽喻总是言此而及彼，"任何人，任何物体，任何关系都可以绝对指别的东西"，"同一个客体既可以意指美德，也可以意指邪恶，因此也可以说指任何事物"。② 因此，"寓言（讽喻）的基本特点是含混和多义性；寓言（讽喻）以及巴罗克，都以其语义的丰富为荣。但这种含混的语义丰富是奢侈的丰富；而自然，据形而上学，实际上还有机械学的陈规俗套，则受经济规律的制约。因此，含混始终是意义的清晰和统一的对立面"。③

这两点使讽喻摆脱了普遍意义的单一化模式，而能生发出难以被普遍意义消解的差异性和个别性。柄谷行人谈到讽喻时认为，现代以来对讽喻文学的评价很差，因为从现代文学的视野看来，其不同于讽喻之处在于从抽象到特殊，从一般到个别，从放之四海皆准的道理到具体而微的人的处境，从个人品质枯燥的恒定不动到人在大千世界中的变化和成长。所以，现代文学把人还原到平凡的个体，把作为单子的个人从事先设定意义的寓言性中解放了出来。但柄谷指出，实际的情况也许恰恰相反，例如，现实主义文学，看上去是在描写人的真实性、特殊性，实际却正如歌德说的，是在"特殊之中看到普遍"，"作家一边写自己的特殊经历、特殊的自己，一边相信它具有普遍性的意义。不仅如此，读者在阅读的时候，如同'自己的经历'一样，追随作家的体验进行自我体验……成为近代文学前提的，是特殊事物'象征'普遍事物这一信念"④。所

---

① 三岛宪一：《本雅明——破坏·收集·记忆》，贾倞译，石家庄：河北教育出版社，2001年，第203—204页。
② 同上书，第143页。
③ 瓦尔特·本雅明：《德国悲剧的起源》，陈永国译，北京：文化艺术出版社，2001年，第145页。
④ 柄谷行人：《历史与反复》，王成译，北京：中央编译出版社，2011年，第86页。

以，不仅古典主义文学是象征化的，自以为能够深入到人的具体心理和经历之中探索个别性的现实主义文学也是象征性的，或者说，是"隐喻"性的，"这是因为（现代文学）深入探索个别事物的时候，普遍性的事物能够被发现，只能说明个别事物早已属于普遍性了"①。就像丹尼尔·笛福《鲁滨逊漂流记》开头的第一句话"1632年，我出生在约克城的一个体面人家"。虽然"1632"和"约克"是不可替代的个别性细节，但当小说完成的时候，无数细节的堆砌最终产生的仍然是普遍性的意义，如鲁滨逊的资产阶级经济理想或清教个人价值观等。乔伊斯也说："只要我能写进都柏林人的心灵，我便能写进世界任何一个城市的心灵。普遍性蕴含于独特的事物之中。"② 安敏成（Marston Anderson）在研究了现实主义文学"细节真实"和"意义"的关系后说："一件艺术品的生产无论如何游移、虚假，毕竟是一种肯定性的行为，使作品在客观上承载意义……在作品完结的一刻，文本将混乱暧昧、充满威胁的'真实'重新抛入外部世界，从而在自身之中实现了一个稳定的意义结构。"③ 这一象征/隐喻观念的秘密在于，一旦确定了背后的普遍性后，个体就不可能代表其他的东西，而是被意义牢牢钉死。

与此相反，讽喻并不追求超越于表象之上的深层意义，这并不意味着它是没有意义的虚无，而是说，意义在符号、形式这些"表层"的关系上相互串联，形成转喻性的联想关系，而避免了对隐藏在表象背后的本质的崇拜式追寻。本雅明对克罗伊策（Georg Friedrich Creuzer）的引用暗示了这一意思："象征性再现与寓言（讽喻）式再现之间的区别：前者是这个理念的化身和体现，在前者中发生的是替代的过程……在后者中，概念本身已经下降到我们的物质世界，我们直接在形象中看到它本身。"④ 这方面，我们可以举东方传统戏剧中男扮女装的面具或脸谱来说明，当演员戴着面具或画上脸谱出场时，观众会痴迷于面具/脸谱的形象所带来的美感，而不会去寻求这一形象所反映的真实性，因此就算是由一个年老的男性扮演一位妙龄少女观众也不会觉得怪

---

① 柄谷行人：《历史与反复》，王成译，北京：中央编译出版社，2011年，第87页。
② Richard Ellmann：*James Joyce*, London：Oxford University Press, 1982, p.505.
③ 安敏成：《现实主义的限制》，姜涛译，南京：江苏人民出版社，2011年，第20页。
④ 瓦尔特·本雅明：《德国悲剧的起源》，陈永国译，北京：文化艺术出版社，2001年，第135页。

异。① 和面具/脸谱连接在一起的是过往的文学文本（表演所根据的众人耳熟能详的作品）和那些代表女性特质的姿势和声调，也就是说，处在一种形象或符号的总体交换系统中，总是多义和意味着别的事物，我们可以称之为讽喻性的。

希尼从不会出于个人的或者学术上的兴趣来选择翻译的来源。首先，他很少翻译现代的作品，而是挑选古代或者中古时期的作品；其次，他没有文化和语言上的倾向性，挑选作品时，更主要考虑其和爱尔兰/北爱的当下处境是否有寓意上的对应关系。他的诗歌创作也往往如此，如"沼泽"系列诗歌就用北欧沼泽地地层中发掘的远古人类尸体来喻示北爱的暴力。《贝奥武甫》通过古斯堪的纳维亚半岛上的仇杀来对应现代的北爱；《迷途的斯威尼》用一个发疯的中古爱尔兰国王暗示政治漩涡中诗人的孤独命运；而《在特洛伊治愈》则通过改写索福克勒斯的著名悲剧来呼吁对立话语力量之间的和解。在这些译作中，"概念先行"的寓言化倾向是很明显的。从"现代文学"视角看，"概念先行"是被贬斥的低级做法，作家应该刻画细节的个别性，而把背后的意图深深隐藏起来，通过细节"不知不觉"地揭露背后的普遍性意义。但希尼却创造了完全与之异趣的讽喻性作品，也就是说，他将被现代文学话语隐藏的意义问题从一开始就摆到了台面上。

在希尼的翻译作品中，过往的文本与现实经验之间发生了颇有神秘色彩的交互作用，二者不再是彼此孤立而存在，而是彼此渗透和转化，形成了不拘泥于时代和事件特殊性的超历史结构。例如，希尼将《贝奥武甫》的第84—85行翻译为："but in time it would come: the killer instinct/unleashed among in-laws; the blood-lust rampant."（但是当时机到来之时，杀人的本能/将在姻亲之间释放，布下无情的屠宰。）(B, 7) 如果对照原文的话，可以发现原诗文本中

---

① 罗兰·巴尔特在谈日本能乐、歌舞伎等表演中的面具时说："这张脸取消了一切受指内容，即一切表现性；这种书写什么也没有写（或者说写的是：空无）；它不仅不把自己'出借'给任何感情、任何意义，而且它实际也不复制任何角色……因此，看一个五十岁的演员扮演一位陷入情网、怯生生的年轻女郎的角色，一点也不让人感到奇怪……在这种表现为符号而不是再现实体的表演中，女人是一种观念，而不是一种自然体，这样一来，她就还原到那种类别化功能中去，还原到她的纯差异性的真实中：西方的男扮女装者想成为一个（具体的）女人，而东方的演员追求的只不过是把女人的那些符号组合起来而已。"（罗兰·巴尔特：《符号帝国》，孙乃修译，北京：商务印书馆，1994年，第134—135页。）

那些与中世纪北欧社会部族血亲复仇明确相关词语的词义被置换了，如 ecghete（sword-hate，利剑的仇恨）、apumsweoran（oath-swearers，发誓人，指中世纪北欧社会被翁婿关系的誓言联系在一起的人）。在这里，社会语境的特殊性被有意识地省略，而指向了超历史的暴力的共通性。

但更重要的是，他并非在借古讽今，不是死板地将现在的事件的意义追溯到某个过往的文本之中完事。因为如此的话，那不过是静止的"寓言"（fable）或"影射"（insinuation）而已。杰姆逊（Fredric Jameson）认为，我们对讽喻的认识绝不应该停留在约翰·班扬（John Bunyan）《天路历程》式的一一对应这个层面上，这种概念和拟人之间单调无趣的对应仅仅是对讽喻的一维化视点。反之，"只有讽喻被置于动态和复杂性之中，我们才愿意相信一个更富于启发性的观念：在文本永远的当下性中，对应本身就在发生着不断的变化和变形"①。我们看到，希尼的翻译正是处在"动态和复杂性"之中的讽喻性，在文本符号空间中进行着广泛的类比和转换。因此，《贝奥武甫》中描述的远古部族冲突不仅和当下北爱尔兰的动荡重合在一起（这只是寓言性的），更和当下世界无数的地区冲突发生着广泛的、类型化的关联。希尼说：

> 当火焰吞噬她丈夫的尸体时那个高特妇女出于恐惧而发出了哭喊，我们可以从 20 世纪末期的新闻报道中直接看到这种场面，从卢旺达、从科索沃。她的痛哭如同一个梦魇，让我们可以一瞥那些从令人伤痛，甚至是骇人听闻的事件中存活下来，却要面对无望的未来的人的心灵。我们能够很快地辨认出她悲叹的音调，辨认出她的困境，而我们发现自己能做的就是以无比的精确、尊严和无情的真实性将它表现出来。（B，xxi）

在接受的一次采访中，希尼对高特妇女的哭声做了这样的补充："在第二个千年行将结束的时候，我觉得《贝奥武甫》和我们的时代是特别相关的，这是因为它不会想当然。它明白小的冲突是会不断爆发的，而边界是会被不断入

---

① Fredric Jameson：" Third-World Literature in the Era of Multinational Capitalism"，*Social Text*，No.15．Autumn，1986，p.73．

侵的。'种族灭绝'并不是虚构的，而是出于种族或是部族的理由对敌人进行屠杀，这种情况在《贝奥武甫》中比比皆是。因此，如果要说第二个千年有什么'轴心'的事情的话，你可以说那就是如何面对人类的侵略性这一现实，如何面对与强邻共存这一政治问题……当你看到那些材料和新闻节目时，你得到了那么多数据，这给了你想要结构性地回应这一切的理由。然而除了大声抗议之外，在一般情况下你找不到这样的结构，我觉得，《贝奥武甫》正是提供了面对暴力时的结构性的、恰当的方式。"① 不妨说，希尼的翻译实践所产生的讽喻性结构的好处在于，它虽然和可能某个具体的历史事件相关联，却剥夺了这个事件的唯一性、固定性，总是引向别的事件，引起别的意义。其结果是将历史事件转化成一场令人目不暇接的符号游戏，符号之间自动联想式的不断碰撞、转换与媾和使任何试图把它们纳入到既有象征/隐喻系统的努力土崩瓦解。正如伊格尔顿在谈本雅明时说的："'本质'并非潜伏在事物背后的被压抑的秘密，而是被拉入光天化日之中，被置于遭到追捕的严酷处境之中。事物和本质之间的关系成为了换喻的而非隐喻的。"② 譬如，希尼翻译的《迷途的斯威尼》中用了爱尔兰传说中发疯的国王斯威尼的故事，通常认为，斯威尼象征了诗人的命运，但在其诗集《斯特森岛》中同样出现了斯威尼这个人物，不过，除了是国王/诗人之外，这里的斯威尼还同时还是希尼家乡一个补锅匠："我认识你，西蒙·斯威尼/一个不守安息日的老头子。"(SI, 62) 于是，斯威尼神话又和他童年时候对于补锅匠的经验重叠到一起了。喻体直达喻本的固定象征关系就这样出现了偏移。

进一步地，当希尼说《贝奥武甫》为暴力提供了"结构性的、恰当的方式"时，他其实是在利用史诗的语言和叙事形式将暴力"文本化"，使之在符号体系中不断被引申和转换，以抵制隐伏在暴力背后的话语独裁。比如，《贝奥武甫》中的语言具有醒目的二元性，这来自盎格鲁—撒克逊长句严格的头韵要求，句子往往被切分为两半，然后利用相同的头韵和重音效果的对应使两个

---

① Seamus Heaney: interviewed in the broadcast "Speaking of English", BBC World Service, 31 January 1999.
② Terry Eagleton: *Walter Benjamin, or, Towards a Revolutionary Criticism*, London: NLB, 1981, p.23.

句子联结成为一个长句。① 希尼在其译本中巧妙地发扬了这点，将头韵的限制和句逗结合起来将句子分割为平衡的两个部分，典型的如对原文第124—125行的翻译——"flushed up and inflamed from the raid, /blundering back with the butchered corpses"。（袭击的成功让他得意洋洋，/满载着屠杀的尸体，扭头就走）(B, 11)托尔金指出，二元性特征形成了史诗在语言上相互分离，但同时又相互对照、平衡的风格。这种风格不光体现在细节上，整体上也是如此，如瑞典人和高特人的征战也是用相互独立的篇章处理的；贝奥武甫本人的成功和死亡则是另一组对照。② 而更重要的对照或许是史诗的开头和结尾分别描述了两个英雄——希尔德（Shield Sheafson）和贝奥武甫——的葬礼，因为这不仅是对照，而且带有悲观色彩的循环。于是，"在旧的、异教的宿命观之上，盎格鲁—撒克逊的基督教诗人建立起了一种超结构"③。

一部与部族仇杀相关，充满了无序和疯狂行为的史诗却有着如此严谨的结构，这产生了悖论的反讽性张力：一方面，诗歌在韵律、框架上的尊严与平衡构成了面对暴力和混乱的世界的"结构性的、恰当的方式"，可以说是对暴力进行救赎的先行存在的寓意；另一方面，不妨说，这种尊严和平衡感与《贝奥武甫》的叙事者为基督教僧侣有关，基督教代表了非理性的异教文明衰落之后理性、具有普遍意义的文明方向。而《贝奥武甫》的无名基督教叙事者试图利用稳固的文本框架，将异教文明收编到静态的、可以理解的符号体系（二元结构）中。然而，在希尼敏锐的译本中，我们却看到了符号本身的溢出，暴力的绵延与循环无法被话语完全遏制——"冲突是会不断爆发的，而边界是会被不断入侵的"——这种"异教的宿命观"代表着要把暴力纳入到某种权威话语系统之中的失败：

---

① 希尼举例说，如在"The fórtunes of wár fávoured Hróthgar"（末了，胜利和光荣归了罗瑟迦）这个句子中，中间有一个明显的停顿将句子分为两部分，每个部分都有两个重音，第一部分的第一个重音和第二个部分的第一个重音押同样的头韵。通过此方式，句子的两个部分被紧密地联结在一起。见 Seamus Heaney: *Beowulf: A New Translation*, London: Faber & Faber, 1999, p.xxviii.
② Tolkien: "Beowulf: The Monsters and the Critics", *Proceedings of the British Academy*, 22, 1936, pp.245-295.
③ Alison Finlay: "Putting a Bawn into Beowulf", Seamus Heaney: *Poet, Critic, Translator*, Ashby Bland Crowder&Jason David Hall ed., New York: Palgrave Macmillan, 1992, p.147-148.

| 形式的严整性 | 内容的非理性 |
| --- | --- |
| 基督教世界的稳固 | 异教世界的宿命循环 |

与严格受制于时空限制，将观察对象嵌入与主体的特殊关联之中（因此也不可避免地会基于主体的观察产生规范化意义）的现实主义文学相比，讽喻性框架通过语言和形象上铺张、漫漶的描写从各种可能的角度逼近描述的对象，让诗歌文本的意义大大地拓宽和复杂化。如杰姆逊所说："今天，讽喻对我们来说再一次成为合宜的东西，与老现代主义者的象征主义，甚至现实主义本身那笨重、稳固的一致性形成了鲜明的对照，这是因为讽喻的精神是非连续性的，充满了断裂和异质性，有着梦一般的复合多义性而非象征的单一化表现。"[1] 惟其如此，创造性的想象才可以自由地来往于符号的总体空间中。

但是说到底，希尼并不是一个能将历史事件——包含它所有的暴力、党争、教派冲突和政权更迭——完全消融在超历史的符号游戏中的人，如果那样的话，他就是一个"后现代主义者"。然而，希尼并不是后现代主义者，他的翻译固然质疑了历史事件的唯一性，使之"问题化"，并在符号层面召唤了多种文本元素对其进行了多相位的转喻。然而，一定要说历史在他手上遭到了"虚化"和"颠覆"显然是不确切的，我们仍然能在他的译文中辨认出鲜明的爱尔兰的"身份"。在讽喻或是"寓言"的结构之下，"历史"的独特性（singularity）在他笔下仍然触手可及。这是无法被抽象化为"结构"的历史事实。他的译文不单是作家自由自在的想象力创造，更是对"爱尔兰历史"的认识和拯救。

希尼对具有爱尔兰身份的"历史"的重视体现在，他不断指称爱尔兰的历史语境，有的时候这种指称相当直白。他要让我们意识到爱尔兰的历史不可能化约为纯精神化的思想流动，而是实际的接触和遭遇。《贝奥武甫：一个新的诗体翻译》出来之后，不少评论家惊异于希尼将大量喻示现实冲突的词语意象内置到文本之中。一个明显的例子是他用"bawn"翻译罗瑟迦的大厅，认

---

[1] Fredric Jameson：" Third-World Literature in the Era of Multinational Capitalism"，*Social Text*，No.15. Autumn，1986，p.73.

为这比标准英语中的"hall"更富于历史意味。"bawn"在词源上来自爱尔兰语"bó-dhún",是牛栏的意思。伊丽莎白时代的英国垦殖者用这个词称呼为了将爱尔兰原住民隔离在海湾而修建的设防的堡垒。希尼还将之和埃德蒙·斯宾塞(Edmund Spencer)爵士在爱尔兰的居所联系起来:

> 用这个词来描述罗瑟迦在其中等待和眺望的要塞似乎是很贴合的……每次当我读到葛娄代第一次袭击鹿厅之前行吟诗人在其中歌唱的那段插曲时,就禁不住想到埃德蒙·斯宾塞在基尔克曼城堡上为沃尔特·雷利爵士阅读《仙后》的前几篇。不久之后,爱尔兰人就放火烧毁了城堡,将斯宾塞赶出了芒斯特省,赶回伊丽莎白的宫廷。(B, xxx)

希尼说:"在《贝奥武甫》里插入'bawn'对于一个爱尔兰诗人而言,似乎是一种对那段复杂历史妥协的方法,那段充斥着征服与殖民、吸收与抵制、完整与敌对的历史,这段历史应当被所有与之有关的人清楚地承认,为的是能够更加'让意愿向前/一再地,一再地,一再地'。"(B, xxx)希尼用"bawn"将罗瑟迦"设防的堡垒"和伊丽莎白女王在爱尔兰设立的充满敌意的孤零零的要塞联系了起来。另一个昭示殖民历史在场的词语的是"pale",罗瑟迦描述葛娄代时说:"the other, warped/in the shape of a man, moves beyond the pale."(另一个面目狰狞,/装成男人的形状,逃离人类住所的边界。)(B, 45)希尼用"beyond the pale"翻译原文中的"wræc-lastas"(本意为逃亡的道路),改动了原词的意思。"pale"是英国殖民者圈定的居住区(英国法律得以实施的安全区)和爱尔兰人之间的边界。"beyond the pale"就是被放逐和远离安全的英国防御工事。在历史上"pale"大多环绕着都柏林,实际上直到现在都柏林在口语里仍然被称为"the pale"。这里包含的另一层意思是,假如把"pale"理解为殖民者的安全住所的边界,就像史诗中的丹麦人一样,他们是充满恐惧地被围困于其中的。

然而这样的解读方式仍然充满疑惑,如果我们按照"bawn"和"pale"之类的词语的昭示,将《贝奥武甫》的翻译视为对殖民历史的影射的话,就好像罗瑟迦的城堡就像新教徒的防御工事,而葛娄代就如同该隐之后,是被共同体排斥的、被剥夺了住地的爱尔兰原住民,并且带着仇恨随时准备回归。那么,文本虽然具备了历史的深度,却从反面重复了殖民者制造的象征/隐喻结构。为了抵消过于明显的寓意化倾向,希尼不厌其烦地向我们显示了讽喻性文本的不断变化性,以及能指与所指之间的不对应性。比如说,假使《贝奥武甫》译文中的某些词汇让我们把葛蓥代和爱尔兰原住民的抵抗联系到一起的话,在另一些地方却刻意避免了这种使之英雄化的可能性。这从葛蓥代袭击鹿厅(Heorot)的描写中看出来,古英语原文是:

Da com of more under mist-hleotum
Grendel gongan, Godes yrre baer.

罗伊·路易萨(Roy Liuzza)的译文是:"从荒野之中,借着雾气的掩护,/葛蓥代潜了进来——承受着上帝的诅咒"(Then from the moor, in a blanket of mist, Grendel came stalking-he bore God's anger)。[1] 而希尼的译文是:"从荒野中钻出,沿着雾带走/天杀的葛蓥代恶狠狠地来了"(In off the moors, down through the mist-bands/God-cursed Grendel came greedily loping)。(B, 49)希尼去除了葛蓥代身上可能有的人性,将其转换为一种鬣狗式的动物,用"loping"(四足动物跳跃前进)强化了这点;第二行中押了"gr"头韵,将"葛蓥代"(Grendel)和"贪婪"(greedily)之间画了一条连接线,不再突出它和造物主的对立,而是将它和动物般的胃口等同起来。类似的处理是把葛蓥代的母亲叫作"地底的母兽"(hell-dam)和"女妖"(hag),大大删减了原文中日耳曼英雄文化的色彩,其作为母亲的尊严和丧子之痛完全未被描写。如果说那些让人联想到原住民抵抗的词汇使译文有可能被民族主义话语收编的话,那么这些只能通向兽性、蛮荒和异己的词汇显然拒绝了收编,与之形成了反讽性的对照。

杰姆逊谈到"第三世界"的"民族讽喻"(national allegory)时认为,西方的现实主义和现代主义小说文化中,公与私、诗和政治之间有着巨大的分裂,

---

[1] Roy Michael Liuzza: *Beowulf: A New Verse Translation*, Peterborough, On: Broadview Press, 2000, p.47.

而第三世界的文本却弥合了裂痕而具有总体性："第三世界的文本，哪怕是那些看上去像是私人性的，浸透了力比多动因的文本，都必然以民族讽喻的形式投射出政治的维度：私己的、个人的命运总是讽喻性地应和着第三世界的公共文化和社会的困境。"① 他以鲁迅的《狂人日记》中的"吃人"为例说明这一讽喻形式，"吃"是一个关于个人力比多的词汇，但在中国文化中有更丰富的含义，如"吃了一惊"、"你吃了吗？"等，中国人复杂的烹饪手段更加深了这一联想的复杂性。而鲁迅将这一词汇上升到了社会梦魇的层次，将社会和历史的恐怖性用"吃"来加以戏剧化，于是形成了"梦一般的复合多义性"的讽喻效果。从这个角度说的话，尽管希尼的《贝奥武甫》并不涉及个人力比多，但同样在个人趣味和公共世界，在诗和政治之间建立了总体性。这让《贝奥武甫》成为了对现代爱尔兰的历史以及英/爱关系的一个洞见，不过，它的意义不局限于此，更重要地，或许是它用讽喻的形式看待历史时所制造的复杂的、差异化的视野。该视野从两个层面展开：

1. 在文本层面对历史事件的特殊性进行消解，在游戏化的符号狂欢中产生意义的多向维度；

2. 历史的具体性和文本符号超历史的游戏性两者并列形成了反讽性的张力。可以说构成了另一重"讽喻"。

第二点尤为重要。这不仅是希尼的翻译，而且是他整个的诗歌生涯的基本立足点。克里斯托弗·马龙（Christopher T. Malone）对此做了精彩的表述：

> 对希尼来说，重写文化叙事，并考察有关爱尔兰身份的诸种假设，是为了产生一种偏移，导致主体和过去的关系的重新定位。然而，希尼并不总是将公共和私人空间全部消解为"差异"的游戏。希尼保留了这些空间，将之作为参照系，为的是想象其讽喻性的转换……在他最近的诗集中，希尼将这一敏感性转向了对爱尔兰身份的表现，视此身份为某种理应发掘出来的东西；同时，还转向了对表现爱尔兰身份时所携带的神话和民

---

① Fredric Jameson: "Third-World Literature in the Era of Multinational Capitalism", *Social Text*, No.15, Autumn, 1986, p.82.

族主义内涵的发掘。因此，出于对话语塑造主体性的方式上的警惕，让希尼的诗歌带上了某种后现代意识，但是他仍保有要让自己和爱尔兰的过去的既有观念相关联的想法，能让自己有条件地想象民族身份（imagine national identity conditionally）。①

希尼的翻译大多有寓意化的风格，这让它们从表面上看来似乎是非历史性的，但是，如果深入把握作品内部的讽喻结构的话，就不难发现他们并非叶芝式的乌托邦，而是通过讽喻所产生的意义多元来深化对历史的独特性的认识。我们试结合他的另一部译作《在特洛伊治愈》来进一步探讨这个问题。

## 二、《在特洛伊治愈》中的讽喻和历史

公认的是，希尼基于20世纪80年代末北爱的政治氛围翻译了古希腊悲剧家索福克勒斯的诗剧《菲罗克忒忒斯》，将之更名为《在特洛伊治愈》（The Cure at Troy）。希尼自己也承认这点。然而，各路研究者却急于将作品中的人物和主题与现实政治中的各个党派、政治事件画上等号。休·德纳尔（Hugh Denard）就说："北爱殖民主义态度的重新建立始于1921年，在新教联合主义者的要求下，爱尔兰从英国的脱离只得到部分实现，心怀怨愤的北爱天主教徒发现在这个新教徒占统治地位的小邦之中身陷困境，新教徒通过对选区边界和投票程序的管理，系统性地剥夺了天主教徒在就业和居住方面的平等权利……如果我们把菲罗克忒忒斯想象为广义上的天主教徒立场，而把奥德修斯和涅俄普托勒摩斯视为和新教徒的地位有相似之处的话，那么带着弓的菲罗克忒忒斯就可以被认作类似于停火之前的爱尔兰共和军，或者武装的共和主义者。"② 我认为，在希尼这里，对爱尔兰历史的指称不会如此明确和对应，这种固定性是他一直排斥的。他在更高的层次上将历史纳入讽喻框架中，使之具有转喻性，

---

① Christopher T. Malone: "Writing Home: Spatial Allegories in the Poetry of Seamus Heaney and Paul Muldoon", *ELH*, Vol.67, No.4, Winter 2000, p.1095.
② Hugh Denard: "Seamus Heaney, Colonialism, and the Cure: Sophoclean Re-visions", *A Journal of Performance and Art*, Vol.22, Number 3, September 2000, p.4.

但其根本的目标却仍是回到历史本身。我们不妨在此先梳理《在特洛伊治愈》的转喻过程。

在译本中，菲罗克忒忒斯基本是非人性化的，他被希腊人遗弃于利姆诺斯岛，茹毛饮血，却掌握着神弓这一攻陷特洛伊不可或缺的利器。对作为译文视点的涅俄普托勒摩斯来说，菲罗克忒忒斯是他无法理解的黑暗的、暴力的存在，甚至某种程度上类似于《贝奥武甫》中的葛婪代。要是葛婪代被定位为完全野蛮的兽性的话，希尼同样将大量与兽类有关的词语用在菲罗克忒忒斯身上，他居住的地方是"兽穴"(den)、"洞穴"(cave)、"窝"(nest)。在约翰斯顿(Ian Johnston)的译本中，歌队只是将他描述为离群索居："远离了人类，/和多毛的山羊、带斑点的野鹿为伍，/忍受着饥饿的痛楚，和伤口的剧痛。"①但希尼的译本却直接将他等同于野兽："举止野蛮，/只会尖叫和哀鸣，/除了本能，什么都没剩下，/像野狼一般嚎叫。"(CT，13)奥德修斯向涅俄普托勒摩斯解释为何要抛下菲罗克忒忒斯时说：

> 他在那里不时发出咆哮(howling)、诅咒，口水直流(slabbering)
> 搞得我们在祭坛都不得安宁。②

"howling"、"slabbering"这样的词语赋予了菲罗克忒忒斯兽性，随后，奥德修斯想象其生活状态是："到外面去刨食(scavenging)/在东西里面拨来拨去找吃的。"(CT，5)他告诉涅俄普托勒摩斯只要巧妙地周旋，菲罗克忒忒斯就会"对你俯首帖耳(eating out of your hand)"。(CT，9)以至于涅俄普托勒摩斯接受了他的说法，提醒歌队说："你们走路的时候要小心一点/时刻当心那只禽兽(the creature)。"菲罗克忒忒斯身上有着两重性，既是共同体的一员，但是又被排斥在共同体之外。要是从人类学的观点来看，他不是一个"牺牲者"(victim)，因为牺牲者需要来自共同体外部，而是"替罪羊"(surrogate victim)。霍尼韦

---

① Sophocles：*Philoctetes*，Ian Johnston trans.，Arlington：Richer Resources Publications，1938，p.13.
② Seamus Heaney：*The Cure at Troy: A version of Sophocles's "Philoctetes"*，London：Faber & Faber，1990，pp.3-4.

尔(Claudia Honeywell)认为:"菲罗克忒忒斯很难被认为是无辜者,他的脚受伤是对神不敬的结果,因为他践踏神圣的禁地。他在岛上野蛮的生存状况也让观众不寒而栗。菲罗克忒忒斯是一个替罪羊,他被选择出来担负那些抛弃他的人的罪行。"① 希尼还在译文中用军事术语暗示,本来手持弓箭的菲罗克忒忒斯已经反倒成为了共同体的"追捕"的对象。如在约翰斯顿的译本中,史诗的第78行译为"窃得(steal)他无敌的弓"②,但希尼的译文是"从菲罗克忒忒斯那里征用(commandeer)这把弓"(CT,7);第90至91行约翰斯顿译为"我准备用武力拿走(take)弓,而不是用诡计"③,希尼译为"为什么我们不直接与他对敌(go at),一个对一个"(CT,7)。我们看到,这里出现了一种暴力的循环:在"替罪羊"模式里,社会秩序将暴力集中在某个单独(或某特殊群体)的牺牲者身上,该牺牲者被视为危险、非理性和暴力的,往往成为军事行动的追捕目标,共同体用暴力驱逐他是为了秩序的恢复。勒内·基拉尔(René Girard)在《暴力与牺牲》中,描述了社会共同体通过排除内部的替罪羊来获得净化的模式:"我认为祭仪的目标是重新启动替罪羊机制(surrogate-victim mechanism),其功能是让这一机制得到巩固或更新。换言之,就是把暴力排除在共同体之外";"绝不是说祭仪没有暴力的一面,但是这种暴力是为了制止更严重的暴力。进一步地,祭仪的目标是对所有共同体都适用的最高的和平:通过全体一致的对替罪羊的排除以及祭献的危机,和平到来了。将积累在共同体内部的罪恶放逐和恢复共同体的最初活力完全是一码事"。④ 换言之,在此出现了一个"主题先行"的"替罪羊"的讽喻性框架。

在这个讽喻性框架里,菲罗克忒忒斯同时是暴力的受害者和暴力本身,他被奥德修斯视为遭受捕猎的兽类,他也用同样的眼光回视对手,他对奥德修斯说:"如果能看到你最后死于非命,我宁愿付出终生的痛苦,看到你的舌头被拔出来,就像流血的牛舌草。"(CT,57)感到自己被出卖后,他把涅俄普托勒

---

① Claudia Honeywell: "Philoctetes in Iraq", *War, Literature and the Arts*, Vol.24, 2012, p.4.
② Sophocles: *Philoctetes*, Ian Johnston trans., Arlington: Richer Resources Publications, 1938, p.8.
③ Ibid.
④ René Girard: *Violence and the Sacred*, Patrick Gregory trans., Baltimore: The Johns Hopkins University Press, 1979, p.93, p.106.

摩斯叫作"无情的，狡猾的小螃蟹"，并将其与咬自己的毒蛇相提并论(CT，51)；他诅咒涅俄普托勒摩斯说："如果我向鸟兽乞求怜悯，它们也会回应我。/比起你来，它们的巢穴之中也有更多的天性，/你这天杀的，毁人的小懦夫。"(CT，51-52)就像卢梭在《爱弥儿》里说的："主人和奴隶相互腐蚀。"但这和后现代式的暴力循环的符号游戏有着本质的区别，而具有毋庸置疑的历史的真实性。换言之，《在特洛伊治愈》中的"暴力"既不完全是符号意义上的，也并非是广泛的、世界意义上的暴力(这二者本身就联系在一起)，而是直指爱尔兰历史的特殊性，即马龙所说在希尼的作品中始终回望的"爱尔兰身份"。从这点上说，哪怕直接将菲罗克忒忒斯想象成爱尔兰共和军也是可以的。这种不可重复的语境化的"历史"和文本层面的讽喻性框架形成了强烈的反讽张力，让沉溺于符号游戏中的文本猝不及防，最终成为了横亘于文本之中的沉重之物。我们不妨看诗剧中歌队的一段咏唱：

> 人类在受苦。
> 他们互相折磨。
> 他们伤痕累累，处境艰难。
> 没有任何诗、歌曲或戏剧
> 能够完全纠正这个
> 让人痛苦和忍受的错误。
> 被无故监禁的人
> 一起拍打着狱门的铁条。
> 绝食抗议者的父亲
> 沉默地站在坟场。
> 警察的遗孀披着面纱
> 昏倒在葬仪上。(CT，77)

索福克勒斯原文中没有相似的句子，完全是希尼自创的诗句。诗中充满了刺目的、让人联想到"北爱尔兰问题"(The Troubles)的词语：监狱(gaols)、铁条(bars)、绝食抗议者(hunger-strikers)、警察(police)等。还有如菲罗克忒忒斯指责涅俄普托勒摩斯说的话是："只有真正的变节者（turncoat）才会这样说。"（CT，74）因此，菲罗克忒忒斯、涅俄普托勒摩斯和奥德修斯三人的关系，就不可能只是基拉尔所说的普遍存在于共同体之中的"替罪羊机制"这一问题。从讽喻层面上来说，索福克勒斯笔下的菲罗克忒忒斯，希尼翻译后的菲罗克忒忒斯，还有某个非洲部落中被献祭出去的牺牲者这三者之间可能发生狂欢化的符号置换。但在希尼这里，纯粹符号化的讽喻是不存在的，文本的语言身份虽然不可忽略，但是必须进入到历史语境之中，较之更为符号化的《贝奥武甫》，《在特洛伊治愈》中的人物却远非古人，而恰恰就是希尼的同代人。①

因此，《在特洛伊治愈》中的暴力不是普泛化的，而是殖民者和被殖民者之间的暴力。菲罗克忒忒斯将奥、涅等人也视为禽兽，这一动物意象的翻转是被殖民者对殖民者语言的篡夺，但在这个过程中，被殖民者也变得野蛮了。希尼将索福克勒斯的模本加以转义，成功地说明了殖民规划中蕴含的野蛮的相互性。正如歌队在一开始说的，双方都"重复自己和自己所犯的每一个错/不管它们是什么"（CT，1）。

虽然希尼对历史的指涉很清晰，但并不等于《在特洛伊治愈》就成了一部象征/隐喻作品，要是想从文本对历史独特性的忠实来获得隐藏于背后的普遍一般性话语的话，是做不到的。希尼当然期望爱尔兰人在读作品时能够感同身受，但同时又期望这种感情不被唤起，而是"间离"的、无法直接代入的。因为如果读者能毫无障碍地代入的话，剧本将迅速被目的化，沦为主流话语的工具，就剧本的实际情况来看，极有可能变成一篇为民族主义张目的平庸之作。希尼要做的，便是坚守文本中那些不连贯的点，使它们无法被连缀起来，不与任何一种目的发生关联。既不同于将特殊性自动连接普遍性的现实主义戏剧，也和抹平历史深度的后现代主义唯我论殊途，总之，这是希尼在讽喻和历史"之间"所追求的矛盾性，我们不妨以菲罗克忒忒斯这个形象为例，了解希尼对这一矛盾性的深度开发：

---

① 伊格尔顿（Terry Eagleton）提到，当贝尔法斯特上演这出戏时，许多来自安德森斯顿（Andersonstown）区的工人阶层的人远道而来，他们大部分人是第一次看戏，更不用说看一部古典戏剧了。（Terry Eagleton: "Unionism and Utopia: Seamus Heaney's The Cure at Troy", *Theatre Stuff: Critical Essays on Contemporary Irish Theatre*, Eamonn Jordan, ed. Dublin: Carysfort Press, 2000, p.172.）

1. 如前文所论述，菲罗克忒忒斯的身份是历史化的，活生生的，其所思所行都在时代之中。

2. 这种历史化的身份同时又带上了符号化的讽喻性，当读者想把剧中人物和某一特定人群或集团挂上钩时，一定会遭到否决。菲罗克忒忒斯好像指向爱尔兰的天主教共和派，但同时又讽喻性地好像意味着别的东西，具有多重性的意义。北爱天主教徒将新教徒视为英国政府的代理人，但是新教徒自己也害怕被南方殖民，把天主教徒视为叛乱的第五纵队，所以把菲罗克忒忒斯当作新教徒似乎也是合理的。剧本一开篇，歌队就赋予了角色多重的显形形式："菲罗克忒忒斯，赫拉克勒斯，奥德修斯/英雄，牺牲者，神，人。"（CT，1）将他们置于不同的位面上考量。伊格尔顿在谈到希尼塑造的这一形象时说："菲罗克忒忒斯既展现了受苦的人性，同时又是分裂主义者的原型。他是'北爱尔兰问题'的形象化，但是又超越了它。他既体现了历史的冤屈，又为这出戏提供了比这些政治纷争更为持久、更为根本的共同人性的试金石。我们可以从中看到作为世界主义者和自由人文主义者的希尼和作为北爱尔兰共和主义者希尼的矛盾。"① 总之，菲罗克忒忒斯并非一维，而是灵活可变的。

因此，"菲罗克忒忒斯"是一个"矛盾"的角色，他是历史的特殊性，但同时又是寓言、转喻和讽喻，这些矛盾性组合在一起，不会依靠辩证的运动形成一个新的整体，相反，矛盾永远都是矛盾，也就是断裂与不合拍，差异与错位。历史根本上是由话语构成的，如果装作看不到这点，只是强调个体的特殊性和历史事件的具体性的话，不过是让自己不自觉地接受历史理性罢了。在此，讽喻对意义的唯一性进行了正面的冲撞，如果说象征/隐喻模式中的意义因为深藏在事件背后而能保持白璧的话，那么"菲罗克忒忒斯"这个形象的意义则被拽了出来，成了一块供众人践踏的路面，希尼将这一形象置于反讽性之中，以达到间离和批判的效果。

然而事情到此并没有完。虽然菲罗克忒忒斯被赋予了不同的意义，但他的存在又是对"历史"做出主题性的阐述和回答。他可能是天主教徒、新教徒、联合

---

① Terry Eagleton: "Unionism and Utopia: Seamus Heaney's The Cure at Troy", *Theatre Stuff: Critical Essays on Contemporary Irish Theatre*, Eamonn Jordan, ed. Dublin: Carysfort Press, 2000, p.172.

主义者、共和主义者，抑或只是个粗鲁无知的"乡下人"。但存在于他身上根本性的东西，是话语共同体对他身份的压抑、冲淡和不承认。和话语共同体的这种紧张关系在索福克勒斯的原剧本中就有所体现，贝佐(Jonathan Badger)认为，在索福克勒斯的剧本里："菲罗克忒忒斯是个受难英雄，还代表一个似乎外在于共同体的个体。疏离(alienation)之可怕是我们脱离城邦的处境，并且共同体似乎是我们得到救助的唯一希望。"[①] 同样，在希尼的译文中，菲罗克忒忒斯是随时会被话语力量牺牲掉的："我是被众神诅咒的。/他们让我的名字和故事被擦去。/那些伤害我的人，安然无恙地逃走。/我却被留在这里，像一个麻风病人一样腐烂。"(CT，17)承受话语力量压制力的，不是某个人、集团或共同体，而是根本无法归入历史叙述里的，被"疏离"出去的碎片。在这个意义上说，我们从"菲罗克忒忒斯"身上看到的不是话语所规定的历史，而是历史的背面和无意识，是让占据较高话语位置的奥德修斯和涅俄普托勒摩斯感到恐惧的"暴力"的"他者"的领域。我们看到，正是通过"讽喻"这一迂回的方式，无法被纳入到宏大叙事中的"历史"的"特异性"出现了。

### 三、对历史的救赎

这种矛盾性在涅俄普托勒摩斯的形象上体现得更为明显，但是问题不止于此，更深一步的考察可以发现，菲罗克忒忒斯的历史性是通过涅俄普托勒摩斯获得深化的，同样，如果没有菲罗克忒忒斯，涅俄普托勒摩斯也无法成功将自己历史化。

希尼之所以选择这个剧本来翻译，是因为看中了索福克勒斯安排涅俄普托勒摩斯和奥德修斯一起去海岛找菲罗克忒忒斯，他在无意中成为了奥德修斯和菲罗克忒忒斯这两个完全对立的力量之间的调停方。但是，涅俄普托勒摩斯到底代表了什么呢？从某种程度说，他是个高度寓意化的角色，为戏剧提供了一个超越性的道德立场，试图凌驾于各种话语力量之上。在一次演讲中，希尼明

---

① 贝佐：《友谊与政治：〈菲罗克忒忒斯〉》，汉广译，刘小枫、陈少明主编《索福克勒斯与雅典启蒙》，北京：华夏出版社，2007年，第60页。

确地指示了这一点:

> 哪怕不必进入所有的那些纠葛和情节的突转之中,它们揭示了政治家奥德修斯和道德代言人涅俄普托勒摩斯迥然不同的价值观,我们就能发现,个人的完整性总是以多种多样的方式被政治上的权宜所抵消。这个年轻人处于两种力量之间犹豫不决:一面是受伤的英雄的哀求,另一面是军事领袖的铁的逻辑。这种犹豫不决构成了戏剧最有趣的东西。①

先天道德性是希尼自行为戏剧注入的一个寓意化的、"外在"的意义。但是,即使这样说,也不能否认《在特洛伊治愈》中涅俄普托勒摩斯形象的讽喻性。和菲罗克忒忒斯一样,涅俄普托勒摩斯在意味着道德立场的同时,也同时意味着别的东西。比如说,他似乎也指代希尼本人,当他把弓还给菲罗克忒忒斯之后,奥德修斯当面斥他为"叛徒"(traitor)(CT, 54),这个词让人联想到希尼早期诗歌中对自己逃避政治责任的自责:"逃过大屠杀,/采取保护色/从树干到树皮,感觉/每一阵吹过的风。"(OG, 144)但是又不尽然,"叛徒"不光包含了希尼,也包含了在话语斗争中失势及被排斥的群体。他在解释这个词的时候说:"……充满了北方'第一圈'里警觉和猜忌的回声。例如'traitor'这个词,在更大的英语的听觉之中,它不过是个含混的、老派的词语,但在英国权力机构和北爱橙带党的词汇里②……'traitor'却是个伟大的佩斯利式的词汇,③它满载着电压,是你们想要的东西。"④ 可见,被视为"叛徒"的,不仅是"我",还有"我们"。但是,要是换一种视角的话,涅俄普托勒摩斯又很难视为被话语放逐的,他可以被看作话语的一分子——我们没办法忽视他显赫的身份:英雄阿喀琉斯的儿子,日后还会成为攻破特洛伊的主将。在剧本中,尽管和奥德修斯貌合神离,但二人毕竟是搭档,而奥德修斯几乎可以被视为话语

---

① Seamus Heaney: "Hope and History", *The Visit of Seamus Heaney to Rhodes University in honour of Malvern van Wyk Smith*, Grahamstown: Rhodes University, 2002, p.15.
② "橙带党"是爱尔兰新教徒组成的政治集团,旨在维护新教和英国王权统治。
③ 指北爱尔兰民主统一党主席伊安·佩斯利(Ian Paisley),佩斯利以亲英和强硬反天主教立场而闻名。
④ Seamus Heaney: Lecture given at the Seminar of Trinity College Dublin, March 2, 1995.

的坚固性本身。即便摇摆于对菲罗克忒忒斯所遭受痛苦的同情和对希腊军队的忠诚之间,但同样无法否认的是,他毕竟最初还是服从了奥德修斯的指令,从菲罗克忒忒斯那里骗得了弓。德纳尔就认为,涅—奥同盟可被视为爱尔兰政府和英国政府居心叵测的联盟,只会出卖弱者的利益。① 无论如何,涅俄普托勒摩斯的优越性地位是菲罗克忒忒斯无法企及的。

对于奥德修斯而言,菲罗克忒忒斯不过是让人生厌的他者,是共同体行动时碍手碍脚的东西,但对涅俄普托勒摩斯来说意义却完全不同。无论涅俄普托勒摩斯这个形象有多少可能性,却没有一种可能性能让自己和菲罗克忒忒斯完全站在对立面,他意识到这个人身上包含着让他恐惧的东西,即暴力、无理性和无意识,与之相比,涅俄普托勒摩斯当然是理性和整饬的,可是希尼却告诉我们,在根源处,他们的身份是同一的。《在特洛伊治愈》中,赫拉克勒斯说:

> 涅俄普托勒摩斯,
> 你必须和他一心,就像手臂和箭。
> 在海岸上掠食如猛狮,
> 成为特洛伊的报应和梦魇。(CT,79)

在戏剧中,涅俄普托勒摩斯始终具有"子"的身份,需要"父"的引导。他到了岛上后,父亲的形象就从奥德修斯迅速地转换到了菲罗克忒忒斯身上。第一次见到菲罗克忒忒斯时,对方问他是谁,当他说自己是阿喀琉斯的儿子后,菲罗克忒忒斯说道:"那你真是个幸运的儿子。"(Then you are one lucky son)(CT,16)此后,菲罗克忒忒斯不断称他为"儿子"(son),还夹杂着"孩子"(child)和"男孩"(boy)的称呼。范德伍德(Peter William van der Woude)指出:"涅俄普托勒摩斯对菲罗克忒忒斯的感情不仅仅来自他也被同样地对待——希腊人拒绝把他父亲的盔甲归还给他。还因为菲罗克忒忒斯和他父亲的遭遇有共通之处。阿喀琉斯也被希腊人不公地对待过……在这两件事情中,正

---

① Hugh Denard:"Seamus Heaney, Colonialism, and the Cure: Sophoclean Re-visions", *A Journal of Performance and Art*, Vol.22, No.3, September, 2000, p.5.

如格林加德说的'犯了错的英雄的个人冲动和军事集体的需要产生了冲突',我认为,希尼在这部戏中始终强调了面对政治义务时的个人尊严,这在阿喀琉斯和菲罗克忒忒斯身上都可以看到。于是,对于失去了父亲的涅俄普托勒摩斯来说,菲罗克忒忒斯就成了父亲的替代者。"[1]

涅俄普托勒摩斯和菲罗克忒忒斯身份上的同一性到底有何意义?为了解答这个问题,我们不得不先回过头来继续分析菲罗克忒忒斯的形象。通过前文可知,菲罗克忒忒斯是被话语力量疏离出去的碎片,这是他在讽喻架构下保留的活生生的历史特殊性。不过,如前所述,我们不能把他具体化为某个集团或群体,他的形象是多重的。如果放在历史的轨迹上看,早在乔治三世时期,爱尔兰就出现过极度仇视英国人和新教徒的农民组织"白衣会"(Whiteboys)、"护教者"(Defenders)等农民组织。1858年爱尔兰共和兄弟会成立,领导了1916年的复活节起义。1919年爱尔兰共和军成立,随之而来的是针对英国政府的大量暴力和恐怖活动。1922年,当劳合·乔治(David Lloyd George)提出的,意味着爱尔兰南北分裂的《1920年爱尔兰政府法案》(Government of Ireland Act 1920,即后来的英爱条约)被爱尔兰国民大会表决通过后,埃蒙·德瓦勒拉(Eamon De Valera)等共和主义者抵制该法案,爱尔兰民族主义者内部的分裂表面化,爱尔兰内战爆发,内战中,爱尔兰自由邦政府的支持者和共和主义者均以残酷手段对付对方。1954年,爱尔兰共和军宣布在北方进行军事行动,制造了数以千计的谋杀和爆炸事件,包括炸死英国海军元帅蒙巴顿。相应地,北方的新教徒统一派以暴易暴来报复共和主义者,成立了忠实于英帝国的军事组织"北爱尔兰志愿军"和"乌尔斯特防务协会"。那么,我们可以问,菲罗克忒忒斯是这些集团中的哪一个?抑或如伊格尔顿说的:"菲罗克忒忒斯象征着杂乱无章的可怜的人类本身,代表了粗野的、执拗的、彻头彻尾的生物折磨,以及在政治上的一事无成。"[2] 在我看来,即使缩小到希尼作为"北爱共和主义

---

[1] Peter William van der Woude: "Translating Heaney: A Study of Sweeney Astray, The Cure at Troy, and Beowulf," Master's Thesis, Rhodes University, 2007, p.88.
[2] Terry Eagleton: "Unionism and Utopia: Seamus Heaney's The Cure at Troy," Theatre Stuff: Critical Essays on Contemporary Irish Theatre, Eamonn Jordan, ed. Dublin: Carysfort Press, 2000, p.173.

者"(而非"世界主义者")的视野之中,菲罗克忒忒斯也并不属于任何一个集团,他指向的是爱尔兰的"身份政治"及其后果。

由于长时间的殖民统治和南北方的分裂,使民族主义、宗派性和宗教共同体意识从来没有退出过爱尔兰的公共生活,在其政治词汇表中,种族、民族、教会、忠诚、责任、背叛这些强调整一性身份的词语占据着醒目的位置。人们按照遗产、信仰、语言、土地和民族性建制性地划分团体,强调从内部消除一切差异的团结,强制性地将有不同诉求的人群纳入到一种形式主义化的权利体系中,以和外部世界的对抗,这一切形成了爱尔兰的身份政治。正是在这个过程,被剥夺权利者出于对遭受压制的报复和对背叛的恐惧,产生了怨恨和暴力。20世纪90年代之后,随着爱尔兰共和军和北爱尔兰新教军事组织先后放下武器,"身份政治"在当下的政治话语中似乎渐行渐远,但实际情况又如何呢?大卫·劳埃德说:"已经不需要强调北爱的新教徒与天主教徒,联合主义者和共和主义者之间的宗派和政治差异了。真正需要强调的,是身份政治对今天爱尔兰的内斗到底起到了什么样的作用。无论是哪一边,那种关于'界限'的政治思想所造成的后果不仅有民族主义意识形态,还有这种意识形态基于宗派性,甚至种族性的发声。"① 可以看到,"身份政治"在当今爱尔兰生活中的作用在《在特洛伊治愈》获得了一个文本化的显形。

《在特洛伊治愈》中,菲罗克忒忒斯大部分时候出于非语言性的状态,一旦发起疯来,连歌队都无法忍受他无意义的咒骂。他发现自己被骗后,诅咒奥德修斯:"有些掉到陷阱里的动物/会吃掉自己的脚/只为逃生/我愿意看到他被捉住/被卡住,被打垮/连这种方法都没法用。"(CT,59-60)他沉溺于自己被抛弃和背叛的伤痛之中:

我整个的一生,只是个漫长而又残酷的笑话。(CT,18)

以及:

---

① David Lloyd: "'Pap for the Dispossessed': Seamus Heaney and the Poetics of Identity", *Boundary 2*, Vol.13, No.2/3, 1985, p.324.

> 那些动物
> 以前曾是我的猎物。
> 现在却要靠它们怜惜活命。
> 这就是我最后的结果。
> 我甚至连一支箭都没有。
> 留给我的只有伤痛。(CT，61)

这些自怨自艾的话大部分在索福克勒斯的原文里是找不到出处的，为希尼自行添加。在戏剧中作为评判者出场的歌队多次指出，这种自己只看到自己，自己禁锢在自己之中的，完全内向的独自性，让他变成了阴郁、消极的存在，"人们这样深地/沉溺到自怜之中，自怜支撑着他们。/他们是如此地真诚而又坚定/念念不忘地关注自己，反复擦拭，就像磨光石头/他们的一生都花在称赞自己上面/为自己长期经受的痛苦。/舔舐自己的伤口/好让伤口闪闪发亮，就像奖章"(CT，2)；歌队并且正告他，"你的伤口是你自己喂养的，菲罗克忒忒斯。/我再说一遍，只是出于友谊：/不要再用仇恨吞噬自己，和我们一起走吧"(CT，61)。这里寓意性地出现了"身份政治"，菲罗克忒忒斯的自我扭曲，可被看作他是身份政治的牺牲品，在一个成建制的统一话语体系中找不到自己的位置，最终导致自我的身份认同出现了障碍。查尔斯·泰勒(Charles Taylor)在《承认的政治》("The Politics of Recognition")一文中说明了"身份政治"中一旦身份得不到"承认"(recognition)后的报复性后果："'身份'这个词表示的是一个人对自己是谁，以及自己作为人的本质的理解。该命题的含义是，我们的身份部分地是由他人的承认构成的；因此，如果无法得到他人的承认，或者只是得到他人歪曲的承认，我们的身份认同就会受到显著影响。因此，如果一个人或者一个团体周边的人和社会向他们反射的是一幅反映了他们自身的狭隘、卑鄙和令人不快的图像的话，那么，这个人或者团体就会实质性地受到伤害和歪曲。换言之，一旦得不到他人的承认或者是得到歪曲的承认对人会造成伤害，成为一种压迫的形式，将人封闭在虚假的、被歪曲的和被贬抑的存在中……歪曲的承认不仅表现为缺乏应有的尊重，它还能造成可怕的伤害，使受害者产生致命的自我敌视。"① 菲罗克忒忒斯沉溺于自己受到伤害的"身体"之中，其表征就是他那只难以愈合的伤脚。这里出现了寓意化的对应，异化了的现实世界反射到了病理学的身体上，使之发生扭曲。

在希尼的译文中，涅俄普托勒摩斯先是和奥德修斯有"父子"情谊，后来又和菲罗克忒忒斯有"父子"情谊，形成了对应的关系。他和奥德修斯的"父子"关系不难理解，因为两者都代表了具有统治性的话语力量，他们也自信彼此的合作能够改变历史的走势。如果把这一关系放在现代爱尔兰历史和现实政治视野之中的话，不妨将之定位为少数人对族群政治的操控。套用科耶夫（Alexandre Kojeve）对黑格尔主奴辩证法的引申论述的话，即在历史的斗争中胜利者成为了"主人"，"主人"实质上是获得他人"承认"的人，主人在历史中实现了自己的欲望，而不能实现欲望，亦即无法获得他人承认的人则沦为奴隶，奴隶不再被视为人，而成为主人的工具。② 在一个具有讽喻性框架的文学文本里，即使只局限在爱尔兰的现实政治中谈问题，涅俄普托勒摩斯到底代表了什么仍有疑问。爱尔兰社会的上层？爱尔兰政府？抑或是北方新教联合主义者？总之难以确定。但是，在戏剧一开始时，涅俄普托勒摩斯与奥德修斯达成了"主人"之间的相互谅解和承认，形成了话语同盟，则是无疑的。这种少数人结成的同盟，构成了自上而下的话语秩序的一元性，成为稳固的、绝对的存在，完全剥夺了处于"奴隶"位置的菲罗克忒忒斯的尊严感。菲罗克忒忒斯在面对强势话语力量时身份的工具化较为明显地体现在奥德修斯对"弓"的重视程度远远超过他作为"人"的本性，希尼的译文强化了这点。在约翰斯顿译本中，当奥德修斯知道弓已到手后，他的对白是："再也用不着他了，/让他待在这儿吧。/反正我们有透克洛斯，一个神箭手。/就算是我，我相信/我也有可能用好这支弓，不比你差"③；而希尼版本的奥德修斯说的是："我们所要的/无非是菲罗克忒忒斯的弓。不是他这个人（Not him）。别忘了/我自己也可以弯曲

---

① Charles Taylor："The Politics of Recognition"，*Multiculturalism: Examining the Politics of Recognition*，Amy Gutmann, ed.，New Jersey：Princeton University Press，1994，pp.25 - 26.
② See Shadia B. Drury：*Alexandre Kojeve: The Roots of Postmodern Politics*，London：Palgrave MacMillan，1994.
③ Sophocles：*Philoctetes*，Ian Johnston trans.，Arlington：Richer Resources Publications，1938，p.56.

如弓。/也别忘了透克洛斯。/你不过是众多弓箭手中的一个罢了。"(CT，58)希尼用带两个重音的短句"Not him"表示了对菲罗克忒忒斯的无视，视其为"许多弓箭手中的一个"，而约翰斯顿译本口气没有这样绝对，也没有希尼笔下的奥德修斯这般洋洋得意的态度。在戏剧中，涅俄普托勒摩斯对自己被迫和奥德修斯合作颇感无奈，当菲罗克忒忒斯要他交还弓时，他说："我不能还/因为有一个目标，一个计划，一个伟大的行动/而我是其中的一部分。我要服从指令。"(CT，51)既然涅俄普托勒摩斯是话语秩序的一部分，那他与菲罗克忒忒斯的冲突就不可避免。

1922年爆发的爱尔兰内战是爱尔兰民族主体的一次自我分裂，英爱条约的支持者与反对者的战争持续了近一年，其伤亡远大于之前的爱尔兰独立战争之伤亡。但更重要的是内战在爱尔兰社会留下的深刻裂痕，形成共和国政府和异见分子之间的持续对抗，包括1939年政府宣布爱尔兰共和军为非法。这可以视为涅/菲之间关系的一个例子。当然，这样的类比太简单化了，他们的关系意味着丰富得多的东西，但作为权宜之计，不失为一个可能的历史性的向度。因为《在特洛伊治愈》的文本特色恰恰是在无法确定意义的讽喻性框架之下极为显眼的历史的独特性。

菲罗克忒忒斯让涅俄普托勒摩斯感到恐惧，却又被他吸引并心照不宣地视其为"父"，意味着他们在本质上属于同一主体。除了"父子"的意象外，希尼还以对"希腊人"(Greeks)身份的强调来强化他们的共同命运，这从他见到对方的第一句话就能听得出来："好的。/我能告诉你的是：/能够让你的心感到温暖的/也温暖着我们的心。/我们都是希腊人。"(CT，15)他的善意让菲罗克忒忒斯喜出望外，回答道："啊！听到你说话，/只要听到你说话/还看到你/你不知道/这有多深的意味。"(CT，15-16)当菲罗克忒忒斯由于极度痛苦而出现谵妄状态时，涅俄普托勒摩斯对他说："我的命运和你的命运是捆在一起的。/我一定带你走。"(CT，44)如果涅俄普托勒摩斯处于这一主体的意识层面的话，那么菲罗克忒忒斯就处在无意识层面之中。比起奥德修斯工具化的实用主义，涅俄普托勒摩斯最大的不同之处在于，他知道无意识层面的晦暗、痛苦和疯狂，却仍能正视这些沉积在历史地表之下的东西，知道它们都是民族共同体历史的一部分，必须加以正视和容纳，而不是将之忽视和驱逐以获得虚妄的话语完整性。也可以说，涅俄普托勒摩斯是一个装置，能够让不被现代英/爱话语秩序所"承认"的爱尔兰身份政治中蕴含的暴力性和非理性因素得到正视，并且释放出来。在这个意义上，《在特洛伊治愈》是一部真正的"民族讽喻"，是对历史的正视、接纳和改变，是现代爱尔兰的自我救赎。

### 四、话语边界的打开

要达到这一点，涅俄普托勒摩需要越出自身，也就是越出自己的体制性，离开话语秩序完整自足的幻象，而达到对碎片化的"他者"的"承认"。这种承认的重点不是居高临下的俯就——那仍然是一元性的——而是话语壁垒的拆除，不再固守自己的独自性，要让自己进入他者，也让他者进入。

这方面，柄谷行人对"教"的思考深具启发性，在柄谷行人看来，和没有共同规则的他者——如外国人、小孩或精神病患者——交流，必然涉及"教—学"的关系，人们一般认为，在共同规则下的交流才是真正的"教—学"，但实际上那不过是对教学活动的抽象化和理想化。实际上缺乏共同规则的交流才是常见的，这就出现了一些无法沟通的区域。因此"教—学"就无法只是我说你听的单边权力关系，而会采取"互教"的形式。重要的是，应该认识到，"教"必须依附于他者的理解，所以是一种"弱者的立场"。[①] 换言之，对他者的认识不是话语规则内部的事，而是在规则的危机之中产生的。

基于这一认识再回到《在特洛伊治愈》中涅俄普托勒摩斯接纳和认同菲罗克忒忒斯的情节，我们就能获得全新的洞见。希尼在1995年三一学院的讲座中说："攻陷特洛伊并不是爱尔兰统一的意思，可以说是一种可能性前景之类的东西。那是一种救赎。也可以被看作是边界的陷落。"[②] "边界"可被置换为壁垒森严的话语界限。这就意味着，要走出"北爱尔兰问题"的死局，就必须打破长时间占统治地位的英/爱二元论的象征/隐喻框架。总之，不能进入身份政治的博弈，因为身份政治的必然以无视历史差异，制造抽象和垂直叙事，牺

---

[①] 柄谷行人：《作为隐喻的建筑》，应杰译，北京：生活・读书・新知三联书店，2003年，第99—100页。

[②] Seamus Heaney: Lecture given at the Seminar of Trinity College Dublin, March 2, 1995.

牲大多数人的声音为代价。这里的问题压根不是英/爱孰是孰非，也不是英/爱之间达成某种（官方的）妥协就完事，而是被英/爱二元论框架所压抑的他者的声音能不能发出，能不能创造出规则之外的、更宽广、丰富和包容性的文化空间，只有"规则"的危机所带来的话语边界的陷落，才能换取一种关于"后（于）殖民"的对未来的想象。

希尼在剧本中几次提到"剧变"（sea-change，也可直译为"海变"），如歌队对涅俄普托勒摩斯唱道："这个地方非常陌生，我们是陌生人。/我们在流沙之上。一切都在剧变。"（CT，12）这个唱词来自莎士比亚的《暴风雨》，意指彻底的剧变如同某物长期湮灭在水中后发生的变化；同时，"流沙"也意味着所有稳固、不变、僵死的东西都终将被流动、不定向的关系所取代。《在特洛伊治愈》是国际关系剧变的产物，希尼在谈及这部作品时说："我是用希望的奇迹来对抗历史的证据，但是我这么做也是有历史根据的，因为我是在20世纪一个最有希望的时刻翻译《菲罗克忒忒斯》的。那是1990年的春天，当北爱仍然封闭在自己暴力的僵局中时，在世界的其他地方，钥匙已经在悄然转动，门、墙、边界和心灵都已经打开了。"① 之前的"内心流亡"时期，希尼将"历史"和"责任"置于拷问之中，而致力于文本符号潜力的开发。《在特洛伊城治愈》则表现出完全不同的心态，几乎是一种对未来政治关系的祈愿和献身。之所以出现这样的反转，是因为历史出现了可以实现的主题，东欧剧变、冷战结束和曼德拉获释等一系列的重要时刻让"海变"成为可能。历史所给予人的实质上的满足让"改变"变得真实可感。此刻，人要做的不仅是继承过去的遗产，更重要地，是开始对历史进行选择。我们先来看希尼谈翻译的一段话：

> 我认为翻译中有两种动机，这两种动机形成了稍有不同的两种翻译的作风。一种动机是彻底纯粹的，就是喜欢在原文中的作品，恨其不能在另一种语言中被分享，于是你就竭尽所能传达原文中独特美好的东西，在精确、对应和诚实方面力求完美。一边翻译一边抱怨："不！不！它不是这

---

① Seamus Heaney: "Hope and History", *The Visit of Seamus Heaney to Rhodes University in honour of Malvern van Wyk Smith*, Grahamston: Rhodes University, 2002, p.16.

个样子的!"你的恨会持续到快要完成时,你没法再不满了,因为你发现根本无法在另一种语言中复现原文。你越爱、越了解原作,动机越强,翻译品质越好,这种失败感就会越强烈。所以翻译的两个动机一个是纯的,一个是不纯的,而不纯的动机仍然是有真实性的。就像是在一个汽车旅馆里,你得隔着原文的墙倾听另一个房间的讲话。虽说很不清楚,但是你听到了些真正有意思的东西,于是你说:"天哪!我想在那间屋子里。"所以你就胡乱地、笨拙地钻墙,想追寻你听到的东西。这是在英语中真实发生的事,16世纪时英国宫廷作家们透过英语的墙来听意大利的曲调和彼特拉克,来学习十四行诗。最好的英语十四行诗往往是对彼特拉克的错误翻译:比如怀亚特写的"Whoso list to hunt I know where is an hind"。怀亚特沉溺在洛威尔式的风格中,把彼特拉克的原文搞得一团糟,但仍然是献给第二语言的伟大礼物,这就是洛威尔式的和乔叟式的翻译风格。翻译意味着拿来,拿来是两个意义上的:一个是些微的自大,另一个是在词源上如实传达。①

在希尼这里,所谓的"自大"就是一种决定的权力。一般来说,"翻译"是译者"被选择"的过程,就像巴巴雷瑟(J.T. Barbarese)说的:"传统意义上的翻译是一种精神移民:译者只是一个离开的点,而原文是其归宿……就像一份复式簿记,所有的债务都是译者的,总是对原作欠钱。"② 但是,当历史的轨迹让人可以去"希望"的时候,希尼"自大"地"选择"了本来应该是"被选择"的东西。需要注明的是,在希尼的翻译系列中,《在特洛伊治愈》是距离原作最远的,这一点从其副标题"索福克勒斯《菲罗克忒忒斯》的一个译本"("A Version of Sophocles's 'Philoctetes'")就可以了解,"version"既有"译本"的意思,也有"变形"、"变体"、"改编本"之意。从表面上看,"选择"不过是用改编的方式重构了原文。但是希尼的用意显然不止于此,它包含了符号与世界的巧妙连接——这是对"历史"的选择。

---

① Randy Brandes:"An Interview with Seamus Heaney", *Salmagundi*, No.80, 1988, pp.11-12.
② J.T. Barbarese:"Translation Is/As Play", *Boundary 2*, Vol.37, Nov. 3, 2010, p.58.

"选择"是贯穿整个戏剧的"行动",亚里士多德认为,在悲剧中,"行动"(praxeis)指的是人在激烈的矛盾和冲突中的道德倾向,行动中的人不会是木然无为的,不会在大是大非的问题上保持中立,而一定会有所选择。① 从这个角度看,涅俄普托勒摩斯和菲罗克忒忒斯都具有伦理性的生存方式,他们都在"选择"历史。在戏剧中,希尼在涅俄普托勒摩斯身上再三强调了"自尊"(self-respect)的品质:"但我不得不诚实地说/我宁可用失败但是保持自尊/也好过用欺骗取胜"(CT,12);"众神都看着他,这就是为什么/他无法摆脱钩子。他知道/和希腊人称兄道弟不过是在作假。/唯一真实的是他生活的目标/他的自尊"(CT,53)。"自尊"这个词颇能体现希尼自由人文主义的倾向,即道德不是对教条的服从,而是听从个人的内心的声音,即关于何为对错的道德直觉。这种将内心良知置于粗暴的外在律令之上的"行动"是他主动的"选择"。正是对个人尊严的意识让他能够在和别人的交往中"承认"菲罗克忒忒斯不只是"众多弓箭手中的一个",而是具有和其他所有人区别的独特性,这种独特性无法被集体性的目的所忽视和同化。当然,此处暗含了一个康德式的前提,即人是理性主体,在一切事情上都有公开运用自己理性的自由,而不是盲目服从权威的指令。对自我和别人的内在尊严的平等重视让他们结成了真正的友谊。涅俄普托勒摩斯对菲罗克忒忒斯说:"这就是让善意的经济学/在世上存在的原因;把朋友当成朋友/那它创造的机会将会百倍增长。"(CT,37)

同样,菲罗克忒忒斯的转变也不是偶然的,在索福克勒斯的剧本中,菲罗克忒忒斯放弃怨恨仅仅是因为外力作用,也就是赫拉克勒斯的"机械降神"(deus ex machina),他不得不服从神谕。但希尼的译文却在最大程度上削减了"机械降神"的突兀,让他的转变更像是自己内在本真性的逐渐苏醒。首先,赫拉克勒斯的出现不是天降甘霖式的意外,而是和菲罗克忒忒斯的个人品质息息相关。赫拉克勒斯死后,他是唯一一个愿意为其火葬堆点火让赫拉克勒斯得到解脱的人。② 在剧情发展过程中,希尼也说明了赫拉克勒斯和菲罗克忒忒斯之间的精神纽带:"每一次,当利姆诺斯岛上的火山口/开始喷发的时候,

---

① 陈中梅:《自然、技艺、诗——论亚里士多德的美学思想》,《柏拉图诗学和艺术思想研究》,北京:商务印书馆,1999年,第406页。
② 赫拉克勒斯中了涅索斯(Nessus)的血毒,无法平静地死去,菲罗克忒忒斯帮了他的忙。

菲罗克忒忒斯看到的/是他多年前在为赫拉克勒斯的火葬堆/点燃的火焰/每一次，神的精神都在照亮他的精神。"(CT，2)火山的火焰和葬礼上的火焰重叠，昭示着主人公自己以前的形象，提醒他要改变自己的命运应该行动起来，表现出积极性。于是，赫拉克勒斯就从神秘莫测的天命转变为菲罗克忒忒斯内心的意志，他的出现不仅可信而且在预料之中。降神之后，希尼告诉我们菲罗克忒忒斯内心知道"海变"的到来，并且塑造了经过净化和再生之后的他的新形象："有些东西告诉我，这即将发生。/有些东西告诉我，航道即将开启。/就好像一件我知道却久已忘却的事/又清晰完整地回来了。我能看见/在特洛伊治愈。你说的所有一切/就像一个梦，我会遵从(I obey)。"(CT，80)可以对照一下约翰斯顿对同一段落的翻译："啊！我已经盼望你的声音很久了，我的朋友/这么长时间之后，你终于又向我显形！/我不会违抗你说的话(I will not disobey what you said)。"[1] 对希尼来说，赫拉克勒斯的命令不是新的，而是对旧事的提醒。"梦"是他意识的最深处。在约翰斯顿那里，菲罗克忒忒斯是消极的服从(I will not disobey what you said)，而在希尼这里，则是积极的"选择"(I obey)。因此赫拉克勒斯的出现不是偶然的，而是必然和命定的。在戏剧中，涅俄普托勒摩斯和菲罗克忒忒斯的和解通过一个仪式化的两人共同握弓的动作显现出来：

> 菲罗克忒忒斯走下。他停顿了一下，两人短暂地共同握着弓，想起了最初的誓言。(CT，70)

索福克勒斯的《菲罗克忒忒斯》讨论的核心问题是城邦中的"荣誉"，奥德修斯坚持了城邦政治共同体的利益，但他为了胜利不惜欺骗，他的行为实质上是打着荣誉幌子的私欲。涅俄普托勒摩斯归还了弓，赢得了菲罗克忒忒斯的友谊。意味着他没有因为政治共同体而牺牲荣誉。但他也没有抛弃共同体，而是返回了特洛伊战场，在战争中争取个人荣誉。"友谊的配对不仅是两个

---

[1] Sophocles：*Philoctetes*，Ian Johnston trans.，Arlington：Richer Resources Publications，1938，p.77.

人的联合,且是荣誉和政治的修好。荣誉和政治在友谊中的联结对政治共同体大有好处。"① 政治共同体不能以牺牲常情和荣誉感为代价。如果说索福克勒斯笔下的"行动"体现的是城邦内部的伦理调适的话,那么希尼的"行动"则指向"历史"进程中话语边界的打开,他发挥了隐伏在索福克勒斯剧本中的"共同体"和"他者"关系这条线索:共同体不可能是自足性的制度化存在,"他者"也无法沉溺于自我的"他性"身份。随着身份政治的毁灭,双方都在对方身上发现了自己的"外部",只能在合作中来定位自我。德纳尔说:"《在特洛伊治愈》规划了北爱未来彻底和解的公共视野,这不仅需要忘却旧的恩怨和伤痛,更需要依靠通过相互尊重所形成的共同历史和共同命运的全新的意识来维持……也许这么说也不过分,《在特洛伊治愈》不仅描绘了这种视野——而且自身就成为了这一视野。"② 毫无疑问,这一切的前提是爱尔兰历史的特殊性,是英国—(北)爱尔兰,新教—天主教之间的历史紧张感所带来的连带感。《在特洛伊治愈》中,"改变"是人对"历史"施加影响的结果。只有当人对陷于"身份政治"中的自我加以批判并进行"选择"后,才会真正地打开话语的边界。

---

① 贝佐:《友谊与政治:〈菲罗克忒忒斯〉》,刘小枫、陈少明主编《索福克勒斯与雅典启蒙》,北京:华夏出版社,2007年,第81—82页。
② Hugh Denard: "Seamus Heaney, Colonialism, and the Cure: Sophoclean Re-visions", *A Journal of Performance and Art*, Vol.22, No.3, September, 2002, p.17.

# 结　语

　　大卫·劳埃德认为，希尼的诗歌用审美的方式虚构了一个"平静"的统一形象，在这个统一形象里，现实中无法解决的政治、伦理和宗教冲突在词语之中获得了象征性的解决，"审美……设想了一种原始的身份，这种身份先于差异和冲突，并将在审美产品所预示和预备的最终统一中得到再生产。审美意识形态所产生的身份的自然化，有助于排除历史进程，掩盖持续冲突中的主体和问题的构成，同时将政治和伦理转移到一个假设的自由游戏领域"[①]。在他看来，这一策略不仅有着可疑的盎格鲁—爱尔兰文化共同体根源，更和爱尔兰的"身份政治"产生了隐微的共谋关系。如前所述，在这种身份政治中，个人的自由在伦理上必须与民族精神相联结才会完整，从根本上说，就是对差异的排除。希尼当然意识到了差异，否则他的诗中不会展现那么多的冲突、暴力和自我斗争，然而这一切都必须让位于一个更大的优先级——诗。诗有着神秘的始源性和创造性，超越一切预设概念和意识形态的规定性；同时，诗作为艺术品，在语言中还原一个"诞生和死亡、祝福与诅咒"[②]的世界，附着在事物之上的话语系统被暂时性地"括出去"，人和世界再一次毫无遮蔽地"相遇"。劳埃德认为，诗的审美自主性看似玲珑剔透，超越了政治，实则以隐蔽的方式回到了政治，而且解决了政治本身难以解决的问题，即只要是威胁其虚拟的统一形象的东西——无论是历史的还是形而上学的——都必须策略性地加以排除或

---

[①] David Lloyd："'Pap for the Dispossessed'：Seamus Heaney and the Poetics of Identity"，*Boundary 2*，Vol.13，No.2/3，1985，pp.322 - 323.
[②] 海德格尔：《艺术作品的本源》，孙周兴译，北京：商务印书馆，2022年，第39页。

融合，最终造成了"身份诗学"的文化政治，从文化维度上支撑了爱尔兰身份政治的霸权统治。① 这一身份政治对爱尔兰的政治生活现实形成了巨大影响，对种族、宗教和文化认同的过度关注，不仅在爱尔兰共和国，也在北爱尔兰，形成了整合内部，而将分歧和差异推到身份边界之外的做法，如制造新教、英国等意识形态上的对手。这在争取民族独立的时期当然是有用而且必要的，但由于现实政治条件的限制——主要是爱尔兰岛被分割这一事实——导致了身份政治的自然化，且长期居于政治生活的前台。那么，国家发展中的切实问题，如政治经济层面的利益分配问题、阶级斗争问题，就在某种程度上被忽视了。当政治被身份诗学以自由为名审美化之后，就变得无害而且崇高，在这个意义上，作为诺贝尔文学奖得主的希尼其实是相当"体制"化的。

虽然这个指控听上去相当有道理，而且颇有市场，② 却包含了一个天大的误解，即不由分说地将审美的统一体和政治的统一体混为一谈，好像两者的联合是先验的、无须检验的。我们承认，文化确实深度参与并支援了现代民族国家的伦理—政治共同体建构，正是文化构成了伦理—政治共同体在历史层面的根基性和延续性。不可否认，很多情况下审美统一体的确有明确、直接的建构性，比如说在爱尔兰文艺复兴时期叶芝、奥格雷迪、格雷戈里夫人等人直接改编和创制爱尔兰的远古神话，塑造天才和预言家一般的英雄形象作为民族精神的显形。但这绝不意味着，所有在后殖民语境中寻求审美统一体的作家都是体制化或意识形态化的。相反，从本质上来说，诗和政治有完全不同的出发点和逻辑方式，具有足够的精神深度和丰富性的诗人会意识到这点，不仅会巧妙地利用它，还会进一步加以深化，以开辟出独属于诗的品质。

简单地说，伦理—政治共同体是面向过去的，从形成统一的真理化叙事和调用各类文化、思想和物质资源的层面来说，它无疑有着非凡的整体性和综合性，但其把握的仍只是既成性存在。它虽然会在时间的流逝中不断对自身进行

---

① David Lloyd: "'Pap for the Dispossessed': Seamus Heaney and the Poetics of Identity", *Boundary 2*, Vol.13, No.2/3, 1985, pp.324 - 325.
② 伊格尔顿在评论希尼的《在特洛伊愈》时就认为，希尼在剧本结尾以一种类似神迹的方式让对立双方达成和解，这种方式过于内在化——"解决办法是作为神的礼物而来的，并不是一种政治建构，是不可言表的顿悟，而不是政治策略"。（特里·伊格尔顿：《历史中的政治、哲学、爱欲》，马海良译，北京：中国社会科学出版社，1999年，第332页。)

定义和再定义，但追求的还是定义的清晰和结果的稳固，是对过去已完成的业绩的认可和表彰；它虽然会将民族内部那些差异化的因素，如种族、阶级、宗教、文化等用主导和假设的概念统一起来，形成强有力的认同机制，但其价值上的固定性、不变性和完善性使之难以和人民丰富多彩又富于变化的生活形态相适应。何况，伦理-政治共同体以高高在上、无可辩驳的真理面目出现，对个体自主性造成了威胁。在与时间的联系上，它是单向的、终结性的，而在与空间的联系上，它是均质的、不分层的。而审美的统一体则不同，诗的根本精神在于其开放性、无限性，诗当然也可能沦为既定观念的话筒和政治的吹鼓手，但它最终是为了呈现人和大千世界之间的密切联系，它能让在各种观念、知识和话语中被区隔的世界恢复自身的本真性和完整性，即海德格尔意义上的"世界的世界性"（die Weltlichkeit der Welt）。这种"世界的世界性"绝不可能是孤立、静止和对象化的，它只有当人的"此在"和"世界"在"时间"之中发生交往时才会显现，"时间"在这里意味着动态、变化和流溢；如果对应到空间上，则是各种异质的元素的相互缠绕、交叠，这一地形学同样随着情势的变化而变化。总之，诗学之思通向一个流动、交往的世界整体。对此，希尼有足够清晰、透彻的认识：

> 芭蕉所说的"真正能让人领会的世界"，① 它总是在表面之下，在我们所说的实际语言的地平线之外。它们提醒我，游行（march）的季节不会只有示威和挑衅，② 在语言的地面和我们脚下的地面上，还有另一种游行，为思想和灵魂提供了更有创造性的条件……在边界（游行）中的相遇代表了在踏脚石上走出去的可能性，以便将你自己从你的家乡的坚硬和可靠性中移除。踏脚石邀请你改变自己的理解的条件和界标；它不要求你把你的脚从地上拿开，但它让你的头脑能在空中，将你鲜活地带到充满可能性的开阔天空中——这一天空是内在于你的——来让你的视野焕然一新。（FK, 55-62）

---

① "芭蕉"即松尾芭蕉，17世纪日本诗僧。
② "march"除了"游行"的意思，还指有争议的边界地区。

脚踩土地而思想在空中，这是典型的希尼式表述：土地提供了身份的临时锚定，是诗人安全感的来源，但与此同时他又要开发内在于己的"天空"，即超越界限分割的万事万物的毗邻感。诗人的身份恰在两者"之间"。或许，这一"和而不同"的毗邻感形成的世界整体性，是诗真正区别于伦理—政治性的民族共同体的关键所在。再说一遍，后者勾勒的其实是一个均质、静态的图式，而诗性的真正要诀恰在于其广泛的联结。也就是说，以一种意想不到的方式"解域"被各种既定价值禁锢住、区隔开的"局部"的东西，使它们不得不和世界的其他成分会面、碰撞乃至短暂地融合，正如萨义德谈"诗性"的时候说到的，它是"知识的互补体系"，其中每个词语"都带着——事实上都等于——一个与其他词的关系系统"，这就形成了某种"系统性毗邻关系"（systematic adjacency）。① 这正是审美"统一体"的实质，和伦理—政治统一体的差异何其大！不得不说，诗性的这一特质，恰恰和人类生活形态的复杂多变性高度契合。也正是在这一前提下，我们可以把希尼称为"世界主义"诗人。

德勒兹在谈到"弱势文学"（Minor Literature）认为，弱势文学有三个特点：语言脱离领土，个人和政治的勾连，表述行为的群体性配置。② 以下，我会打乱这三个特点的次序，根据本书自身的逻辑进行阐述。先要指出，德勒兹说的文学政治性并非在说文学的宣传功能，而是强调弱势文学空间上的狭小使个人私事和公共事务密切相关，家族内部的俄狄浦斯剧情马上就会在经济、行政和司法等领域上演，无可逃遁。弱势文学作家若想摆脱这一处境，只有通过"流亡"——无论是外在的还是内在的——脱离这一空间。这就引出了脱离领土的语言的问题，德勒兹举的例子是卡夫卡对布拉格德语和意第绪语的征用，这两种语言是"脱离疆域的德语，无止境的流动，简短而急促……一种奇幻与律法的杂烩与各式方言的混合"③。他也列举了乔伊斯和贝克特这两个爱尔兰文学最有名的流亡者的写作形式，乔伊斯的写作挥洒自如，有着复杂的来源，试图在世界性中重建领土，贝克特的行文枯瘠简洁，似乎脱离的行动只有到了这

---

① Edward W. Said: *Beginnings: Intention and Method*, New York: Basic Books, 1975. p.351.
② 吉尔·德勒兹、菲力克斯·迦塔利：《什么是哲学?》，张祖建译，长沙：湖南文艺出版社，2007年，第38页。
③ 雷诺·博格：《德勒兹论文学》，李育霖译，台北：麦田出版社，2006年，第180页。

种强度才能发生效力。对此,雷诺·博格(Ronald Bogue)认为:"这样的文学是弱势的原因,不在于它是特定族群的文学,也不是因为它是弱势族裔的文学,而是因为它是次要用法的文学,是对语言中支配结构的次要化。"[1] 在这点上,德勒兹有更为精到的表述:在自己的语言内部充当异乡人。[2] 让自己异乡化,让异质的"痕迹"扰乱看似有序、明晰的文化地形。最重要的是,通过纯粹诗性的自由流动和联结,创造一种全新的、包容那些被强势话语驱逐出去差异化声音的"次要"文化空间。

谢默斯·迪恩指出,对爱尔兰文学来说,英国文学的强势以及英/爱文学共同体形成的审美意识形态霸权固然是个不幸,但被剥夺的状况也意味着创造新的文化空间的可能性。作家们以实际或象征的方式远离这个国家,反而让回归和重建的愿望变得迫切,爱尔兰被重塑为一个必须通过艺术的中介来找回的地方,并在诗性领域中和世界文化发生了多重联结,"在这个新的空间里,再现爱尔兰的各种尝试都建立在一个共同的信念上,即这个国家从来没有被(或充分地)表现过。在爱尔兰的写作中,一种起始性的空白或空虚的感觉,以及填补这种空白的技术的演化是一种持久的感觉"[3]。不妨说,文学"流亡"的一个重要意义,即是让自己投身于这种"空白"中,空白暗示了自由,暗示了对自己以及对自己所属的文化的重思和重新定位。如若不然的话,那些弱势、次要的"痕迹"怎能涌现?这方面,不妨回过头来谈谈德勒兹所说的"表述行为的群体性配置"究竟为何物。由于弱势文学的泛政治化倾向,而且缺乏那种完全以"自身"的天才或精神力量创造自洽诗学世界的大师(如莎士比亚)式人物,因此在这样的国度里,文学是"人民"的事情,文学的装置决定了不管愿不愿意,作家的个人意识必须和"群体性配置"相关联。然而,这并非不自由的状态,德勒兹认为,要是一个弱势文学的作家自身处在流亡之中或社会群体的边缘,他反而可以摆脱现成地形的羁绊,在想象之中开启新的社群,构造新

---

[1] 雷诺·博格:《德勒兹论文学》,李育霖译,台北:麦田出版社,2006年,第181页,译文据原文有改动。
[2] 吉尔·德勒兹、菲力克斯·迦塔利:《什么是哲学?》,张祖建译,长沙:湖南文艺出版社,2007年,第58页。
[3] Seamus Deane:"The Production of Cultural Space in Irish Writing", *Boundary 2*, Vol.21, No.3, Autumn, 1994, p.120.

的人民。在这种情况下，文学的效力不是体现在描绘已经成型的东西，而是"表达另一潜在的群体，锻造为另一种意识和另一种感性"①。

我们不妨把视野稍做偏转，来看另一个现代欧洲文学中"流亡"的例子，通过它来探究一个流亡空间如何促成了对文化的重新配置，而其中又蕴含了怎样的表达"潜在的群体"的渴望。这个例子就是杰出的犹太裔德国语文学家埃里希·奥尔巴赫(Erich Auerbach)，二战前夕他受纳粹迫害流亡到伊斯坦布尔，在那里，他远眺被各种口号和意识形态切割得四分五裂的欧洲，写下了名著《摹仿论》。在著作的第一章里，他有感于犹太精神在欧洲被驱逐的状况，对《圣经·旧约》中上帝让以撒祭献其子的故事作了精彩的分析。与荷马史诗《奥德赛》中那些生动、具体的形象，真切、充实的时间和地点，以及严谨的人物行事逻辑相比，犹太故事中人物形象就要孤立、模糊得多，上帝的意旨神秘莫测，而接受命令的人沉默寡言，看不出他们的内心的情感和思想；情节只突出对行为目的有用的现象，其他的一切都一笔带过。但恰恰是这样的故事让我们看到了沉默表象下面复杂、多层次的内心世界，一种隐含的绝望和期待。在奥尔巴赫看来，《旧约》包含了一种特殊的感性，教义渗透到感官性的生命之中；崇高和日常紧密相连，使日常生活充满了冲突性。与荷马史诗中不留印记的时间相比，《旧约》中的人在自我塑形的过程中饱经风霜，从外表到内心都发生了巨大改变，这一特点"赋予旧约全书的故事一种历史特色，甚至在纯传说故事中也是如此"②。奥尔巴赫说道，伟大的艺术总会把独特的社会生活嵌入其中，它召唤一种历史想象力，让我们体会某个民族在一定时期独特的生活形态，体会历史经验中包含着多么复杂、深刻的动机。简而言之，就是文学文本中历史独特经验的再现。要是将《旧约》从欧洲文明中剔除，让这段经验被种族主义、反犹主义、狭隘民族主义和殖民主义话语刻意地抹杀、遗忘，只留下被修改过的、唯一的历史的话，那世界的复杂性就会消失，历史也就无法辩证地展开。奥尔巴赫说：

---

① 吉尔·德勒兹、菲力克斯·迦塔利：《什么是哲学?》，张祖建译，长沙：湖南文艺出版社，2007年，第36页。
② 埃里希·奥尔巴赫：《摹仿论》，吴麟绶、周新建、高艳婷译，天津：百花文艺出版社，2002年，第21页。

可以想一想我们自己正置身其中的历史；只要想一想每个人及每个人群在德国出现国家社会主义时的态度，或者想一想各个民族和国家在战前和目前（1942年）战争中的态度，就会体验到叙述历史事件是多么困难，体验到历史题材不能用于传说故事。在每个人身上，历史包含着许多互相矛盾着的题材，在各个人群中，则包含着动摇不定和模棱两可……在所有的历史参与者身上，动机真可谓五花八门，因此只能用简而化之的办法制定出宣传口号……书写历史是如此之难，以至于大多数历史作家不得不退而采用传说的写作方法。①

奥尔巴赫试图阻止的，正是这种在多元性的历史体验中把握人类统一性的方式的消逝。他要说的无非是：人类的整体性不能建立在单一化的理念之上。在战争和危机中，无数承载着历史独特经验的语言和文化要么消失了，要么被迫失声。这样一个迅速缩小的世界是对人类综合性、整体性的巨大挑战。基于一种黑格尔式的历史辩证法观念，奥尔巴赫指出，个别文本的目标"是被卷入整体的动态运动中"，然而，这反过来也意味着必须在历史所有的丰富性中把握个别现象。② 也就是说，必须允许个别元素说话，必须听到来自不同时代的文本的声音。一方面，局部反映了整体；另一方面，整体也潜在地包含在局部中。

将希尼和奥尔巴赫进行对读，是为了在欧洲文化危机的共同背景下理解知识分子"流亡"的意义。正如德勒兹说的，当既有的政治文化环境不如人意时，弱势文学的作家要为"未来"的人民创造"另一种意识和另一种感性"。萨义德认为，在奥尔巴赫身上，我们学到了"在人类历史的统一性问题上，尽管有着现代文化和民族主义的好战性，但我们仍可能理解不友善的，甚至怀有敌意的他人；这里还有一种乐观主义，即可以借此进入一个遥远的作者或历史时代的内在生活"③。唯有如此，才能在想象中创造一种"不连续的地理形状"，

---

① 埃里希·奥尔巴赫：《摹仿论》，吴麟绶、周建新、高艳婷译，天津：百花文艺出版社，2002年，第22页。
② Erich Auerbach: *Time, History, and Literature: Selected Essays of Erich Auerbach*, James Porter ed. Jane Newman trans. Princeton, NJ: Princeton University Press, 2014, p.264.
③ Edward W. Said: "Introduction", in Erich Auerbach, *Mimesis: The Representation of Reality on Western Literature*, Princeton, NJ: Princeton University Press, 2003, p.xvi.

即穿越那些人为设置的边界,将差异的、不一致的人类经验重叠在一起。当我们谈论这种重叠性,谈论"男人和女人、白人和非白人、大都市和边缘地区的居民、过去、现在和未来共同的交织的历史"时,并不是为了弥合差异,而是为了"传达一种对事物之间相互渗透的更紧迫的感觉"①。或许,这种"再现历史和现实的多视角、动态和整体的方式"就是欧洲流亡知识分子留赠给未来人民的意识和感性的礼物吧。② 在这方面,希尼的榜样是但丁——另一个著名的流亡者。但丁的写作受拉丁语(帝国语言)的影响极大,超越了方言和部族的语言形式,具有古典主义的典范性和权威性。然而,但丁的另一个特点却容易被人忽视,那就是其语言的口头性、地方性,这是他诗歌最生机勃勃的地方。希尼让读者去注意但丁诗歌的本地特色,其"拥挤、滋扰"的俗语元素;在这个意义上,但丁"没有佩戴任何官方标志",只是一个"在喉咙的黑暗森林里边干活边唱歌的伐木工"。③ 如果说奥尔巴赫试图通过对个别文本的阐释展现特殊的历史感性,从而开辟出一条多元、综合和整体的"世界文学"之径的话,那么,希尼则是要在那些标准语主导的地方,发现语言和人民生命形态的地方性。重要的是,这种"地方性"并不等于局促和封闭,恰恰相反,它意味着不能被标准语掩盖的民族生活在根基处的多元性和流动性——这,就是希尼要为"群体"配置的新的"意识和感性"。就像他在但丁身上观察到的,历史特殊性和世界性的辩证统一——"我感受最深的是……但丁将自己置身于历史的世界之中,然而又让这个世界受到超越历史的视角的审视"④。他说:

>   我对某些假虔诚的词例如"多元化"总是避之唯恐不及,但是我相信它们所代表的东西,因此我不妨在这里指出,当泰德·休斯和我着手编辑一本望其书名即知其义的诗歌选集《书包》时,我们心中想到的其中一样

---

① Edward W. Said: *Culture and Imperialism*, New York: Vintage Books, 1994, p.61.
② Edward W. Said: "Introduction", In Erich Auerbach, *Mimesis: The Representation of Reality on Western Literature*, p.xxvii.
③ 谢默斯·希尼:《希尼三十年文选》,黄灿然译,杭州:浙江文艺出版社,2018 年,第 229 页、第 236 页。
④ Seamus Heaney: "Envies and Identifications: Dante and the Modern Poet", *Irish University Review*, Spring, 1985, p.18.

东西，是坚持诸种多元而深远的传统……"英国"一词可能会起到一种类似政治提醒物的作用，使人想起过去的入侵和胁迫，因此，转而使用"不列颠尼亚"一词从各方面来说都有一种绝妙的原创性。"不列颠尼亚"的作用就如同文化警钟，并且不仅对过去打手势，而且对一种可想象的未来打手势。既不坚持也不争论，"不列颠尼亚"提醒我们诸多被"英国"一词掩蔽的东西。"不列颠"承认大不列颠岛同样属于凯尔特人和撒克逊人，属于苏格兰人和威尔士人，属于莫尔登和廷塔杰尔，属于《贝奥武甫》和《戈多汀》，因此它开始修补由"英国"一词的帝国主义的、排他性的力量造成的某些破坏。[1]

希尼进一步证明了——虽然是通过一种狡黠的审美化的方式——只有当地方的感性传统不被遗忘时，它才有可能和其他地区的感性传统产生交流、重叠和渗透，才有可能和现在、未来相连，并共同组接成真正的世界整体。毕竟，一个标准语统治的世界，绝不可能是具有"世界性"的世界。所以，在《贝奥武甫》这样的作品中，希尼不仅让凯尔特人、撒克逊人和苏格兰人共享某些方言词或特殊用法，而且通过微妙的联想，使之和美国，以及斯堪的纳维亚的文本产生应和；又或者，在他的沼泽地诗歌中，一具被私刑处死的史前丹麦男尸在一瞬间启发了他对爱尔兰文化现实的认知。总之，世界的整体性并不建立在对地方和历史的遗忘上，而是远距离地对其加以重审和重写，使之开放。

希尼坚持通过"寻根"的方式寻找被掩埋在历史话语中的弱者的声音，并且通过审美化的方式将这些声音，连同历史上发生过的暴力、压迫和分裂都融入一个内敛、克制、沉思的审美主体中。这种做法，往往被指责为把历史偷渡到"文化"之中，也许太过于世界主义、人文主义；或者说，他不得不时常面对这样的质疑：这种写作方式是否能揭露爱尔兰人民当下的生活形态中的真实矛盾？是否能直面历史中暴力的物质性和特殊性？然而，这正是希尼的方式，和乔伊斯这种严格意义上的"流亡"不同——对乔伊斯来说，"流亡"意味着

---

[1] 谢默斯·希尼：《希尼三十年文选》，黄灿然译，杭州：浙江文艺出版社，2018年，第502—503页。

距离和寂静，意味着将自己从社会集体意识中彻底分离出来——希尼的诗尽管有其"疏离"的一面，形式上是世界性的，但实质上仍是本土的。他不断地调用外部的文学资源，不断地挖掘和激活爱尔兰文化传统中次要、边缘的因素，最终的目的是恢复、重新配置或创造出开放、丰富、有深度的人民的精神。对他来说，脱离是为了返回，是为了重建的希望。

# 参考文献

## 希尼作品原著和中译

Heaney, Seamus. *Among Schoolchildren*, Belfast: Queen's University, 1983.

Heaney, Seamus. *An Open Letter*, Derry: Field Day Theater Company, 1983.

Heaney, Seamus. *Beowulf: A New Verse Translation*, New York: W. W. Norton & Company, 2001.

Heaney, Seamus. *Crediting Poetry: The Nobel Lecture*, New York: Farrar, Straus & Giroux, 1996.

Heaney, Seamus. *The Cure at Troy: A version of Sophocles's "Philoctetes"*, London: Faber & Faber, 1990.

Heaney, Seamus. *Death of a Naturalist*, London: Faber & Faber, 1991.

Heaney, Seamus. "The Drag of the Golden Chain", *Times Literary Supplement*, November 12, 1999.

Heaney, Seamus. "Envies and Identifications: Dante and the Modern Poet", *Irish University Review*, Spring, 1985.

Heaney, Seamus. *Finders Keepers: Selected Prose, 1971–2001*, London: Faber & Faber, 2002.

Heaney, Seamus. *The Government of Tongue: Selected Prose 1978–1987*, London: Faber & Faber 1988.

Heaney, Seamus. "The Guttural Muse", *The Visit of Seamus Heaney to Rhodes University in honour of Malvern van Wyk Smith*, Grahamstown: Rhodes University, 2002. 18–28.

Heaney, Seamus. *The Haw Lantern*, London: Faber & Faber, 1988.

Heaney, Seamus. "Hope and History", *The Visit of Seamus Heaney to Rhodes University in honour of Malvern van Wyk Smith*, Grahamstown: Rhodes University, 2002.

13 – 17.

Heaney, Seamus. "Unhappy and at Home, inteview with seamus Heaney by Seamus Deane", *The Crane Bag*, Vol.1, No.1, 1977.

Heaney, Seamus. "Land-Locked", *Irish Press*, June 1, 1974.

Heaney, Seamus. Lecture given at the Seminar of Trinity College Dublin, March 2, 1995.

Heaney, Seamus. *New Selected Poems 1966 – 1987*, London: Faber & Faber, 1990.

Heaney, Seamus. *North*, London: Faber & Faber, 1975.

Heaney, Seamus. *Opened Ground: Poems 1966 – 1996*, London: Faber & Faber, 1998.

Heaney, Seamus. *Preoccupations: Selected Prose 1968 – 1978*, London: Faber & Faber, 1980.

Heaney, Seamus. *The Redress of Poetry*, London: Faber & Faber, 1995.

Heaney, Seamus. *Seeing Things*, New York: Farrar, Straus & Giroux, 1991.

Heaney, Seamus. *Selected Poems*, 1965 – 1975, London: Faber & Faber, 1980.

Heaney, Seamus. *Station Island*, New York: Farrar, Straus & Giroux, 1985.

Heaney, Seamus. *Sweeney Astray*, Derry: Field Day Publications, 1983.

Heaney, Seamus. *Wintering Out*, London: Faber & Faber, 1972.

Heaney, Seamus. "Unheard Melodies", *Irish Times Supplement*, April 11, 1998.

谢默斯·希尼:《希尼三十年文选》,黄灿然译,杭州:浙江文艺出版社,2018年。

西默斯·希尼:《希尼诗文集》,吴德安等译,北京:作家出版社,2001年。

## 其他主要外文文献

Andrews, Elmer. *The Poetry of Seamus Heaney*, New York: St. Martin's Press, 1988.

Anluain, Clíodhna Ní. and Mike Murphy. eds., *Reading the Future: Irish Writers in Conversation with Mike Murphy*, Dublin: Lilliput Press, 2001.

Attridge, Derek. *The Cambridge Companion to James Joyce*, Cambridge: Cambridge University Press, 1990.

Auerbach, Erich. *Time, History, and Literature: Selected Essays of Erich Auerbach*, James Porter ed., Jane Newman trans., Princeton, NJ: Princeton University Press, 2014.

Barbarese, J. T.. "Translation Is As Play", *Boundary 2*, Vol.37, No. 3, 2010.

Baranczak, Stanislaw. *Breathing Under Water and Other East European Essays*, Cambridge, Mass.: Harvard University Press, 1990.

Benjamin, Walter. *Selected Writings, Volume 1: 1913 – 1926*, Marcus Bullock and Michael W. Jennings. eds., Boston: The Belknap Press of Harvard University Press, 2004.

Bhabha, Homi K.. *The Location of Culture*, London and New York: Routledge, 1994.

Brandes, Randy. "An Interview with Seamus Heaney", *Salmagundi*, No.80, 1988.

Bryson, Bill. *Mother Tongue: The Story of English Language*, New York: Penguin Group, 2009.

Chickering, Howell. "Beowulf and 'Heaneywulf'", *The Kenyon Review*, New Series, Vol.24, No.1, 2002.

Clíodhna, Ní Anluain. *Reading the Future: Irish Writers in Conversation with Mike Murphy*, Dublin: Lilliput Press, 2001.

Collins, Floyd. *Seamus Heaney: The Crisis of Identity*, Newark: University of Delaware Press, 2003.

Corcoran, Neil. *The Poetry of Seamus Heaney: A Critical Study*, London: Faber & Faber, 1998.

Corcoran, Neil. *Seamus Heaney*, London: Faber & Faber, 1986.

Corcoran, Neil. "Seamus Heaney and the Art of the Exemplary", *The Yearbook of English Studies*, Vol.17, British Poetry since 1945 Special Number, 1987.

Christianson, Aileen. and Hilary J. Smith. eds., *The Collected Letters of Thomas and Jane Welsh Carlyle*, Vol.21, Durham: Duke University Press, 1993.

Croker, Thomas Crofton. *Fairy Legends and Traditions of the South of Ireland*, Philadelphia: Lea and Blanchard, 1827.

Davie, Donald. *Purity of Diction in English Verse*, London: Chatto & Windus, 1952.

De Man, Paul. *The Resistance to Theory*, Minneapolis: University of Minnesota Press, 1986.

Deane, Seamus. "The Famous Seamus", *New Yorker*, March 20, 2000.

Deane, Seamus. ed., *The Field Day Anthology of Irish Writing*, 3 vols, Derry: Field Day Publications, 1991.

Deane, Seamus. "The Production of Cultural Space in Irish Writing", *Boundary 2*,

Vol.21, No.3, Autumn 1994.

Denard, Hugh. "Seamus Heaney, Colonialism, and the Cure: Sophoclean Re-visions", *A Journal of Performance and Art*, Vol.22, No.3, September 2000.

Devlin, Polly. *All of Us There*, Belfast: Blackstaff Press, 1994.

Dilworth, Thomas. "Wordsworth and Lewis Carroll in Patrick Kavanagh's The Great Hunger", *The Review of English Studies*, Nov.1985, Vol.36.

Drury, Shadia. *Alexandre Kojeve: The Roots of Postmodern Politics*, London: Palgrave MacMillan 1994.

Eagleton, Terry. "Unionism and Utopia: Seamus Heaney's The Cure at Troy", in *Theatre Stuff: Critical Essays on Contemporary Irish Theatre*, Eamonn Jordan, ed., Dublin: Carysfort Press, 2000.

Eagleton, Terry. *Walter Benjamin, or, Towards a Revolutionary Criticism*, London: NLB, 1981.

Eliot, T.S.. *The Collected Poems and Plays, 1909 – 1950*. New York: Harcourt Brace, 1980.

Ellmann, Richard. *James Joyce*, London: Oxford University Press, 1982.

Finlay, Alison. "Putting a Bawn into Beowulf", Ashby Bland Crowder and Jason David Hall. eds., *Seamus Heaney: Poet, Critic, Translator*, New York: Palgrave Macmillan, 1992.

Fumagalli, Maria Cristina. *The Flight of the Vernacular: Seamus Heaney, Derek Walcott and the Impress of Dante*, Amsterdam: Editions Rodopi B.V., 2001.

Glob, P. V.. *The Bog People: Iron Age Man Preserved*, New York: Cornell University Press, 1969.

Girard, René. *Violence and the Sacred*, Patrick Gregory trans., Baltimore: The Johns Hopkins University Press, 1979.

Hart, Henry. *Seamus Heaney: Poet of Contrary Progressions*, Syracuse: Syracuse University Press, 1993.

Hederman, Mark Patrick and Kearney, Richard. eds., *The Crane Bag Book of Irish Studies 1977 – 1981*, Dublin: Blackwater, 1982.

Herbert, Zbigniew. *The Collected Poems: 1956 – 1998*, Alissa Valles, trans., New York: Harper Collins, 2007.

Herbert, Zbigniew. *Selected Poems*, C. Milosz and P. D. Scott. trans., Harmondsworth: Penguin, 1968.

Hirsch, Edward. "The Imaginary Irish Peasant", *PMLA*, Vol.106, No.5, 1991.

Honeywell, Claudia. "Philoctetes in Iraq", *War, Literature and the Arts*, Vol.24, 2012.

Hulse, Michael. "Sweeney Heaney: Seamus Heaney's Station Island", *Quadrant*, 30, 1986.

Jakobson, Roman. "Two Aspects of Language and Two Types of Aphasic Disturbances", in his *Selected Writings Volume.2*, The Hague: Mouton, 1971.

Johnson, Richard. "Towards a Cultural Theory of the Nation: A British-Dutch Dialogue", in *Images of the Nation: Different Meanings of Dutchness 1870 – 1940*, Annemieke Galema, Barbara Henkes, Henk te Velde, eds., Amsterdam: Editions Rodopi, 1993.

Jameson, Fredric. "Third-World Literature in the Era of Multinational Capitalism", *Social Text*, No.15. Autumn 1986.

Kavanagh, Patrick. *A Poet's Country: Selected Prose*, Antoinette Quinn, ed.: Dublin: The Lilliput Press, 2011.

Kavanagh, Patrick. *Collected Poems*, London: Macgibbon & Kee, 1964.

Kearney, Richard. *Transitions: Narratives in Modern Irish Culture*, Manchester: Manchester University Press, 1988.

Kedourie, Elie. *Nationalism*, London: Hutchinson, 1961.

Kiberd, Declan. *Inventing Ireland*, Cambridge, Mass.: Harvard University Press, 1996.

Kiberd, Declan. "Underdeveloped Comedy: Patrick Kavanagh", *Southern Review*, Vol. 31, Issue 3, Summer 1995.

Kinsella, Thomas. *The Dual Tradition: An Essay on Poetry and Politics in Ireland*, Manchester: Carcanet, 1995.

Leary, Philip O'. *The Prose Literature of the Gaelic Revival, 1881 – 1921: Ideology and Innovation*, Pennsylvania: Pennsylvania State University Press, 2005.

Liuzza, Roy Michael. *Beowulf: A New Verse Translation*, Peterborough, On: Broadview Press, 2000.

Lloyd, David. "'Pap for the Dispossessed': Seamus Heaney and the Poetics of Identity", *Boundary 2*, Vol.13, No.2/3, 1985.

McCarthy, Denis Florence. ed.. *The Book of Irish Ballads*, Dublin: J. Duffy, 1846.

MacCulloch, John Arnott. *The Religion of the Ancient Celts*, Edinburgh: T&T Clarks, 1911.

Malone, Christopher T.. "Writing Home: Spatial Allegories in the Poetry of Seamus Heaney and Paul Muldoon", *ELH*, Vol.67, No.4, 2000.

Mandelstam, Osip. *The Collected Critical Prose and Letters*, J. G. Harris ed., London: The Harvill Press, 1991.

Mason, Ellsworth, Ellmann, Richard. eds.. *The Critical Writings of James Joyce*, Ithaca: Cornell University Press, 1989.

McGuire, Thomas. "Violence and Vernacular in Seamus Heaney's Beowulf", *New Hibernia Review*, Vol.10, No.1, Spring, 2006.

Milosz, Czesław. *New and Collected Poems: 1931–2001*, R. Lourie, trans., London: Allen Lane, 2001.

O'Brien, Eugene. *Seamus Heaney: Searches for Answers*, London: Pluto Press, 2003.

O'Brien, Flann. *At Swim-Two-Birds*, Harmondsworth: Penguin, 1967.

O'Brien, Peggy. *Writing Lough Derg: From William Carleton to Seamus Heaney*, Syracuse: Syracuse University Press, 2006.

O'Donoghue, Bernard. ed.: *The Cambridge Companion to Seamus Heaney*, Cambridge: Cambridge University Press, 2009.

O'Donoghue, Bernard. *Seamus Heaney and the Language of Poetry*, New York: Harvester Wheatsheaf, 1994.

O'Leary, Philip. *The Prose Literature of the Gaelic Revival, 1881–1921: Ideology and Innovation*, State College: Pennsylvania State University Press, 2005.

O'Toole, Fintan. "Poet Beyond Border", *The New York Review*, March 4, 1999.

Parker, Michael. *Seamus Heaney: The Making of a Poet*, Iowa City: University of Iowa Press.

Parker, Michael. "From Winter Seeds to Wintering Out: The Evolution of Heaney's Third Collection", *New Hibernia Review*, Vol.11, No.2, 2007.

Robbins, William. "Matthew Arnold and Ireland", *University of Toronto Quarterly*, Vol.17, No.1, 1946.

Said, Edward W.. *Beginnings: Intention and Method*, New York: Basic Books, 1975.

Said, Edward W. *Culture and Imperialism*, New York: Vintage Books, 1994.

Said, Edward W. "Introduction", in Erich Auerbach, *Mimesis: The Representation of Reality on Western Literature*, Princeton, NJ: Princeton University Press, 2003.

Sigerson, George. *Bards of the Gael and the Gall*, London: T. Fisher Unwin, 1907.

Sisson, C.H.. *English Poetry, 1900 – 1950: An Assessment*, London: Methuen & Co. Ltd, 1981.

Smith, Stan. *Irish Poetry and the Construction of Modern Identity: Ireland between Fantasy and History*, Dublin: Irish Academic Press, 2005.

Sophocles. *Philoctetes*, Ian Johnston trans., Arlington: Richer Resources Publications, 1938.

Spivak, Gayatri Chakravorty. *Outside in the Teaching Machine*, New York: Routledge, 2009.

Stokes, Whitley. "The Second Battle of Moytura", *Revue Celtique*, 12, 1891.

Szymborska, Wisława. *View with a Grain of Sand: Selected Poems*, Stanislaw Barailczak and Clare Cavanagh. trans., San Diego: Harcourt Brace, 1995.

Taylor, Charles. *Multiculturalism*, New Jersey: Princeton University Press, 1994.

Tinker, Chauncey B. *The Translations of Beowulf: A Critical Bibliography*, Whitefish: Kessinger Publishing LLC, 1903.

Thomas, Harry. ed.. *Talking With Poets*. New York: Handsel, 2002.

Tolkien, J. R. R.. "Beowulf: The Monsters and the Critics", in *Proceedings of the British Academy*, Vol.xxii, 1936.

Tymoczko, Maria. *Translation in a Postcolonial Context: Early Irish Literature in English Translation*. Manchester: St. Jerome Publishing, 1999.

Van Der Woude, Peter William. *Translating Heaney: A Study of Sweeney Astray, The Cure at Troy, and Beowulf*, Master's Thesis, Rhodes University, 2007.

Vendler, Helen. *Seamus Heaney*, Cambridge, Mass.: Harvard University Press, 2000.

Venuti, Lawrence. *Rethinking Translation: Discourse, Subjectivity, Ideology*, London: Routledge, 1992.

Weiner, E. S. C. and Joyce Hawkins. eds. *The Oxford English Dictionary*, Oxford: Clarendon Press, 1989.

White, Hayden. *Metahistory: The Historical Imagination in Nineteenth-Century Europe*,

Baltimore: Johns Hopkins University Press, 1973.

Zohar, Itamar Evan. *Papers in Historical Poetics*, Tel Aviv: Porter Institute for Poetics and Semiotics, 1978.

**其他主要中文文献**

M·H·艾布拉姆斯:《镜与灯:浪漫主义文论及批评传统》,郦稚牛、张照进、童庆生译,北京:北京大学出版社,1989 年。

埃德蒙·威尔逊:《阿克瑟尔的城堡——1870 年至 1930 年的想象文学研究》,黄念欣译,南京:江苏教育出版社,2006 年。

埃里希·奥尔巴赫:《摹仿论》,吴麟绶、周新建、高艳婷译,天津:百花文艺出版社,2002 年。

艾瑞克·霍布斯鲍姆:《帝国的年代 1875—1914》,贾士蘅译,南京:江苏人民出版社,1999 年。

爱德华·W·萨义德:《文化与帝国主义》,李琨译,北京:生活·读书·新知三联书店,2003 年。

安敏成:《现实主义的限制》,姜涛译,南京:江苏人民出版社,2011 年。

奥斯普·曼德尔施塔姆:《曼德尔施塔姆随笔选》,黄灿然等译,广州:花城出版社,2010 年。

巴特·穆尔-吉尔伯特:《后殖民理论——语境、实践、政治》,陈仲丹译,南京:南京大学出版社,2004 年。

贝岭:《面对面的注视——与谢默斯·希尼对话》,《读书》2001 年第 4 期。

贝佐:《友谊与政治:〈菲罗克忒忒斯〉》,汉广译,刘小枫、陈少明主编《索福克勒斯与雅典启蒙》,北京:华夏出版社,2007 年。

本尼迪克特·安德森:《想象的共同体:民族主义的起源与散布》,吴叡人译,上海:上海人民出版社,2005 年。

柄谷行人:《历史与反复》,王成译,北京:中央编译出版社,2011 年。

柄谷行人:《日本现代文学的起源》,赵京华译,北京:生活·读书·新知三联书店,2003 年。

柄谷行人:《书写语言与民族主义》,陈燕谷译,《学人(第九辑)》,南京:江苏文艺出版社,1996 年,第 195 页。

柄谷行人:《作为隐喻的建筑》,应杰译,北京:中央编译出版社,2011年。

勃兰兑斯:《十九世纪文学主流 第四分册:英国的自然主义》,张道真译,北京:人民文学出版社,1980年。

陈嘉映:《语言哲学》,北京:北京大学出版社,2003年。

陈恕:《爱尔兰文学》,北京:外语教学与研究出版社,2000年。

陈中梅:《柏拉图诗学和艺术思想研究》,北京:商务印书馆,1999年。

丹·扎哈维:《胡塞尔现象学》,李忠伟译,上海:上海译文出版社,2007年。

德勒兹、加塔利:《资本主义与精神分裂(卷2):千高原》,姜宇辉译,上海:上海书店出版社,2010年。

费尔迪南·德·索绪尔:《普通语言学教程》,高名凯译,北京:商务印书馆,1999年。

费尔迪南·德·索绪尔:《普通语言学手稿》,于秀英译,南京:南京大学出版社,2011年。

弗洛伊德:《图腾与禁忌》,文良文化译,北京:中央编译出版社,2005年。

高宣扬:《近代法国哲学导论》,上海:同济大学出版社,2004年。

格雷厄姆·霍夫:《现代主义抒情诗》,马·布雷德伯里、詹·麦克法兰编《现代主义》,胡家峦等译,上海:上海外语教育出版社,1992年。

海德格尔:《艺术作品的本源》,孙周兴译,北京:商务印书馆,2022年。

海登·怀特:《后现代历史叙事学》,陈永国、张万娟译,北京:中国社会科学出版社,2003年。

海伦·文德勒:《在见证的迫切性与愉悦的迫切性之间徘徊》,黄灿然译,《世界文学》1996年第2期。

侯维瑞:《英国文学通史》,上海:上海外语教育出版社,1999年。

华兹华斯:《华兹华斯抒情诗选》,黄杲炘译,上海:上海译文出版社,2000年。

吉尔·德勒兹、菲力克斯·迦塔利:《什么是哲学?》,张祖建译,长沙:湖南文艺出版社,2007年。

加斯东·巴什拉:《空间的诗学》,张逸婧译,上海:上海译文出版社,2009年。

江风扬:《德里达的书写语言学》,《人文艺术》第4辑,贵阳:贵州人民出版社,2003年。

雷诺·博格:《德勒兹论文学》,李育霖译,台北:麦田出版社,2006年。

李赋宁:《英语史》,北京:商务印书馆,1991年。

李美华:《英国生态文学》,上海:学林出版社,2008年。

吕微:《现代性论争中的民间文学》,《文学评论》2000年第2期。

罗兰·巴尔特:《符号帝国》,孙乃修译,北京:商务印书馆,1994年。

罗素:《西方哲学史》下卷,马元德译,北京:商务印书馆,1976年。

马泰·卡林内斯库:《现代性的五副面孔:现代主义、先锋派、颓废、媚俗艺术、后现代主义》,顾爱彬、李瑞华译,北京:商务印书馆,2002年。

马修·阿诺德:《文化与无政府状态》,韩敏中译,北京:生活·读书·新知三联书店,2002年。

马元龙:《雅克·拉康:语言维度中的精神分析》,北京:东方出版社,2006年。

尼采:《不合时宜的沉思》,李秋零译,上海:华东师范大学出版社,2007年。

诺思罗普·弗莱:《批评的剖析》,陈慧、袁宪军、吴伟仁译,天津:百花文艺出版社,1998年。

欧文·白璧德:《卢梭与浪漫主义》,孙宜学译,石家庄:河北教育出版社,2003年。

乔纳森·卡勒:《索绪尔》,宋珉译,北京:昆仑出版社,1999年。

乔治·拉伦:《意识形态与文化身份:现代性与第三世界的在场》,戴从容译,上海:上海教育出版社,2005年。

切·米沃什:《切·米沃什诗选》,张曙光译,石家庄:河北教育出版社,2002年。

切斯瓦夫·米沃什:《诗的见证》,黄灿然译,桂林:广西师范大学出版社,2011年。

三岛宪一:《本雅明——破坏·收集·记忆》,贾倞译,石家庄:河北教育出版社,2001年。

史敬轩:《火烧屠龙王——〈贝奥武甫〉传播归化语境寻疑》,《外国文学评论》2012年第1期。

泰德·奥尔森:《活着的殉道者——凯尔特人的世界》,朱彬译,北京:北京大学出版社,2007年。

特里·伊格尔顿:《历史中的政治、哲学、爱欲》,马海良译,北京:中国社会科学出版社,1999年。

特里·伊格尔顿:《现象学,阐释学,接受理论——当代西方文艺理论》,王逢振译,南京:江苏教育出版社,2006年。

托·斯·艾略特:《艾略特文学论文集》,李赋宁译注,南昌:百花洲文艺出版社,1994年。

托·斯·艾略特:《荒原 艾略特文集·诗歌》,汤永宽、裘小龙等译,上海:上海译文出版社,2012年。

瓦尔特·本雅明:《本雅明文选》,陈永国、马海良编,北京:中国社会科学出版社,1999年。

瓦尔特·本雅明:《德国悲剧的起源》,陈永国译,北京:文化艺术出版社,2001年。

瓦尔特·本雅明:《启迪:本雅明文选》,汉娜·阿伦特编,张旭东、王班译,北京:生活·读书·新知三联书店,2008年。

瓦尔特·本雅明:《写作与救赎——本雅明文选》,李茂增、苏仲东译,上海:东方出版中心,2017年。

汪晖:《亚洲视野:中国历史的叙述》,香港:牛津大学出版社,2010年。

王潮:《后现代主义的突破——外国后现代主义理论》,兰州:敦煌文艺出版社,1996年。

王德威:《想象中国的方法:历史·小说·叙事》,北京:生活·读书·新知三联书店,1998年。

王旭峰:《历史化与阿里夫·德里克的后殖民理论研究》,《外国文学》2007年第5期。

维特根斯坦:《维特根斯坦全集》,徐友渔等译,石家庄:河北教育出版社,2003年。

维特根斯坦:《哲学研究》,陈嘉映译,上海:上海人民出版社,2001年。

武跃速:《西方现代主义文学的个人乌托邦倾向》,上海:上海社会科学院出版社,2004年。

叶秀山:《意义世界的埋葬——评隐晦哲学家德里达》,《中国社会科学》1989年第3期。

叶芝:《凯尔特的薄暮》,田伟华译,长沙:湖南人民出版社,2011年。

叶芝:《叶芝诗集》,傅浩译,石家庄:河北教育出版社,2003年。

伊丽莎白·赖特:《拉康与后女性主义》,王文华译,北京:北京大学出版社,2005年。

袁伟等编:《语言与翻译的政治》,北京:中央编译出版社,2001年。

詹姆斯·乔伊斯:《一个青年艺术家的画像》,黄雨石译,北京:外国文学出版社,1983年。

张剑:《T.S.艾略特:诗歌和戏剧的解读》,北京:外语教学与研究出版社,2006年。

朱光潜:《西方美学史》,北京:人民文学出版社,2002年。